KB114802

ODD LAWYER
Devil's Balance 괴짜 변호사
악마의 저울

FUSION FANTASTIC STORY
미더라 장편 소설

피짜 변호사 : 악마의 저울 10

미더라 장편 소설

초판 1쇄 찍은 날 § 2015년 11월 17일
초판 1쇄 펴낸 날 § 2015년 11월 24일

지은이 § 미더라
펴낸이 § 서경석

편집책임 § 이창진

펴낸곳 § 도서출판 청어람
등록번호 § 제387-1999-000006호
등록일자 § 1999. 5. 31
어람번호 § 제1-2289호

주소 § 경기도 부천시 원미구 부일로 483번길 40 서경B/D 3F (우) 14640
전화 § 032-656-4452　팩스 § 032-656-4453
http://www.chungeoram.com
E-mail § chungeorambook@daum.net

ISBN 979-11-04-90518-6 04810
ISBN 979-11-04-90196-6 (세트)

ODD LAWYER

Devil's Balance

괴짜 변호사
악마의 저울

⟨10⟩

FUSION FANTASTIC STORY

도서출판 청어람
미더라 장편 소설

CONTENTS

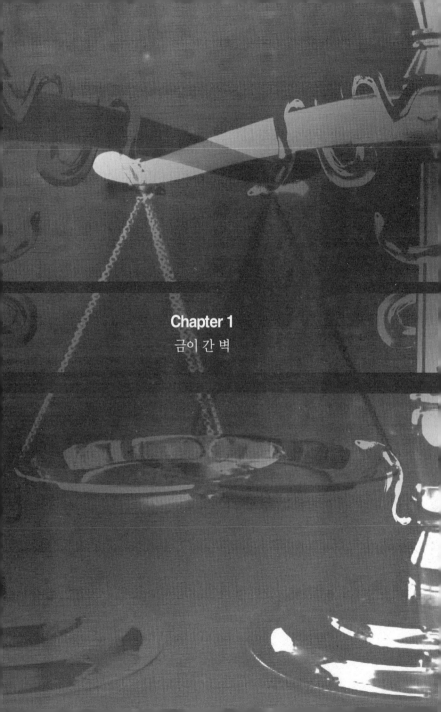

Chapter 1
금이 간 벽

"이제 기억이 좀 나는 거야?"

처음에는 잘 몰랐다. 율희의 상태가 좋지 않다는 것에 놀라서 다른 생각을 할 겨를이 없었으니까. 하지만 이야기를 하다 보니 이전과는 조금 다르다는 걸 느낄 수 있었다.

전에는 율희가 혁민을 기억하지 못해서 무척이나 어색하고 서먹서먹하다는 느낌이 들었는데, 지금은 그런 느낌이 거의 느껴지지 않았다. 둘 사이에 있던 막이나 커튼 같은 게 걷힌 기분이 들었다.

자연스럽게 손을 잡았는데도 뿌리치거나 하지도 않았고. 그래서 살짝 놀란 표정으로 물은 거였다. 이제는 자신이 생각나는지를. 율희는 사랑스러운 미소를 지으면서 고개를 끄덕였다.

"기억나요. 응… 완전히는 아닌데… 그래도 기억이 많이 떠올랐어요."

그녀는 혁민의 목소리를 듣자마자 바로 눈을 뜰 수 있었다. 그리고 몸을 감싸고 있던 불안감과 흉측한 기운이 싹 사라져 버렸다. 몸에 붙어 있던 지저분한 것들이 물줄기에 씻겨 내려간 것 같아서 개운한 기분마저 들었다.

혁민이 손을 잡자 그런 느낌은 더욱 강해졌다. 마치 악몽을 꾸다가 깬 것 같은 생각이 들기도 했다. 그동안에는 무언가 생각나지 않는 것들이 많아서 모든 것이 흐릿한 느낌이었는데, 이제는 대부분 맑고 선명하게 보이는 기분이 들었다.

자연스럽게 혁민에 대한 기억이 떠올랐다. 완전하지는 않았다. 아직도 잘 기억나지 않는 부분이 있었으니까. 하지만 혁민이 누구이고 자신과 어떤 사이였다는 건 확실하게 알 수 있었다. 율희는 혁민의 손을 꼬옥 잡으면서 살짝 응석을 부렸다.

"무서웠어요. 여기에서 있었던 일이 생각나서… 흐응…….."

"괜찮아, 괜찮아. 다 지난 일이야…….."

혁민은 손을 토닥토닥 다독여 주었다. 마음 같아서는 꼭 안아주고 싶었지만, 거실의 상황이 좀 그랬다. 바로 옆에 윤태도 있는 데다가 민주엽이 보고 있는데 그러기는 좀 민망했다.

하지만 혁민은 율희가 예전처럼 돌아온 것이 너무나도 기뻤다. 세상을 살아오면서 이렇게 즐겁고 환희에 가슴이 벅찬 적이 있었나 싶었다. 사법고시에 처음 합격했을 때도 이 정도는 아닌 것 같았다.

"그런데 괜찮아? 아직 안색이 좀 좋지 않은 것 같은데……."

"아니에요. 정말 괜찮아졌어요."

"그래? 음… 그래도 여기 있는 것보다는 맑은 공기라도 쐬는 게 좋을 것 같은데? 잠깐 밖에 나갈까?"

혁민은 은근슬쩍 밖으로 나가자고 제안했다. 안에서는 여러모로 불편했기 때문이었다. 기억이 돌아왔으니 이런저런 이야기도 하고 둘만의 오붓한 시간도 갖고 싶었는데, 여기에서는 그런 게 불가능했기 때문이었다.

"그래요. 맑은 공기를 좀 마시면 좋을 것 같아요."

율희도 대뜸 눈치를 채고는 나가는 게 좋겠다고 이야기했다. 그 모습에 혁민은 고개를 끄덕이면서 마냥 좋다는 표정을 하고 있었지만, 두 남자는 혁민과는 완전히 다른 마음이었다.

윤태는 아쉽고 서운하다는 마음이 들었다. 지금까지는 그래도 자신에게 더 의지하고 더 환하게 웃어주었는데, 이제는 그럴 수 없게 되었다는 걸 알았으니까. 하지만 어쩔 수 없는 일이었다. 그는 한바탕 꿈을 꾼 것 같다는 생각을 했다.

민주엽은 딸 키워봐야 소용없다는 생각을 하고 있었다. 율희는 애교가 아주 많은 아이는 아니었다. 솔직히 말해서 딸의 애교를 싫어할 아버지가 어디 있겠는가. 평소에도 애교가 좀 많았으면 했다.

그런데 자신에게는 거의 하지 않는 애교와 응석을 자연스럽게 혁민에게 하는 것 아닌가. 조금 섭섭했다. 게다가 지금 하는 걸 보니 더욱 기가 막혔다. 기억이 돌아오니 둘이서 냉큼 나가겠다고 하고 있지 않은가.

"잠깐 나갔다가 올게요."

"제가 잠시 요 앞에 데리고 갔다가 오겠습니다. 산책이나 좀 하려구요."

율희와 혁민은 민주엽에게 허락을 구했다. 민주엽은 두 남녀를 바라보다가 고개를 끄덕였다. 어쩌겠는가. 율희를 평생 자신이 데리고 살 수는 없는 일 아닌가.

"그래. 너무 밖에 오래 있지는 말고. 충격을 받은 것 같으니까 일찍 들어와서 쉬어야지."

"예, 그럴게요. 그럼 저 나갔다가 올게요. 윤태 오빠, 미안해요. 집에 오시라고 해놓고 공연히 좋지 않은 모습 보여 드려서……."

윤태는 황급히 손을 내저으면서 괜찮다고 말했다.

"아니야, 난 괜찮아. 기억이 돌아왔으니 다행이지 뭐."

율희는 연신 미안하다고 하고는 혁민과 함께 밖으로 나갔다. 둘이 나가고 나자 거실에는 침묵이 감돌았다. 민주엽과 윤태가 앉아 있었는데 딱히 할 말이 없어서였다. 윤태는 바로 나갈까 하다가 둘이 방금 나갔는데 따라 나가는 것 같아서 그냥 앉아 있었다.

민주엽도 윤태만 혼자 두고서 혼자 방에 들어가기도 그랬고, 그렇다고 무슨 이야기를 할 것도 없어서 애꿎은 물건들만 들었다가 놨다 했다. 민주엽은 어색함을 떨치려고 헛기침을 몇 번 하다가 윤태에게 슬쩍 물었다.

"자네 혹시 바둑 둘 줄 아나?"

"예? 바둑이라면… 조금 두기는 합니다만……."

"몇 급이나 두는데?"

윤태는 머뭇거리다가 3급 정도 둔다고 이야기했고, 민주엽은 차이가 너무 난다면서 투덜거렸다. 자신은 6급과 7급 사이정도였으니 서너 점은 깔아야 치수가 맞았다.

"난 6급 정도 두니까 석 점으로 한판 두지. 괜찮나?"

"예, 좋습니다. 그런데 워낙 오랜만에 둬서 제대로 실력이나올지 모르겠습니다."

민주엽은 자신도 마찬가지라고 하면서 테이블 밑에서 바둑판을 꺼냈다. 윤태는 어차피 율희가 들어오면 인사라도 하고가야겠다는 생각이 들어서 그녀가 들어올 때까지 바둑이나 두고 있으면 되겠다고 생각했다.

둘이 바둑을 두고 있을 때, 혁민과 율희는 자연스럽게 손을 잡고 걸으면서 도란도란 이야기를 나누었다. 그러다가 놀이터를 발견하자 자연스럽게 그곳으로 둘의 발걸음이 향했다. 누가 먼저 가자는 말도 없었는데, 마치 처음부터 놀이터로 가기로 한 듯이.

"여기도 생각나요. 이 그네에 타고 얘기했던 거."

"그래, 그랬지. 우리 같이 탈까?"

율희는 고개를 끄덕였고, 둘은 자연스럽게 그네를 탔다.

"흐릿했던 안개가 조금씩 걷히는 느낌이에요. 뿌연 창을 쓱 쓱 닦아내는 것 같다고 하는 게 더 어울리려나?"

율희는 이 순간에도 기억이 계속 떠오른다고 이야기했다.

"기억이 돌아오지 않으면 어떻게 하나 싶었어. 솔직하게 말해서 굉장히 힘들었거든."

혁민은 몸을 조금씩 앞뒤로 움직이면서 이야기했다. 율희도 혁민의 움직임에 맞추어 그네를 움직이면서 질문을 던졌다.

"만약 기억이 돌아오지 않았으면 어떻게 하려고 했는데요?"

"어쩔 수 없지. 계속 기다리는 수밖에. 나한테는 율희밖에 없으니까."

"에이, 거짓말. 평생 기억이 돌아오지 않아도 기다리기만 할 거예요?"

"어쩔 수 없다니까. 그런 게 내 운명인데 나보고 어쩌라고. 나도 어쩔 수가 없는 거야."

율희는 핏 하는 소리를 내면서 코를 찡그렸다. 남자들 거짓말은 알아줘야 한다면서. 하지만 얼굴에는 행복한 미소가 한가득이었다. 그 미소는 혁민이 거짓말이 아니라고 하면서 자신이 얼마나 진심으로 생각하고 있는지를 말하는 내내 사라지지 않았다.

"전화 받아봐요."

"아니야. 나중에 받지 뭐. 지금은 율희하고 이야기하는 게 더 중요해."

율희는 고개를 저었다. 한 번이라면 모르겠지만, 벌써 여러 번 핸드폰이 울리고 있었다.

"그래도 받아봐요. 여러 번 오는 거 보니까 중요한 일인 것 같은데."

"알았어. 잠깐만……."

혁민은 핸드폰을 꺼내어 액정을 힐끗 보았다. 차동출 검사였다. 어지간한 사람이라면 그냥 끊으려고 했는데, 그럴 수가 없을 것 같았다. 이렇게 여러 번 전화하는 사람이 아니었으니까. 무슨 일이 있는 게 분명했다.

"예, 무슨 일이에요?"

―야, 전화를 왜 이렇게 안 받아?

차동출은 짜증을 버럭 내더니 문제가 생겼다고 이야기했다.

―서 기자가 사라졌어. 내가 알아봤는데, 아무래도 누군가가 납치를 한 것 같아.

"납치요? 누가 그랬는지 확인은 해봤어요?"

차동출은 행방이 묘연하다고 말했다. 그리고 누가 서 기자를 데려갔는지도 지금으로서는 알 수 없다고 말했다.

―아무래도 자료 때문에 그런 것 같아. 이거 무슨 일 생기지 않아야 할 텐데…….

"아니, CCTV나 그런 거 뒤져도 나오는 게 없어요?"

―쉽지 않아. 지금 살펴보고는 있는데, 특별히 나온 게 없어.

차동출은 자세한 이야기는 만나서 하자고 이야기했다. 혁민은 오늘은 좀 늦었고, 내일 일찍 자신이 찾아가겠다고 이야기했다.

"무슨 일 있는 거 맞죠?"

통화가 끝나자 율희가 조심스럽게 물었다. 목소리 자체만으로도 무언가 일이 있다는 걸 알 수 있었는데, 중간에 납치와 같은 단어가 들렸으니 누구라도 짐작할 수 있는 일이었다.

"그게… 좀 문제가 생겨서……."

혁민은 고민하다가 율희에게는 이야기를 하지 않았다. 공연히 알고 있어봐야 좋을 것 없는 일이었으니까. 혁민은 문득 자신이 이번 일을 해서 또 율희를 위험에 빠뜨리는 건 아닌가 하는 생각이 들었다.

"오빠, 지금 나 때문에 다른 생각 들었죠?"

"응? 어? 아니? 그런 거 아닌데?"

"에이, 티가 확 나는데… 누구 앞에서 지금 거짓말을 하는 거예요?"

율희는 거짓말인 거 다 안다고 이야기했다. 아까 혁민이 기다리겠다고 한 것이나 운명이라고 한 것은 진심이라는 걸 알 수 있었다. 그래서 말로는 남자들 거짓말은 알아줘야 한다고 했지만, 행복한 감정에 흠뻑 빠졌다.

하지만 지금은 자신을 보고는 갑자기 흠칫 놀라서 골똘히 생각에 잠겼다. 뻔한 일이었다. 하고 있는 일을 계속 하면 자신에게 무슨 일이 생기지 않을까 걱정하는 거였다. 대화 내용과 표정 같은 걸 보면 그렇게밖에는 생각할 수 없었다.

"그게 사실은… 조금 걱정스러워서……."

혁민은 자신 때문에 율희가 또 무슨 일에 휩싸이는 건 아닌지 걱정이 된다고 이야기했다. 율희는 그런 거라면 걱정하지 않아도 된다고 대꾸했다.

"제가 잘은 모르지만요, 맞닥뜨리기 싫은 그런 거 많잖아요. 그런데 그런 걸 피하려고 한다고 해서 피해지는 게 아니더라고요."

율희는 조금 전에 겪은 일만 해도 그랬다고 말했다. 두려운 기억을 피해서 계속해서 숨기만 했을 때는 오히려 상황이 좋지 않게 흘러갔다고 했다. 그런데 정신을 차리고 정면으로 맞부닥치니까 어떻게든 결론이 났다고 했다.

"전에 기억을 떠올릴 때도 비슷했어요. 힘들어도 정면으로 마주하면 어떻게든 결론이 나거든요. 그러지 않고 피하면 계속해서 괴롭기만 하고 그러더라고요."

"모든 일이 그런 건 아니야. 특히나 위험한 일 같은 경우에는 피해야 하는 경우도 있다고."

혁민은 율희가 다시 위험에 빠지는 건 원하지 않는다고 이야기했다.

"그럼 오빠는 피하면 정말로 위험하지 않게 될 거라고 생각해요?"

"아무래도… 확신할 수야 없지만……."

일이 어떻게 될지야 누군들 알겠는가. 이미 발을 들였으니 어떻게든 위험이 닥칠지도 몰랐다. 혁민은 그렇게 생각하다가 그 남자를 떠올렸다. 커다란 덩치를 가진 그 남자.

'가만. 그 남자도 분명히 율희를 알고 있었어. 차로 밀어버릴 때 깔끔하게 처리했어야 한다는 말을 했었지?

전에 율희를 죽이려고 한 사람도 그 남자였다. 그 거한이 직접 한 건 아니더라도 그 조직에서 그런 것이다. 혁민은 지금 상황이 어쩌면 정해진 운명 같은 것일지도 모르겠다는 생각이 들었다.

"저는 오빠가 원하는 대로 하면 좋겠어요."

"나는 니가 걱정이 되니까 그런 거지."

혁민은 그네에서 일어나서 율희에게 다가갔다. 그리고 그녀를 가볍게 안고는 머리를 천천히 쓰다듬었다. 예전에 당했던 일을 다시는 겪게 하지 않게 만들겠다고 다짐하면서.

"오빠가 지켜주면 되잖아요."

"그럼, 내가 지켜줘야지. 무슨 일이 있어도."

예전에 그 남자가 율희를 노린 것도 분명히 무언가 이유가 있을 것이다. 그리고 그것이 자신이 벌이고 있는 일과 연관이 있을 수도 있다는 생각이 들었다.

'운명이란 게 이런 건가? 이렇게 어떻게든 얽히게 되는 건가?'

혁민은 무당이라도 찾아가서 물어보고 싶다는 생각이 들었다. 정말 어떻게 해야 하는 게 옳은 것일지 알 수 없어서 답답했다.

가만히 있을 수는 없었다. 그러면 오히려 상황만 나빠지고 후회만 남을 것 같았다. 하지만 계속 이 사건을 물고 늘어지면 자신을 비롯한 주변 사람들이 위험에 빠질 것 같았다. 혁민은 잠깐 생각하다가 피식 웃었다.

'이러나저러나 위험해지기는 마찬가지인가?'

전에는 이유도 모른 채 당했었다. 지금도 정확한 이유는 모른다. 한 가지 분명한 건 자꾸만 알 수 없는 운명의 힘 같은 것에 끌려서 얽혀드는 것 같다는 거였다.

'알아보자. 도대체 뭐가 있어서 그런 건지. 어떤 일 때문에 전에 그런 일을 당한 건지. 이번에는 제대로 알아보자.'

그리고 확실하게 마무리를 하는 게 맞는 방법이라고 생각했다. 어설프게 피한다고 도망칠 수 있는 그런 게 아닌 것 같았다. 아예 맞서서 모든 걸 알아내고 얽힌 고리를 전부 풀어내야 해결이 될 것이라는 생각이 들었다.

"이만 들어가자. 기다리시겠다."

혁민은 율희의 손을 잡으면서 그렇게 이야기했다. 율희는 방긋 웃으면서 일어섰다. 두려움이나 불안한 마음이 없는 표정이었다. 둘은 서로의 감촉을 느끼면서 걸어갔다. 어둡고 쌀쌀한 밤이었지만, 서로에게 빠져 있는 두 사람은 그런 건 전혀 느끼지 못했다.

둘에게는 환하게 웃고 있는 상대의 얼굴과 손에서 느껴지는 따스하고 부드러운 느낌이 지금 존재하는 전부였다.

*　　*　　*

"소재 파악은 됐어요? 핸드폰 위치 추적은요?"

"소용없어. 언제 납치가 되었는지도 아직 확실하지 않아서……."

차동출은 감쪽같이 사라졌다고 이야기하면서 아주 골치가 아프게 되었다고 말했다. 그러고는 혁민에게 조용히 아직 자료를 받지도 못했다고 이야기했다.

"자료 때문이 일이 일어난 건 거의 확실하다고 보아야겠지. 자료를 나에게 넘긴다는 걸 알고 그랬는지, 아니면 자료를 입수한 걸 알고 그랬는지는 모르겠지만."

"그렇겠죠. 갑자기 아무런 말도 하지 않고 이렇게 사라질 사람은 아니니까."

둘은 모두 불길한 생각에 잠겼다. 차동출은 푸념 비슷하게 혁민에게 이야기했다.

"사실 이번 사건 가지고 고민을 좀 많이 했다. 너도 알잖아."

"알죠. 어떤 선택을 해도 틀린 길이 아닌 것 같아서 더 어려워했잖아요. 나 같아도 엄청나게 고민했을 거예요."

혁민도 공감하는 바였다. 어느 쪽이 옳은지 쉽게 알 수 있지만, 그 방향을 선택하기 어려운 경우가 있다. 그걸 선택하면 정말 힘들게 될 거라는 걸 뻔히 알 수 있는 경우에 그렇다.

내부 비리를 알게 된 경우 그걸 고발하는 게 옳은 일이다. 하지만 그렇게 되면 자신은 직장을 잃게 될 것이고, 윗선에 찍혀서 동종 업계에서는 다시는 일하지 못할 수도 있다. 게다가 소문이 나면 다른 업체에서도 달가워하지 않는다.

비리가 없는 회사가 어디 있나? 그런데 그런 사람이 들어와서 일하다가 비리를 알게 되면 또 고발할 것 아닌가. 그래서 회사에서는 그런 사람을 채용하는 걸 꺼릴 수밖에 없다.

좋다. 이익을 우선시하는 기업이라면 그럴 수도 있다고 치자. 그렇지 않은 공무원 세계도 마찬가지다. 고발자를 보호하기는커녕 아주 잡아먹지 못해서 난리를 친다. 차동출의 경우도 내부 고발과 같이 강도가 높은 건 아니지만, 이런 스타일을 조직에서 달가워하지 않는다.

"어차피 승진이나 그런 건 다 포기한 거야. 글쎄, 내가 계속 검사를 할 수 있을지 없을지도 모르지. 어디 이상한 직책으로 발령을 낼 수도 있으니까."

차동출을 지지하는 검사들도 있지만, 대부분 힘이 없는 평검사들이다. 피가 끓어오르는 젊은 검사들. 하지만 결정권을 가진 인물들은 대부분 차동출과 같은 존재를 골치 아프다고 생각한다. 문제를 자주 일으키는 데다가 컨트롤도 할 수 없으니까.

말 잘 들으면서도 실력 있는 검사도 얼마든지 있다. 그러니 차동출과 같은 꼴통은 어떤 핑계를 대서라도 쳐내려고 하는 것이다.

"지금까지야 그럭저럭 버텼지. 하지만 언제까지 계속 그럴 수는 없거든. 그래서 이번 사건만큼은 제대로 하고 싶었다."

혁민도 차동출의 처지를 모르는 건 아니었지만, 이 정도일 줄은 몰랐다. 차동출은 이번 사건을 마지막이라고 생각하고 있었다. 잘못되면 옷을 벗을 생각을 하고 있었던 것이다.

검사가 아닌 차동출? 생각해 본 적도 없는 일이었다. 그만큼 검사에 잘 어울리는 사람도 없다는 게 혁민의 생각이었다. 하지만 세상일이라는 게 다 그렇다. 상식대로 흘러가는 일이 얼마나 되겠는가.

모두가 평등하다고 말하고 있지만 절대로 그렇지 않다. 여러 가지 눈속임으로 그렇게 보이게끔 만들었을 뿐, 정작 실상은 권력을 가진 소수 집단의 힘에 의해서 거의 모든 것이 굴러간다.

"그런 거 깨버리고 싶었거든. 그리고 세상이 그렇다는 것도 알리고 싶었고. 거기에 순응해서 개처럼 살아가는 건 내 성미에 맞지 않아서……."

차동출은 그렇게 이야기하고는 자조 섞인 웃음을 지어 보였다. 생각같이 되는 일이 없다면서. 씁쓸한 표정에 축 늘어진 어깨. 차동출의 모습이 아닌 것같이 보였다.

많은 걸 포기하고 무언가를 해보려고 했지만, 그럴 때마다 번번이 커다란 벽에 막히는 그런 기분이 들어서 그런 거였다. 어떻게든 뚫고 나갈 수 있다고 생각했지만, 돌아오는 건 좌절감과 무기력함을 느껴야 하는 시간뿐이었다.

"이제는 조금 지친 것 같기도 하고……."

"잘될 거예요. 이렇게 일한 거 아는 사람들도 있잖아요. 그러니까……."

"아니, 그렇지 않다는 거 혁민이 너도 잘 알지 않아? 지금 우리가 발붙이고 살아가는 세상이 그렇잖아. 내가 잘될 일은 없어."

차동출은 혁민의 말을 잘랐다. 그리고 암울하지만, 현실적인 이야기를 했다.

"모든 일에는 대가가 따르지. 요즘 보니까 무슨 등가교환의 법칙이니 뭐니 그러던데……."

"그거 예전 얘기죠. 일본 만화에 나온 얘기잖아요."

"그런가? 내가 그런 쪽으로는 별로 관심이 없어서… 여하튼, 말은 맞는 말이야."

차동출은 자신이 원하는 대로 일한 건 다른 걸 포기할 용기가 있었기 때문에 가능했던 거라고 이야기했다. 그런 걸 모두 감수하고서도 하고 싶은 거였으니까.

"그래서 더 하고 싶었다. 이대로 꺾이는 건 싫어. 그렇게 되면 내가 살아온 인생이 전부 쓸모없는 그런 게 되어버리니까."

분명히 옳은 길이지만 쓰레기처럼 취급될 것이다. 이런 식으로 하면 결국에는 파멸한다는 본보기처럼 사람들의 입에 오르내릴 것이고. 그래서 더욱 이번 사건에 집착했던 것이다.

"대가가 따르죠, 모든 일에는……."

혁민은 문득 지난 일이 떠올랐다. 자신은 비참하게 살아가다가 죽었다. 그런데 다시 삶을 살게 되고 원하는 대로 거의 모든 걸 할 수 있게 되었다.

'과연 거기에는 아무런 대가도 따르지 않는 것일까?

지금 일어나고 있는 일들이 혹시나 그 대가는 아닐까 하는 생각이 들었다. 율희가 다치고 기억을 잃고. 자신이 가장 원하는 건 율희와 행복한 삶을 살아가는 것이다. 그래서 자신이 가장 원하는 것을 가로막고 있는 걸지도 몰랐다.

하지만 어떻게 하는 것이 정답인지는 알 수 없었다. 그래서 지금처럼 옳다고 생각하는 방향으로 일을 하면서도 불안했다.

"이제는 힘들어졌어. 그 증거가 없으면 기소를 해도 무죄로 풀려나겠지."

차동출은 이제 끝이라고 이야기했다. 하지만 혁민의 생각은 조금 달랐다. 지 대표를 기소할 수 있는 방법이 있었기 때문이었다.

"아니요, 아직 끝은 아니에요."

혁민의 말에 풀이 죽어 있던 차동출의 고개가 휙 돌아갔다. 그리고 단호한 표정을 하고 있는 혁민을 보자 기대감이 피어오르는 걸 느꼈다.

"무슨 좋은 방법이라도 있어? 아니면 다른 증거가 있는 건가?"

"다른 증인도 있고, 서 기자가 가지고 있던 그 증거. 그거 저한테도 있어요."

"진짜냐? 복사본을 만들어두었구나?"

차동출은 반색하며 혁민을 쳐다보았다. 그리고 지 대표를 당장에라도 소환해서 조사해야겠다고 말했다. 하지만 혁민은 여전히 굳은 얼굴이었다.

"그렇긴 한데 조금 꺼려지는 게 있어서……."

"뭔데? 거리낄 게 뭐가 있어. 그 증거만 있으면 잡아다가 족칠 수가 있는데."

차동출은 흥분해서 이야기했지만, 혁민이 걱정하는 건 서 기자의 안위였다.

"만약에 서 기자를 납치한 놈들의 목적이 그 자료라고 한다면……."

"아… 서 기자… 내가 흥분해서 서 기자를 잊어먹고 있었네. 하기야 자료가 있다는 게 알려지면, 서 기자는 위험해지겠지."

이미 살해당했을지도 모르지만, 아직 살아 있는 채로 잡혀 있을 수도 있다. 만약 살아 있다면 무언가 알아낼 게 있어서이거나 만일을 대비한 인질로 데리고 있을 터.

"이런, 이런… 일단은 서 기자의 행방부터 확인하고 나서 움직여야 하는 게 당연한 건데. 이런 븅신……."

차동출은 증거가 있어서 기소할 수 있게 된 것이 기뻐서 정작 더 중요한 일은 잊고 있었다면서 머리를 툭툭 때렸다.

"좋아, 그러면 일단 서 기자를 찾는 것에 주력하자고. 시간이 지날수록 생존 확률이 줄어드니까 빨리 움직여야겠어."

"그것도 중요하기는 한데… 혹시 믿을 만한 사람 있어요? 절대로 이야기가 새어 나가지 않을 거라고 믿을 수 있는 그런 사람."

혁민의 이야기에 차동출은 그건 왜 묻느냐고 말했다.

"상대 모르게 미리미리 접촉해서 증거나 증인을 확보하는 것도 중요할 것 같아서요."

"그러니까 은밀하게 조사를 하자 이거지?"

차동출은 그러는 편이 좋겠다고 이야기했다.

"가만히 있다가는 당할 수도 있으니까. 상대도 자료가 흘러나갔을 가능성도 염두에 두고 있을 테니까 우리도 가만히 있을 수는 없지."

"그러니까요. 그쪽에서는 어떻게든 막으려고 할 테니까 그전에 움직이는 게……."

차동출은 사건이 사건인 만큼 신중하게 사람을 골라야겠다고 이야기했다. 하지만 생각보다 그런 사람을 고르는 건 쉽지 않았다.

"야… 이거 참 어렵네… 수사관 중에서는 고르기가 어려워. 윗선에서 불러서 이야기하면 말하지 않기 어려우니까……."

검찰 수사관이 어렵다면 다른 곳에서 사람을 알아봐야 하는데, 다른 곳에서는 그리 믿을 만한 사람이 없었다. 더구나 이렇게 기밀을 요하는 일에는 말이다.

"일단 나도 좀 알아볼게. 그렇다고 손 놓고 있을 수는 없는 일이니까."

"저도 좀 알아보죠. 무슨 일이 생기면 바로바로 연락하는 걸로 하죠. 사안이 급박하니까."

둘은 그렇게 하기로 약속하고는 헤어져서 각자 움직이기 시작했다.

*   *   *

"어때? 별다른 건 없겠지?"

"당연한 거 아닙니까. 경찰에서는 아직 감도 못 잡고 있다니 까요."

남자는 킥킥대면서 말했다. 거한은 흡족하다는 듯 고개를 주억거렸다.

"이봐, 혹시라도 경찰에서 당신을 찾을 거라는 생각을 하고 있다면 버리는 게 좋을 거야. 우린 그렇게 허술하게 일하지 않 거든."

남자의 말에 서 기자는 흠칫 놀랐지만, 티를 내지는 않았다. 그리고 이야기로 미루어볼 때 적어도 경찰 내부에 소식통을 가지고 있는 게 분명했다.

'정말 그 조직이라고 한다면 경찰이나 검찰에 선을 가지고 있어도 이상하지 않지.'

게다가 사건이 커지거나 정체가 드러날 것 같으면 꼬리만 자르면 된다. 그런 식으로 수사가 종결되는 게 어디 한두 건인 가. 이 조직도 일을 하면서 한 번도 걸리지 않거나 문제가 생 긴 적이 없지는 않을 것이다.

하지만 권력자들의 비호가 있다면 얼마든지 실체를 드러내 지 않고 처리할 수 있다. 솔직하게 말해서 권력형 비리와 같은 대형 사건에서 실체가 드러나는 경우가 어디 있던가. 대충 적 당한 희생양이 뒤집어쓰는 것으로 마무리된다.

'가만, 그런 케이스 중에서 갑자기 중요한 인물이 자살하는

경우도 있었는데……'

서 기자는 별난 생각이 다 들었다. 그런 일에 이 조직이 관여해서 처리한 일도 있을 것이라는 생각이 드니 정말 한숨만 나왔다. 자신이 생각하고 있는 것보다 훨씬 더 더러운 세상이라는 생각이 들어서였다.

"저기, 정말 실족으로 처리하실 겁니까? 그냥 저수지나 산에다가 하자니까요. 아니면 바다에다가 하든가. 그게 깔끔하잖습니까."

남자는 뭐가 그렇게 아쉬운지 계속해서 거한에게 말을 걸었다. 손을 봐서 다 털어놓게 하고 그런 식으로 처리하자고. 서기자는 그 말을 듣다가 문득 떠오르는 게 있었다.

'어떤 사건이 있어서 야산을 뒤지다 보면 그렇게 시체가 많이 나온다고 했지. 저수지나 강 같은 데도 그렇고.'

그런 케이스만 해도 엄청날 텐데 돌에 매달거나 콘크리트에 묻어서 바다에 버리는 경우는 또 얼마나 많을까 싶었다.

"확실한 거야? 경찰이 헤매고 있다는 거?"

"암요. 당연한 거죠. 거기 연관된 사람한테 직접 확인한 거라니까요."

남자는 확실한 정보통이라고 이야기했다. 경찰 고위직이 직접 움직여서 확인한 내용이니 틀림없다고 몇 번이나 강조했다.

"거기서도 혀를 내둘렀다는 거 아닙니까. 전문가 소행이라고요."

남자는 경찰이 아무런 증거도 찾을 수 없어서 난감해하고 있다는 이야기를 했다. 검사가 다그치지만 않았어도 단순 실종으로 보고 훨씬 후에나 수사에 들어갔을 텐데, 검사가 난리를 치는 통에 경찰이 빨리 움직인 건 좀 아쉽다고 말했다.

"하지만 어쩌겠어요, 증거가 없는데."

"그래도 방심하지 마. 요즘은 CCTV만 처리한다고 해서 되는 문제가 아니야."

거한은 블랙박스도 워낙 많아서 계속 뒤지다 보면 분명히 단서가 발견될 것이라고 말했다.

"그러니까 잠시도 경계를 늦추지 말라고. 우리가 먼저 움직여야 하니까."

"알겠습니다. 그나저나 이제 소식이 올 때도 됐는데 말이죠."

남자는 굉장히 수다스러웠다. 서 기자에게 자료를 건네준 사람만 찾으면 모든 게 끝나는 거 아니냐면서 이야기했고, 서 기자는 그 말을 듣고는 점점 불안해졌다.

"이봐, 어차피 시간만 있으면 밝혀질 거야. 그러니까 그냥 지금 얘기하는 게 어때? 혹시 알아? 얘기하고 협조만 잘하면 다른 길이 열릴지?"

남자는 건들거리면서 서 기자에게 다가와서는 은근슬쩍 떠보았다.

"믿지 못하는 눈치네? 기자라는 양반이 이렇게 머리가 안 돌아가나? 자료 건넨 사람이 누군지는 모르겠는데, 그럴 만한 사람이 몇 명이나 되겠냐고…….”

남자는 사람들 쫙 뽑아서 전부 조사하다 보면 누구에게 넘겼는지 바로 나올 거라고 이야기했다.

“지금 전수조사하고 있거든. 그러니까 며칠 내로 결과 나온다고. 그러니까 뭔가 하려면 그전에 해야 할 거야. 잘 알지? 그나마 가치가 있을 때 딜을 해도 해야 한다는 거.”

남자의 말에 서 기자는 흔들리는 자신을 발견했다. 당연히 흔들릴 수밖에 없었다. 자신의 목숨이 왔다 갔다 하는 일 아닌가. 그는 지금이라도 이야기를 하면서 협상을 해야 하는 게 아닌가 싶었다.

실내에만 있어서 납치된 지가 얼마나 지났는지는 모르겠지만, 상당한 시간이 흐른 것 같았다. 하지만 상대는 여유 만만이었다. 그만큼 서 기자가 가지고 있던 희망은 점점 작아졌다. 희망이 없다는 것처럼 두려운 일도 없다. 하지만 이내 마음을 고쳐먹었다.

‘말을 한다고 해서 살려줄 놈들이 아니야. 그전에 경찰이 발견하길 바라는 게 최선이야.’

서 기자는 경찰이 빨리 자신을 찾기를 간절하게 원했다.

*   *   *

“이거 대충 봐도 얼굴을 확인할 수 있는 사람만 해도 어마어마하구만…….”

차동출은 영상을 보면서 혀를 내둘렀다. 혁민에게서 성 접대 자료를 받아서 살펴보았는데, 정말 가관이었다. 차동출이 보기에는 일부는 마약도 한 것처럼 보였다.

"무슨 일이 있어도 막으려고 한 게 이해가 된다, 이해가 돼."

"서 기자에게 듣기로 지 대표가 가지고 있는 버전이 따로 있다고 하더군요. 이건 혹시 몰라서 다른 사람이 찍어둔 거라네요."

차동출은 몇 명은 실제적으로 성행위를 하는 영상이 없어서 발뺌할 수도 있겠다고 이야기했다. 영상의 화질이 좋지 않아서 자신이 아니라고 우기는 사람도 있을 것이라고 이야기했고.

"처음에는 아예 그런 적이 없다고 할 거야. 그러다가 그곳에 간 사실이 밝혀지면 파티에 초대되어서 참가했을 뿐이라고 하겠지."

"그냥 자신과 비슷한 사람이라고 할 수도 있겠어요."

"그러니까 여기에 나온 날짜와 해당 인물의 당일 행적 같은 것도 전부 조사를 해놔야지."

"조사할 거야 그거 말고도 수두룩하죠. 그런데 조사를 할 사람은 구했어요?"

조사할 거야 넘칠 정도로 많았다. 가능하면 많은 인력을 동원할 수 있으면 좋겠지만, 이건 아무에게나 이야기할 수 없는 일이었다. 차동출은 동료나 상사에게도 최대한 숨길 생각이었다. 누구를 믿을 수 있을지 알 수 없었기 때문이었다.

"한 명 찾았다. 왜 진작에 그 사람을 떠올리지 않았나 몰라……."

"그래요? 누군데요?"

차동출은 자신이 처음 검사를 시작했을 때부터 인연이 있던 수사관이라고 했다. 얼마 전에 은퇴했는데, 그 사람이라면 믿을 수 있다고 이야기했다.

"나랑 비슷한 분이었다니까. 같이 일할 때는 정말 재미있었는데……."

하지만 차동출과 비슷한 스타일이라는 건 조직에서 별로 좋아하지 않는 스타일이라는 말과도 일치한다. 그래서 아직은 더 일할 수 있음에도 검찰에서 나가야만 했다는 거였다.

"딱 적임이지. 누구에게 휘둘릴 사람도 아니고, 이런 일에 도가 튼 사람이고."

"다행이네요. 그러면 일단 인물들을 날짜별로 정리하죠. 그리고 조사해야 할 내용도 어느 정도는 정리하고요."

"그래야지. 재미있겠어. 여기 있는 사람들 참고인 조사한다고 부르기 시작하면 언론에서 장난 아니게 들러붙을 거고 말이야."

나라가 떠들썩해질 정도의 폭탄이었다. 그리고 진짜 게임은 거기부터 시작이었다. 지 대표는 잔챙이에 불과했다. 커튼 뒤에 숨어 있는 자들을 끌어내기 위한.

그런 자들을 그냥 불러낼 수는 없다. 뒤처리도 그만큼 확실하게 하는 자들이라 건수를 잡기도 쉽지 않고, 건수가 있어도 부담스럽기 때문이다. 그래서 이런 사건에 참고인으로 소환하는 방법을 쓰는 것이다.

물론 미리 올가미에 얽어 넣을 준비는 다 해놓는다. 그리고 참고인 조사를 하다가 문제가 되는 일을 들추어낸다. 계속해서 틈을 들쑤셔서 아픈 상처를 드러내게 하는 것이다.

"그렇게 되면 참고인에서 피의자로 신분이 전환되는 거지. 나는 그때가 가장 짜릿하더라고."

"하나라도 그렇게 잡으면 사건 계속 키워야죠. 어떻게든 덮으려고 할 테니까."

문제가 될 만한 사건이 생기면 일단은 조용하게 만드는 게 중요하다. 세상에는 온갖 뉴스거리가 넘쳐 나기 때문에 아무리 큰 사건이라고 해도 일단 수면 아래로 들어가면 사람들은 쉽게 잊어버린다.

그래서 그들은 보통 묵직한 사건이 터지면 일단 조사 중이라고 하거나 다른 방법을 동원해서 사람들의 관심에서 멀어지도록 만든다. 일단 그렇게까지만 하면 절반 이상은 성공한 것이다. 조사하고 재판에 가고, 엄청나게 시간이 걸리는 일이다.

그사이에 시나리오를 만든다. 누구까지 드러낼 것인지, 어떤 내용까지 공개할 것인지를 정하고 거기에 맞추어서 판을 짠다. 결론을 먼저 내놓고 거기에 맞추어서 모든 상황을 끼워 맞추는 것이다.

"하기야 그런 일이 허다했죠. 뭔 일만 터지면 무조건 모른다, 나는 아니다."

"일단은 그렇게 해놓고 뒤에서 움직이는 거니까. 그래서 처음에 다들 기대하고 이번에는 무언가 제대로 밝혀지나 했다가 나중에 실망하는 거잖아."

용두사미. 국민의 관심이 집중된 엄청난 사건의 경우 수사 결과나 재판 결과를 보면 사람들은 대부분 저 말을 떠올린다. 속 시원하게 밝혀지는 건 없고 어중간한 선에서 마무리되는 것 같은 느낌을 받게 돼서 그런 거다.

처음에 잔뜩 기대감이 들도록 해놨는데 뒤로 갈수록 지루해지고 결론도 이상한 그런 영화하고 비슷하다고나 할까.

그런 이야기를 하는 동안에도 영상은 계속해서 진행되었고, 수많은 사람들의 얼굴이 보였다.

"어쩐지 계속 연락이 오더라니……."

차동출은 한숨을 내쉬면서 고개를 내저었다. 방금 화면에 나온 사람 쪽에서 전화를 받은 일이 있어서였다. 국회의원 보좌관이나 비서로부터 부쩍 전화가 많이 왔다. 한번 만나자는 전화였는데, 차동출은 모조리 거절했다.

"이거 사람들 정리하는 것만 해도 일이겠다. 수사관 형님 입이 떡 벌어지겠는데."

"이거 아무리 봐도 혼자서 조사할 만한 양이 아닌데요? 큰일이네… 그렇다고 사람들 막 쓸 수도 없는 일인데……."

"일단 몇 명만 집중적으로 파자. 어쩔 수 없다. 임팩트 있는 인간들로 해서 파서 일단 판을 열자. 판만 열리면 그때는 인력

동원해서 조사할 수 있을 거야."

혁민과 차동출은 누구를 타깃으로 할지 화면을 보면서 의견을 나누었다. 그리고 몇 명으로 대상을 좁힐 수 있었다. 차동출은 바로 그 내용을 정리하기 시작했다.

"그나저나 서 기자를 빨리 찾아야 할 텐데……."

혁민은 근심이 가득한 표정으로 중얼거렸다.

*   *   *

서 기자는 며칠 뒤 산에서 발견되었다. 등산객이 우연히 발견했는데, 평소에도 실족 사고가 종종 일어나는 장소였다.

"후우……."

혁민은 쉽게 입을 열지 못했다. 며칠 전까지만 해도 자신과 웃고 떠들었던 사람이었다. 열의에 차서 이번에 특종을 잡았다면서 기뻐하던 얼굴이 눈에 선했다.

차동출도 충격을 받기는 마찬가지였다. 불안한 생각이 들기는 했었다. 혹시라도 무슨 일이 생겼을 수도 있겠다는 생각은 했지만, 이렇게 죽었다는 사실을 접하니 그 충격은 엄청났다.

"이틀 정도 된 것 같다던데… 자세한 건 부검을 해봐야 알겠지만……."

"그놈들이에요. 자료 가지고 검찰청으로 간다던 사람이 산에는 왜 갔겠어요."

차동출도 그렇게 생각하고 있었지만, 증거가 없었다. 산에

CCTV가 있을 리가 없지 않은가. 게다가 어디를 통해서 옮긴 것인지는 모르겠지만, 산 아래 있는 CCTV에도 수상한 건 발견되지 않았다.

"자세하게 찾아봐야지. 날아서 온 건 아닐 테니까 어딘가에는 찍혀 있을 거야."

"그렇긴 한데… 불안하네요."

혁민은 어쩐지 이대로 서 기자의 사건은 묻힐 것 같다는 생각이 들었다. 그리고 불길한 예감은 현실이 되었다.

"실족사라… 국과수 부검 결과까지 그렇게 나왔다니 뭐……."

서 기자의 죽음은 실족사로 처리되면서 종결되었다. 외상도 없고 아무런 혐의를 찾을 수 없었기 때문이었다. 복장까지 완벽하게 등산하는 복장이었으니 그리 넘어간 거였다.

"자세히 살펴보면 이상한 점이 있잖아요. 이거 이대로 넘어가면 안 되는 거 아닌가요?"

"그런데 그걸 이야기하려면 전후 사정을 전부 말해야 하는 거잖아. 그리고 그 이야기를 한다고 해도 다시 수사할지도 의문이고."

사실 수사를 한 경찰 입장에서 보면 그렇게 결론 내릴 만했다. 타살로 볼 만한 아무런 증거가 없었으니까. 게다가 평소 여자관계나 금전 관계도 깨끗했다.

"실족 사건이 종종 일어나는 곳이니까. 하지만 복장이나 이런 게 본인의 것이 아닐 텐데……."

따지고 보면 의심스러운 부분이 있긴 했지만, 그것만으로는 부족했다. 경찰도 처리해야 할 사건이 엄청나다. 확실하지도 않고, 증거도 없는 사건을 계속해서 붙들고 있을 수는 없는 일이다.

차동출이 이 건을 수사 지휘했다면 또 모를까 그렇지 않은 이상은 어쩔 수 없는 일. 차동출은 착잡한 표정으로 있다가 갑자기 생각난 게 있는 듯 혁민에게 물었다.

"참, 그런데 자료를 건넨 사람이 누군지는 알아? 그 사람도 위험할 것 같은데."

"아뇨. 그건 저한테도 이야기하지 않아서 저도 모르는데……."

차동출은 앞으로의 일이 험난하겠다는 생각이 들었다. 사건을 덮기 위해서 살인까지 하는 자들이었다. 그런 자들이 검사나 변호사라고 해서 봐줄 리가 없다.

"그리고 이건 경고야. 굳이 이렇게 시체가 드러나도록 했다는 건 너희들도 언제 이렇게 될지 모르니 알아서 하라는 메시지인 거지."

"하기야 그렇지 않았다면 아무도 모르게 처리했겠죠. 시체 숨길 데가 없겠어요?"

대한민국은 사실상 도서국가다. 삼면이 바다인 데다가 북쪽으로는 휴전선이 가로막고 있어서 통행이 불가능하다. 그리고 국토도 그다지 넓지 않다. 그래서 연쇄살인과 같은 범죄가 적은 편이다.

범죄도 진화한다. 계속해서 범행을 저지를 수 있는 여건이 되어야 범죄도 발달하는 것이다. 그런데 사건이 알려질 확률도 높고, 잡힐 확률도 높아서 범죄가 발전하지 못하는 것이다. 그래서 잔혹한 살인이나 연쇄살인이 드물다.

"미국에서 활동하고 있는 연쇄살인마의 수가 오천 명이라는 이야기가 있을 정도니까."

"그렇지만 그런 가운데에서도 살인 사건은 계속 생기니까요."

실종자 중에서 상당수는 살해당한 것이라고 보아야 할 것이다. 그래서 어떤 사건 때문에 시체를 찾다가 보면 웃기지도 않는 일이 생긴다. 산이나 저수지를 뒤지다가 사건과 상관없는 시체가 쏟아지는 경우가 있다.

한 연쇄살인범이 시체를 묻은 인근을 뒤지다가 그가 묻은 게 아닌 시체가 나왔는데, 알고 보니 그것이 다른 연쇄살인범이 저지른 것인 적도 있었다.

"이제는 더 물러설 수 없게 되었네. 서 기자를 위해서라도."

차동출은 굳은 표정으로 그렇게 이야기했다. 사방에서 압력이 들어오고 있지만, 이제는 도저히 그만둘 수 없는 상황이 되었다.

"이제는 자료를 까도 상관없겠지?"

"아직은 숨기는 게 좋지 않을까요?"

차동출은 왜 숨겨야 하느냐고 혁민에게 물었다.

"상대는 자료가 이제는 없다고 생각할 수도 있어요. 그러니까 방심하고 있겠죠."

"흐음… 그럴 수도 있겠네. 서 기자를 처리했으니 이제 증거는 없다. 그리고 이렇게 경고까지 확실하게 했으니 더는 나대지 못할 거다. 이렇게 생각하겠어."

혁민은 고개를 끄덕였다. 상대가 예의 주시하면서 조심은 하겠지만, 그래도 경계가 많이 흐트러져 있을 것이라고 했다.

"오히려 사건을 접어야 하나 고민하는 걸 보여주는 게 좋지 않을까요?"

"호오… 이제는 방법이 없다고 상대가 믿게끔 하자 이거지? 나쁘지 않아……."

그러면서 시간을 끌면서 뒤로는 증거나 자료를 모은다. 그리고 준비가 되면 순식간에 밀어붙여서 덜미를 낚아챈다. 차동출은 지금 상황에서 가장 좋은 방법이라는 생각이 들었다.

"오케이. 내가 기소하지 않을 것처럼 연기를 좀 하지. 아까워서 어떻게든 해보려고 하지만, 방법이 없어서 괴로워하는 척하면 되겠어."

"그런데 연기를 할 수 있겠어요?"

"이거 왜 이래? 검사가 사람들을 얼마나 상대할 것 같아? 상대하는 사람 중에는 별별 인간이 다 있다고."

차동출은 조폭, 사기꾼, 말귀 알아듣지 못하는 사람, 자기 말만 하는 사람 등 온갖 인간 군상을 다 만난다고 했다. 그들을 상대하려면 상대에 따라서 캐릭터를 조금 다르게 해야 효과적이라고 이야기했다.

"그래서 본의 아니게 연기를 하게 된다니까. 어쩔 수가 없어요. 그러니까 연기는 걱정하지 말라고. 메소드 연기가 뭔지 보여줄 테니까."

차동출은 가슴을 탕탕 치면서 호언장담했다.

그리고 그의 연기는 생각보다는 쓸 만했던 모양이었다. 검찰에서 차동출이 의도한 대로 소문이 돌았으니까. 혁민도 신경이 쓰여서 검찰 쪽 분위기를 슬쩍 알아보았는데 차동출이 장담한 대로였다.

차동출은 검찰에서는 그런 식으로 연기하고 혁민의 사무실에 와서는 엄청나게 떠들면서 자랑했다. 차동출은 거의 매일 저녁 혁민의 사무실에 출근 도장을 찍었다.

"부장이 이제 그 사건은 놓고 다른 일이나 제대로 하라고 했거든."

"어머, 그래서요?"

위지원 변호사가 눈을 반짝이면서 물었다. 그녀도 이 사건에 관해서 상당한 관심을 보였다.

"내가 엄청 고민하는 척했지. 시간을 조금만 더 달라고. 그러고도 어떤 진전이 없으면 포기하겠다고. 키야~ 고뇌에 찬 고독한 늑대 같은 검사라고나 할까."

차동출은 모두가 속고 있다고 이야기했다.

"그런데 성과는 좀 있어요? 뭔가 있어야 일을 진행할 건데요."

"안 그래도 수사관한테서 연락이 왔어. 그런데 아직도 그놈들이 신경을 곤두세우고 있는 모양이야. 그래서 사람들이 붙어 있는 곳은 피해서 조사를 하고 있다고 하더라고."

특히나 지 대표가 신경을 바짝 쓰고 있는 모양이었다. 하긴 그럴 만도 했다. 이번 사건이 터지게 되면 자신은 죽은 목숨이나 다름없으니 필사적으로 막으려고 하는 것이다.

"그래도 이제 제법 증거들이 모였으니까 조만간 시작할 수 있을 것 같다."

"그런가요? 그럼 정말 다행이네요."

"너는 피해자 만나서 소송 거는 거 준비하고 있지?"

"그럼요. 사건만 알려지면 곧바로 준비해서 들어가야죠."

혁민은 인터넷에 글을 올린 사람과 접촉해서 그를 설득했다. 그리고 그 말고도 다른 한 명도 설득해서 사건이 불거지면 소송을 하기로 이야기가 된 상태였다. 물론 그전까지는 아무런 문제도 일으키지 않고 조용히 있기로 했고.

소송하는 타이밍은 사건의 진행을 봐서 결정할 것이다. 그들은 분명히 사건을 덮으려고 할 것이다. 언론이나 방송이나 전방위적으로 압력이 들어갈 것이고 다른 사건을 터뜨려서 덮으려고도 할 것이다.

그러니 그런 식으로 묻히는 것 같다 싶으면 그때 소송을 걸면서 다시 화제를 불러일으킬 생각이었다.

"자, 그러면 이제 슬슬 지 대표를 검찰로 불러볼까?"

차동출은 손에서 우드득 소리가 나게 꾹꾹 누르면서 이야기했다.

*　　　*　　　*

"너는 왜 그거 놓지를 못하고 계속 붙들고 있냐? 다른 일 좀 해라. 안 그래도 너 실적 좋지 않아서 지금 상황 안 좋은 거 몰라?"

부장검사는 이러다가는 검사복 벗어야 할지도 모른다고 이야기했다.

"너, 변호사 준비 중이냐? 그래서 이렇게 개기는 거야?"

"아닙니다. 손에서 놓기가 너무 아까워서……."

"후우… 야, 동출아. 떠나보낼 때는 미련 없이 보내야 하는 거야. 얀마, 애인 마음은 이미 멀어졌는데 계속해서 붙잡는다고 다시 돌아설 것 같아?"

부장검사는 차동출이 멀뚱멀뚱 쳐다보고만 있자 하기야 연애를 거의 안 해본 놈한테 그런 얘기 해봐야 알 리가 있겠느냐고 투덜거렸다.

"암튼 빨리 손 떼고 다른 사건에 전념해. 그거 왜 이렇게 질질 끄냐고 여기저기서 자꾸 전화해 대서 아주 죽겠다."

"아니, 누가 그렇게 전화를 합니까? 이 사건에 왜 그렇게 관심이 많은지 모르겠네요."

"얼씨구, 정말 몰라서 그러냐? 하여간 이건 계속 붙잡고 있으면 있을수록 너한테는 손해야. 그러니까 당장 마무리해."

"저기 시간을 조금만 더……."

부장검사는 책상을 탕 치더니 버럭 화를 냈다.

"너, 내가 봐주는 것도 한계가 있는 거야. 이럴 거면 옷 벗고 나가든가."

"저기… 조만간 지 대표를 소환해서 조사할 생각이라서요."

부장검사는 의자에 등을 기대면서 한 손으로 마른세수를 했다.

"하아… 니가 이제 아주 끝장을 보자는 거구나. 아예 나까지 엿을 먹일 생각이야."

"그런 게 아니라……."

차동출은 대화를 하다가 말이 좀 꼬였다는 걸 깨달았다. 그 냥 듣고만 있었어야 했는데, 대답을 하다 보니까 지 대표를 소환하는 것까지 이야기가 나왔다. 예정에는 없던 일이었다. 이 이야기는 조금 더 있다가 할 생각이었으니까.

"사실은 찾은 게 있습니다. 그거 가지면 충분히 엮을 수 있다고 생각해서……."

"음? 뭐가 있어? 그러면 얘기가 다르지."

부장검사의 표정이 확 바뀌었다. 아쉬워서 시간만 질질 끌고 있다고 생각했는데, 기특하게도 무언가를 찾았다는 거 아닌가. 그렇다면 이야기는 완전히 달라진다.

"확실하게 잡을 수 있어야 한다는 거 너도 알지? 만약에 이번에도 받기로 했는데 못 받았다거나. 아니면 시원치 않은 그런 거면 정말 나한테 죽을 줄 알아."

"확실합니다. 제대로 할 수 있으니까 걱정 마시죠."

부장검사는 할 거면 제대로 하고 그렇게 안 될 것 같으면 바로 접으라고 이야기했다. 차동출은 제대로 하겠다고 말하고는 밖으로 나왔다. 그리고 혁민의 사무실로 향했다.

"그쪽에서 나온 자료는 어때?"

차동출은 혁민 쪽 사람들이 가지고 있는 증거 같은 건 어떠냐고 물었다. 하지만 영상 같은 직접적인 증거는 없었고, 증언만 할 수 있는 상황이었다.

"자세한 거야 좀 더 알아봐야겠지만, 증언은 가능해요. 둘다 증언하겠다고 했습니다."

"그래? 그것만 해도 어디냐. 영상에다가 다른 증거들하고 증인까지 있으면 게임 끝이지."

차동출은 바로 지 대표를 소환하겠다고 이야기했다.

"그 자식이 뺄 수도 있지만, 무조건 이번 주에는 검찰에 나오는 걸로 해야지. 시간 주면 무슨 짓을 할지 모르니까."

"별거 아닌 줄 알고 나올 수도 있는 거 아닌가요?"

위지원 변호사가 슬쩍 끼어들었다. 심각하게 생각하지 않고 그냥 참고인 조사라고 생각하고 부른다고 생각할 수도 있는 거 아니냐고 했다.

"그런 놈들은 의심이 많아서 그렇게 생각하지는 않을 거예요. 분명히 무언가 꼬투리 잡을 거라도 있으니까 부르는 거라고 생각하겠지."

"그래 봤자 별수 없는 거 아닙니까. 준비가 이만큼 되어 있으니까."

혁민은 지 대표는 절대로 빠져나갈 수가 없을 거라고 했다. 차동출이나 위지원 변호사도 마찬가지 생각이었다.

"그러고 보니 참 웃긴다. 검사가 변호사하고 사건 상의해 가면서 일한다니 말이야."

차동출은 정말 웃기는 상황이라고 이야기했다. 정상적인 사건이었다고 하면 말도 안 되는 일이었을 것이다. 하지만 이번 사건은 단순한 사건도 아니고 정상적으로 접근해서 해결할 수 있는 사건도 아니었다.

"상황에 따라서 그럴 수도 있는 거죠, 뭐. 그러면 저도 준비하고 있을게요. 그리고 증거도 계속 찾아보고."

"그래, 특히나 증인들 신경 많이 써라. 워낙 흉악한 놈들이라서 어떻게 나올지 모르니까."

"제가 도울 건 뭐 없을까요?"

위지원 변호사의 이야기에 혁민은 지금은 괜찮다고 했다. 나중에 도움이 필요하면 이야기하겠다고 하면서.

"자, 그럼 나는 지 대표 소환부터 해야겠네."

차동출은 기지개를 켜면서 자리에서 일어났다.

* * *

"아이고, 감사합니다. 제가 따로 한번 모시겠습니다."

지 대표는 자리에서 일어나면서 핸드폰에다 대고 굽실거리면서 이야기했다. 하지만 핸드폰에서는 살가운 말이 아니라 역정을 내는 목소리가 들렸다.

—그런 거 신경 쓰지 말고 일이나 제대로 해. 도대체 일처리를 어떻게 하는 거야? 일을 이렇게 복잡하게 만들어놓고.

"죄송합니다. 앞으로는 다시는 이런 일이 없도록 하겠습니다."

지 대표는 움찔했다. 사실 일이 조금만 잘못되었어도 정말 큰일이 날 뻔했다. 하지만 이제는 웃을 수 있게 되었다. 큰 걱정거리를 덜었으니까.

검사가 제아무리 날고 기어도 증거가 없으면 소용없다. 그 증거를 확실하게 없앴으니 이제 자신을 위협할 수 있는 건 아무것도 없었다.

"제가 도움 주신 분들에게 감사의 뜻으로 약소하지만, 선물을 보냈으면 싶은데……."

—그런 건 간사하고 이야기를 해. 그리고 지금은 움직이지 않는 게 좋아.

"아이고, 제가 그걸 모르겠습니까, 선생님. 다 잠잠해지면 그때 선물 올리겠습니다."

지 대표는 이번 일로 인해서 찍혔으니 그걸 풀려면 상당한 금액이 들겠다고 한숨지었다. 하지만 그렇게 해서라도 마음을 돌려놓아야 한다. 그렇지 않으면 엄청나게 힘든 시간을 보내야 할 것이다.

지 대표는 얼마씩 돌려야 할지 고민했다. 그리고 그것만으로는 조금 부족하니 다른 것도 준비해야겠다고 마음먹었다. 그래서 그것과 관련해서 이야기를 꺼내려고 하는데, 잠깐 기다리라는 목소리가 들렸다.

—어, 그래… 어… 뭐? 결국 한다고?

핸드폰 너머에서는 다른 핸드폰으로 통화하는 소리가 들렸다. 그리고 잠시 후 통화를 마치고 다시 선생님의 목소리가 들렸다.

—이봐, 당신 검찰에서 소환할 모양이야.

"예? 아니, 다 끝난 일인데 저를 왜?"

지 대표는 이해할 수 없다는 표정으로 이야기했다. 그럴 만한 일이 전혀 없었기 때문이었다. 억지로 부를 수는 있다. 하지만 그래서 좋을 게 하나도 없다. 차동출이라는 검사가 제정신이 아니기는 했지만, 검사 짓을 계속하려면 이런 식으로 나오면 곤란했다.

"그냥 이대로 넘어가기가 아쉬워서 떠보려고 부르는 걸 겁니다. 제가 알아서 처리할 테니 걱정하지 않으셔도 됩니다."

—그런 거라면 다행이겠지. 혹시라도 무슨 문제가 있는 건 아니겠지?

"아유, 그럴 리가 있겠습니까. 자료는 모두 폐기된 거 선생님도 잘 아시지 않습니까. 그러니 그냥 떠보려고 부르는 걸 겁니다. 그 검사가 워낙 고집도 세고 그러지 않습니까. 그래서 그러는 걸 겁니다. 자신이 실패했다는 걸 인정하고 싶지 않으니까 말입니다."

지 대표의 말에 아무런 대답도 들리지 않았다.

―내가 방금 들은 이야기로는 무언가가 있는 것 같다는군. 아무것도 없이 무모하게 부를 사람이 아니라는 거야. 그러니까 만약의 경우도 대비하는 게 좋아.

"제가 알아서 처리하겠습니다. 제가 아니라고 하는데 뭐 어쩌겠습니까."

지 대표는 특별한 일은 아니라고 생각했다. 선생님의 이야기를 들어봐도 특별한 걸 확보해서 부르는 것 같지는 않았다.

―지금 상황에서 일이 터지면 복잡해지니까 단도리 잘하라고.

"여부가 있겠습니까. 제가 잘 처리하고 다시 연락드리겠습니다."

지 대표는 불안한 생각이 스멀스멀 기어오르는 느낌이 들었지만, 애써 무시했다. 아무 일도 없을 것이라고 스스로 생각하면서 위로했다. 그리고 정말 잠시 후에 검찰에 오라는 연락이 왔다.

"지까짓 게 어쩌겠어. 일개 검사 주제에."

지 대표는 오히려 건수 잡아서 차동출을 자리에서 끌어내려야겠다고 생각했다. 이 기회에 자신을 건드리면 끝이 좋지 않다는 걸 확실하게 보여주는 것도 나쁘지 않다고 여긴 것이다. 그래야 다음부터는 함부로 자신을 건드리지 않을 테니까.

그래서 차동출의 질문에도 아주 뻣뻣한 태도로 나갈 수 있었다. 그는 차동출의 질문에 틱틱대면서 대답했다. 일부러 너정도에 내가 위축될 사람이 아니라는 걸 보여주듯이.

"그러니까 성 상납과 같은 일은 전혀 모른다?"

"그렇다고 얘기한 것 같은데요. 전혀 모른다고 말입니다."

차동출은 피식 웃었다. 이런 식으로 나오는 인간들도 많이 접해봤기 때문이었다.

"그러면 파티도 전혀 모르시겠구만. 경기도 별장에서 하는 파티."

"파티요? 파티야 좋아합니다. 아는 사람들하고 파티하는 경우야 워낙 많아서. 경기도나 강원도에 있는 별장에서 주로 하고, 가끔은 외국에서도 하고… 검사님은 파티 좋아하시나 모르겠네요."

지 대표는 아주 여유 만만한 모습이었다. 이런 자리에서는 초반 기 싸움이 굉장히 중요하다. 초반에 기가 꺾이면 내내 끌려다니게 된다. 그러니 오히려 상대의 기를 꺾으려고 덤벼들었다.

"파티 같은 거야 취미 있는 사람들이나 하는 거고……."

"여유를 좀 가지고 사시지요. 인생은 짧은 거 아닙니까. 즐기면서 사서야지요. 언제 어떤 일이 생길지도 모르는 일인데 말입니다."

지 대표는 차동출을 은근히 노려보면서 이야기했다. 서 기자처럼 될 수도 있으니 조심하라는 그런 말이었다. 차동출도 지 대표가 보통내기가 아니라는 건 알 수 있었다. 자신 앞에서 이렇게까지 강단 있게 나오는 사람은 정말 오랜만이었으니까.

"인생, 좋지. 즐기는 것도 좋고. 그런데 화무십일홍이라는 말, 아나 모르겠네?"

"아이고, 왜 이러십니까. 저도 배운 사람입니다. 열흘 붉은 꽃 없다는 말 아닙니까. 지금 잘나간다고 해서 그게 영원히 계속되는 게 아니라는 거죠."

지 대표는 여전히 차동출을 째려보면서 말했다. 그 말이 너한테는 적용되지 않을 줄 아느냐는 표정이었다. 차동출은 피식 웃으면서 지 대표의 앞에다가 사진을 한 장 내려놓았다.

"그러면 이 사진도 모르시겠네?"

사진에는 지 대표와 몇 명이 건물 안으로 들어오려는 사진이었다. 위에서 찍은 것으로 보아 2층에서 찍은 것 같았다.

"흠……."

"어딘지 모르지는 않을 것 같은데……."

지 대표가 살짝 당황하자 차동출이 바로 질문을 던졌다. 하지만 지 대표는 마음을 곧바로 추스르고 바로 대답했다.

"글쎄요. 이런 비슷한 곳을 워낙 많이 다녀서 이것만 봐서 어딘지는 잘 모르겠군요. 파티를 좀 많이 다닌다는 거 제가 아까 이야기를 했지 않습니까."

"아, 그러시구나. 그러면 이거는 아실 것 같은데……."

이번에는 다른 사진을 내밀었다. 이번 사진은 화질이 좋지 않았는데, 그래도 지 대표의 얼굴을 알아볼 수 있었다. 사진에는 지 대표와 중년의 남자들, 그리고 미모의 여자들이 있었다.

사진을 본 지 대표의 얼굴에는 당황한 기색이 역력했다. 이건 절대로 외부에 알려져서는 안 되는 그런 모습이었기 때문이었다. 게다가 이런 사진은 찍은 기억이 없었다.

"글쎄요. 이런 파티가 있었던가? 아까도 말씀드렸지만, 워낙 이런 파티가 흔해서……."

"그렇군요. 그러면 조금 더 보여 드려야겠네……."

차동출은 건들거리면서 자기 자리로 가더니 무언가를 뒤적였다. 종이를 뒤적뒤적하다가 그중에서 두어 장을 뽑았다. 그러고는 다시 지 대표의 앞으로 와서는 종이를 내려놓았다.

"이것까지 보면 기억 회복에 도움이 좀 되려나 모르겠네요."

아까 보여주었던 사진과 내용이 이어지는 사진이었다. 지대표는 당황스러웠다. 이건 분명히 없애 버린 그 자료에 있는 것들이었다.

'뭐야? 자료가 더 있는 건가? 아니면 화면을 일부 캡처해 놓은 거?'

분명한 건 차동출이 무언가를 쥐고 있다는 거였다. 그리고 거기에는 밝혀지면 안 되는 사람들의 얼굴이 고스란히 드러나 있다는 거였다. 그냥 파티하는 분위기라면 문제가 될 게 없다.

파티하는 게 죄가 되는 건 아니니까. 하지만 남녀가 서로 벌거벗고 있는 사진 같은 경우는 빼도 박도 못한다. 거기에 얼굴이 나온 사람이 뭐라고 할 것인가.

"이거 영상도 있거든. 그리고 거기에 재미있는 거 아주 많더라고."

차동출은 일이 이렇게 되었으니 협조적으로 나오는 게 어떻겠냐고 말했다. 일은 이미 터졌으니 막을 수 없다. 그러니 자신에게 협조하는 게 그나마 살 수 있는 길 아니겠느냐. 차동출은 그런 식으로 이야기했다.

"글쎄요. 저는 기억이 잘 나지 않는군요. 그리고 이제 보니 제가 아닌 것 같기도 하고……."

"이야, 일단 빼고 보시겠다? 이상하네. 이 사진은 누가 봐도 당신인데……."

지 대표는 일단 부인했다. 나중에 어떻게 될지는 모르겠지만, 일단은 아니라고 해야 했다. 검사의 말처럼 협조한다면 더 큰 화를 당할 테니까. 그러니 무조건 아니었다. 화질도 좋지 않아서 아니라고 우기면 방법이 있을 것도 같았다.

"이거 영상에 나온 날 말이야, 당신 차가 마침 그날 여기를 갔더라고… 그 증거도 확보해 놓았는데… 이를 어쩌나……."

차동출의 말에 지 대표의 표정이 확 일그러졌다.

*   *   *

"끝까지 모른다고 하더라고. 기억이 안 납니다. 잘 모르겠습니다. 왜 똑똑한 사람들이 검찰에만 오면 다 붕어 대가리가 되는지 모르겠어."

차동출은 피식 웃으면서 이야기했다. 전형적인 수작이다.

일단은 모른다고 해놓고 뒤에서 어떻게 손을 쓸 수 있을지 보려는 것이다. 일반인들이라면 꿈도 꾸지 못할 일이지만, 힘이 있다고 생각하는 사람들에게는 너무나도 일상적인 일이다.

"그래서요? 그래서 어떻게 하셨는데요?"

위지원 변호사가 눈을 초롱초롱하게 뜨고는 물었다. 혁민은 호기심이 많은 것도 좋긴 했는데 조금 걱정스럽기도 했다. 이번 사건이 너무 위험한 일이어서 그랬다.

"일단은 돌려보냈지. 증거만 조금 더 확보되면 구속영장 신청하려고. 그러면 자연스럽게 언론에 퍼지겠지."

"왜 바로 신청하지 않았어요? 이렇게 시간을 주면 지 대표가 무슨 일을 꾸밀 텐데……."

차동출은 그럴 만한 이유가 있다고 말했다.

"지금 준비한 것만으로도 충분하기는 해. 그런데 적당히 보여주고 있거든. 일부러 움직이라고 말이야. 그래야 누구하고 연결되었는지 그런 것도 좀 알아낼 수 있잖아."

차동출은 아예 이 기회에 지 대표를 옹호하는 사람들까지 한꺼번에 얽어매려고 일부러 시간을 준 거라고 했다. 이렇게 다급한 상황이면 평소보다는 다급하게 움직일 것이고, 그러다 보면 분명히 실수할 테니까.

"누가 뒤에서 봐주고 있는지야 압력 들어오는 거 거꾸로 거슬러 올라가면 금방 알 수 있거든. 만약에 그 사람이 여기 영상이 있는 사람이면 게임 끝이지."

"그렇긴 하겠네요. 그런 것까지 증거를 확보할 수 있으면 상대는 옴짝달싹하지 못하겠어요."

차동출은 지 대표라는 피라미나 잡으려고 덫을 놓은 게 아니라고 말했다. 이번에 준비한 그물은 월척을 낚으려는 것. 그것도 한 마리가 아니라 여러 마리를 한꺼번에 잡으려는 것이니 너무 조급하게 생각하지 말라고 하면서.

"아우, 그런데 이거 여기저기 연락 오는 게 장난이 아니야. 그만큼 구린 구석이 많다는 거겠지. 게다가 해보라고 하던 부장까지도 전하고는 좀 다르더라고."

차동출은 부장이 일이 너무 큰 것 같다면서 다시 생각해 보는 게 어떻겠느냐는 말을 했다면서 짜증을 냈다. 사건이 큰 줄은 알고 있었지만, 이렇게까지 거물들이 엮여 있는 줄은 몰랐던 것이다.

"갑자기 추위를 타더라니까. 원래 그러는 양반이 아닌데 워낙 거물들이 들어 있으니까……."

"겁내지 않는 사람은 한 명도 없을걸요? 그런 사람들이 연관되어 있다는데 어떻게 멀쩡할 수가 있겠어요. 정치권에 언론, 방송에 재벌에……."

혁민은 당연한 일이라고 말했다. 잘못되면 부장검사도 무사하지 못할 테니 걱정하는 걸 이해할 수 있었다. 하지만 차동출은 오히려 상대가 거물들이라 더욱 기운이 넘치는 것 같았다.

"그래서 내가 말했지. 주사위는 던져졌다고."

"이제는 멈출 수 없죠. 언젠가는, 누군가는 해야만 하는 일이었어요."

차동출은 결의를 다지는 듯 주먹을 꽉 쥐었다가 혁민을 보면서 물었다.

"그것보다 너는 준비 잘되고 있는 거지?"

"그럼요. 만반의 준비를 다 하고 언제 들어가는 게 좋을지만 보고 있다니까요."

"아마도 시간이 좀 걸릴 거야. 지 대표 때리다가 다른 사람들도 부르고 그러면 물리적으로 시간이 필요하니까."

상대가 움직여서 사건을 무마하거나 덮으려고 할 것이고, 그렇게 좀 조용해졌다 싶으면 그때 피해자 가족들이 소송을 걸면서 다시 불씨를 지핀다는 게 기본적인 전략이었다.

여론은 권력자들도 무시할 수 없는 힘이 있다. 그걸 최대한 활용해서 이 사건을 세상에 드러낼 것이다. 압도적으로 불리한 싸움이다. 그런 전략을 세우지 않으면 절대로 이길 수 없는 싸움이다.

"그러면 이제 공식적으로 조사 들어가는 건가요?"

"아직은. 하지만 조만간 그렇게 될 거야. 여론이 들끓으면 위에서도 어쩔 수가 없을 테니까."

"지금부터는 계속 외줄 타는 상황이나 마찬가지네요. 별다른 문제가 없어야 할 텐데……."

상상을 초월하는 방법을 동원하는 자들이었다. 어떤 식으로든 사건을 주물러서 물밑으로 가라앉힐 수 있는 사람들. 무슨 일이 생길지 모른다. 그러니 정신을 바짝 차리고 벌어지는 일에 대처해야 한다.

"이쪽도 충분히 준비했어. 그러니 볼만할 거야."

차동출의 말에 혁민과 위지원 변호사는 기대감과 조마조마하고 불안한 마음을 동시에 느꼈다. 느끼는 감정은 비슷했지만, 그 이유는 조금 달랐다. 혁민은 그 거한의 모습이 머리에서 지워지지 않았다.

'이 사건을 하다 보면 반드시 그 사람하고도 엮이게 될 거야.'

어차피 어떤 식으로든 부닥쳐야 할 운명. 혁민은 그렇게 생각했다. 그 거한과는 피할 수 없는 운명의 끈으로 이어져 있는 것 같다고. 그래서 영문도 모르고 당할 바에는 차라리 정면으로 맞서는 게 좋겠다고 생각했다.

여러 경로를 통해서 그 남자가 누구인지 알아보려 했지만, 그건 불가능했다. 기껏해야 제공할 수 있는 정보가 마스크를 쓴 얼굴이 나온 CCTV 화면 정도였다. 그걸 가지고 어떻게 누구인지 알 수 있겠는가.

그가 만약 정기적으로 지 대표의 회사에 나타난다거나 한다면 혹시 방법이 있을지도 모른다. 하지만 그날 이후로 그 남자는 지 대표의 회사에는 나타나지 않았다.

'그때 어떻게든 정보를 더 알아놨어야 했는데⋯⋯.'

혁민은 후회되었다. 하지만 그때는 정말 정신이 하나도 없었다. 뭘 어떻게 해야겠다고 생각해서 한 게 아니었다. 건물에 들어가서 같이 엘리베이터를 탄 것만 해도 머리로는 이해가 되지 않았다.

그나마 성과라고 한다면 지 대표와 관련이 있다는 걸 확인하는 정도. 계속해서 지 대표 주변을 살피다 보면 그 거한을 또 볼 수도 있을 것이다. 혁민은 반드시 거한과 그 배후를 캐서 도대체 무슨 일이 일어나고 있는 것인지 알아내리라 다짐했다.

'그래. 이번에는 내가 상대보다 먼저 알아내고 먼저 처리할 수도 있어.'

그렇게 된다면 모든 것이 해결되는 거다. 자신과 율희를 위협하는 존재가 바로 그들 아닌가. 그들만 해결하면 마음을 푹 놓아도 된다. 그리고 도대체 어떤 이유로 자신과 율희에게 그런 일을 했는지 궁금하기도 했다.

'계속 접근하다 보면 알 수 있겠지.'

혁민은 그렇게 생각하면서 차동출을 배웅하기 위해서 자리에서 일어섰다.

같은 시각, 지 대표는 자신의 방에서 누군가와 통화를 하고 있었다.

"제가 어떻게든 처리하겠습니다. 시간하고 도움을 조금만 주시면 가능합니다."

―어떤 도움을 이야기하는 거지? 그리고 도움을 준다고 해서 가능하겠나?

지 대표는 다급하게 핸드폰을 부여잡고는 간절함을 담아 이야기했다.

"사람들을 좀 빌려주십시오. 그러면 가능합니다."

─사람을 빌려주는 거야 어려운 일이 아니지. 문제는 그렇게 한다고 해서 사건을 해결할 수 있느냐는 거야.

"해결할 수 있습니다. 제가 지금까지 실망시켜 드린 적 있습니까? 이번 한 번 더 믿어주시면 기대에 꼭 보답하겠습니다."

지 대표는 지금 상황이 얼마나 위험한지 잘 알고 있었다. 그 영상이 세상에 알려지면 정말 난리가 날 것이다. 그러니 어떻게든 사건이 커지지 않도록 막아야 했다. 그래서 사람들을 써서 어떻게든 수를 낼 생각이었다.

─내가 생각해 보고 연락하지.

"감사합니다. 감사합니다."

지 대표는 연신 고개를 숙이면서 말했다. 바로 앞에 선생님이 있는 것처럼. 그리고 이제는 되었다고 생각했다. 여러 방법을 해보다가 정 안되면 담당 검사인 차동출을 제거하고 자료를 빼내는 것까지도 지 대표는 생각하고 있었다.

하지만 방금 통화한 선생님의 생각은 조금 달랐다. 그는 바로 앞에 있는 남자에게 말을 걸었다.

"지 대표는 차 검사를 손볼 생각을 하는 것 같은데… 어떤가?"

"방법이 그것밖에 없다면야 그래야겠죠. 하지만 현직 검사를 건드린다는 건 단순하게 생각할 문제는 아니군요. 게다가 증거를 처리해야 하는 문제도 있고……."

남자는 대단히 복잡한 일이라고 말했다. 부정적인 뉘앙스를 진하게 풍기면서.

"그렇지. 방법이 그것밖에 없다면야 현직 검사라도 어쩔 수 없는 일이지. 하지만 다른 방법도 있는 거 아닌가?"

선생님의 말에 남자는 슬며시 웃었다.

"지금 제가 생각하고 있는 것과 같은 생각을 하셨나 보군요. 그럼요. 일을 굳이 복잡하게 만들 필요는 없죠. 진리는 단순한 데 있는 법 아닙니까."

"그렇지. 굳이 복잡하게 갈 이유가 없지."

선생님의 말에 남자는 누가 그 일을 해야 할지를 생각해 보았다. 일단 자신은 그 일과는 잘 맞지 않았다.

'내 전공은 아니고, 그 사이코패스 새끼를 꺼내서 쓰는 것도 아니고……'

남자는 교도소에서 만난 그 사이코패스도 지금 일과는 잘 어울리지 않는다고 생각했다. 그렇다면 남는 사람은 한 명이었다.

"역시나 덩치가 일하는 게 좋겠습니다. 그 분야는 그 녀석 전공이기도 하니까."

"덩치라면 괜찮겠지. 그러면 바로 연락해서 처리하라고 하게. 깔끔하게."

"그 녀석 일하는 거야 선생님도 잘 아시지 않습니까. 아주 매끈하게 처리할 겁니다."

남자는 흰 이를 드러내며 웃었다.

*　　　*　　　*

"아니, 이 인간이 연락도 없고 전화도 받지 않고……."

차동출은 오늘 오기로 한 지 대표가 보이지 않자 전화를 걸었는데, 신호는 가는데 전화를 받지는 않았다.

"이 인간이 술 퍼먹고 사우나에 퍼질러져 있나……."

차동출은 이렇게 심각한 상황인데 지 대표가 정신을 차리지 못하고 있는 것 같다면서 투덜거렸다.

"이게 지금 기 싸움을 하자는 건가? 아니면 무슨 일을 꾸미고? 그것도 아니면 길들이기?"

여러 가지 생각을 해보았지만. 지 대표의 행동은 쉽게 이해할 수 없었다. 지금 검사인 자신을 자극해서 좋을 일이 하나도 없다. 어떤 목적이나 의도를 가지고 일부러 그러지 않는 이상 무척이나 이상한 일이었다.

차동출이 그렇게 화를 삭이고 있을 때, 누군가가 문을 박차고 들어와서는 다급한 목소리로 말했다.

"검사님, 큰일 났습니다. 지금 지 대표가 집에서 숨진 채 발견됐답니다."

"뭐?"

차동출은 머리를 한 대 후려 맞은 것 같은 기분이 들었다. 지 대표가 죽을 것이라고는 전혀 생각지 못했기 때문이었다.

"죽었어? 언제? 왜?"

잠시 멍하게 있던 차동출은 수사관에게 물었는데, 수사관은 기다리고 있었다는 듯 바로 대답했다.

"자살이랍니다. 자세한 거야 더 알아봐야겠지만……."

"뭐? 자살? 그럴 리가 있나… 그럴 캐릭터가 아니야. 지 대표가 자살이라니……."

충동적으로 자살하는 경우도 있긴 하다. 사람 일이란 어떻게 될지 모르는 것이기도 하고. 하지만 차동출은 그간의 경험으로 미루어볼 때 지 대표가 자살할 그런 사람은 아니라는 생각이 들었다.

"집이라고 했지? 지 대표 집이 어디더라?"

"대치동인데요."

차동출은 주소가 어디인지 확인하고는 곧바로 지 대표의 집으로 향했다. 하지만 차동출은 지 대표의 집에서 별다른 소득을 얻지 못했다. 그가 보기에도 지 대표는 자살한 것처럼 보였다.

아무런 소득 없이 다시 검찰청으로 돌아온 차동출은 소식을 듣고 부랴부랴 달려온 혁민을 맞이했다.

"지 대표가 자살이요? 그럴 리가……."

"나도 믿기지 않아. 하지만 그렇게 생각할 수밖에 없어. 외부 침입 흔적도 없고, 특별한 외상 같은 것도 없으니까."

혁민과 차동출은 그럴 리가 없다고 생각했지만, 자살이 아니라는 증거가 없었다.

"유서가 없는 게 이상하잖아요."

"그게 좀 이상하기는 하지만, 자살하는 사람이 전부 유서를 남기는 건 아니니까 그것만으로 자살이 아니라고 볼 수는 없지."

"분명히 아닌데… 이건 분명히 그쪽에서 손을 쓴 건데……."

혁민은 자살로 위장해서 살해한 것이라고 생각했다. 혁민도 나름대로 많은 일을 겪었다. 지 대표와 같은 종류의 인간은 절대로 자살을 할 사람이 아니었다.

"지금 지 대표를 걸고넘어진 게 그 뒤에 있는 사람들을 바로 기소하는 게 여러모로 부담스러워서 그런 거잖아요."

"그렇지. 지 대표 사건으로 그 사람들을 참고인으로 부르려고 한 거지. 그러다가 판을 키우고 제대로 붙어보자는 게 우리 생각이었잖아."

"상대방도 우리가 그럴 것이라는 걸 뻔히 알겠죠?"

차동출은 혁민의 말에 동의했다. 어떤 식으로 흘러갈지 상대방도 뻔히 알고 있었을 것이다.

"그래서 지 대표를 죽였다? 지 대표가 죽으면 사건은 종결이니까……."

"그렇게 생각하는 게 가장 타당성이 있는 거 아닐까요? 저는 아무리 생각해도 그렇게밖에는 생각할 수가 없을 것 같은데……."

차동출도 동의했다. 일단 사건을 그렇게 마무리해 놓고 그다음으로는 자료를 어떻게든 처리하려고 나올 것이다. 차동출과 혁민은 자료를 잘 관리해야겠다는 생각을 동시에 떠올렸다. 그리고 더 이야기하려는데 차동출을 부장검사가 불렀다.

"이제 끝내라. 그리고 너도 조심해. 나는 이 사건, 이거 아주 마음에 들지 않는다. 느낌이 정말 좋지 않아. 계속해서 파고들면 피가 많이 흐를 것 같다."

부장검사는 딱딱하게 굳은 표정으로 말했다. 하지만 차동출은 고개를 저었다.

"부장님, 그럴 수는 없습니다. 지금 그만두면 상황은 더 안 좋아질 겁니다. 안 보이세요? 저 인간들은 벽이에요. 금이 쫙쫙 가 있고 그 사이로 온갖 벌레들이 기어 나오는 그런 벽이요."

차동출은 강한 어조로 말했다.

"그걸 가만히 두면 사람들이 다칩니다. 지금 그만두면 당장은 괜찮은 것처럼 보일 수도 있겠죠. 하지만 금이 가서 엉망인 벽을 벽지로 가려놓았다고 멀쩡해지는 건 아닙니다."

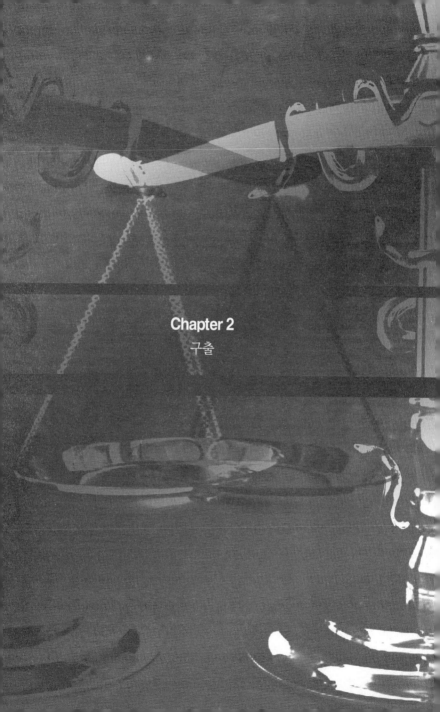

Chapter 2
구출

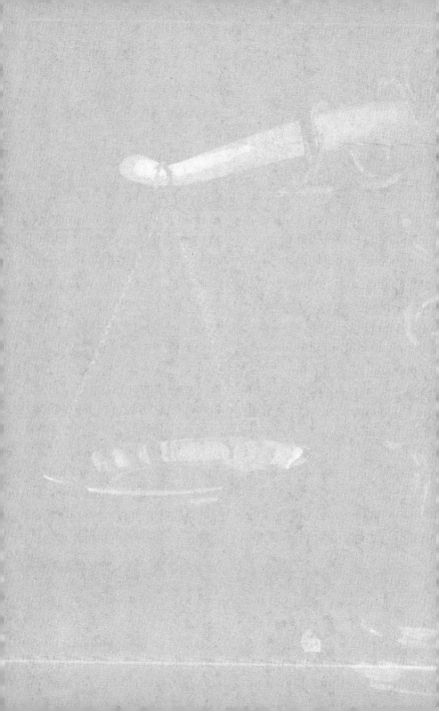

"오랜만이군, 백 선생."

백 선생은 자신의 앞에 앉아 아주 편안하고 친근한 표정으로 자신을 바라보고 있는 초로의 남자, 사람들이 선생님이라고 부르는 그 남자를 쳐다보면서 잔잔한 미소를 지어 보였다.

하지만 상대의 표정 같은 것에 큰 의미를 두거나 하지는 않았다. 속마음과는 다른 표정을 만드는 것쯤이야 익숙한 사람들이었으니까. 수도 없는 가면을 가지고 살아온 두 사람은 일단은 오랜만에 만나서 반갑다는 표정을 한 채 서로를 바라보고 있었다.

"그렇군요. 얼마 만인지 기억도 나지 않는군요."

"우리 같은 사이에 기간 같은 게 뭐 그리 중요하겠나. 이렇

게 대면을 하고 있다는 것이 중요한 것이지. 안 그런가?'

백 선생은 그 말을 듣고는 속으로 웃을 수밖에 없었다.

'무슨 짓을 할지 몰라서 귀찮았는데, 이렇게 잡아놓으니까 좋다는 말이군.'

백 선생은 상대에게 뭔가 문제가 있다는 걸 느낄 수 있었다. 어지간해서는 이런 표현을 직접 하지 않는 사람이었기 때문이었다. 이렇게 나오는 건 상황이 좋지 않고, 여유가 없어서 그러는 것이다.

평소라면 아닌 척하면서 갖은 조롱과 멸시를 다 했을 것이다. 자기 잘난 척을 하면서 말이다. 그런데 그런 것도 없이 이런 식으로 나온다는 건 그만큼 여유가 없다는 뜻이다. 백 선생은 잘하면 기회가 생길 수도 있겠다는 생각이 들었다.

"자료는 장중범에게 맡겨놓았다지? 그나저나 장중범과 같이 있었다니 조금은 놀랍군. 두 사람이 특별한 접점이 있거나 한 건 아닌데 말이지."

"인연이라는 게 다 그런 거 아니겠습니까. 서로 전혀 만날 것 같지 않던 사람들이 만나기도 하고, 죽고 못 살 것 같은 사이였다가도 한순간에 돌아서고 그런 거죠."

"그렇긴 하지. 아무도 어떻게 될지 모르는 게 사람 일이지."

백 선생은 오늘따라 상대가 무척이나 이상한 모습을 보인다고 생각했다. 이런 식으로 감성적인 모습을 보여주는 사람이 아니었는데 말이다.

'나이를 먹으면 어쩔 수가 없는 모양이군. 아니면 정말 심각

한 문제가 있던가.'

백 선생의 생각대로 조금은 복잡한 문제가 있었다. 자신은 물론이고 자신과 연관된 사람들까지 한순간에 위태롭게 만들 수 있는 자료가 새 나갔기 때문이었다.

백 선생과 장중범이 가지고 있는 자료도 위험하기는 했다. 그래서 그동안 그렇게 이들을 찾으면서 자료가 다른 곳으로 전해지지 않도록 하려고 갖은 애를 다 쓴 것 아니겠는가. 그리고 오랜 노력의 결실로 이제 그 문제는 거의 해결될 것처럼 보였다.

그래서 이제 한숨 돌릴 수 있게 된 것인가 했는데, 그 순간 다른 문제가 터져 버렸다. 물론 급한 불은 껐다. 검찰이 기소하지 못하게 만들었으니까. 하지만 문제가 해결된 건 아니었다. 자료가 아직 그대로 남아 있었으니까.

상대는 현직 검사. 그것도 제어하기 어려운 성격의 차동출 검사였다. 거래할 수도 없고 찍어서 누르기도 어려운 인간. 적을 상대하게 할 때는 더없이 좋은 인재였지만, 칼날이 자신에게 향하면 정말 골치 아픈 인간이었다.

"백 선생! 장중범은 어디 있나?"

"이 안에 있는데 그 친구가 지금 어디 있는지를 어떻게 알겠습니까."

백 선생의 말에 초로의 남자는 고개를 끄덕였다. 백 선생의 말이 맞는 말이라는 듯이. 하지만 그의 입에서 흘러나온 말은 긍정적인 말이 아니었다.

"일반적으로 생각한다면야 당연히 문제가 없는 대답이겠지. 하지만 내 생각은 조금 달라. 장중범 그 친구가 곰처럼 보이기는 하지만 실제적으로는 무척 섬세하고 치밀한 사람이거든."

백 선생은 조용히 듣고는 있었지만, 상대의 말에 동의하고 있었다. 사람은 겉모습만 가지고 평가해서는 안 된다는 말이 있기는 하지만, 대부분은 외모를 보면 어느 정도는 그 사람에 관해서 알 수가 있다.

나이를 먹으면 먹을수록 더욱 그렇다. 그래서 마흔이 넘었을 때 자기 얼굴은 자신의 책임이라는 말도 있지 않은가. 하지만 그런 상식적인 범주에서 벗어난 사람도 분명히 있다. 장중범이 그런 사람 중 한 명이었다.

"그래서 나는 백 선생이 알고 있다는 생각이 들어. 지금 장중범이 어디 있는지 말이야."

백 선생은 조금 위험하게 되었다는 생각이 들었다. 상대가 이렇게 나올 때는 이미 마음을 굳힌 거다. 지금 어떤 그럴듯한 이유를 들어서 설득하려고 해도 상대는 꿈쩍도 하지 않을 것이다.

'답이 정해져 있으니 내가 무슨 변명을 대도 소용없지.'

상대는 이미 자신이 장중범의 거처를 알고 있다는 확신을 가지고 있다. 그러니 자신에게는 엄청난 위기나 마찬가지다. 게다가 상대는 음흉하고 흉악하기 짝이 없는 인간. 어설픈 속임수에는 넘어가지 않을 것이다.

"어디로 갈 건지 정확하게는 알지 못합니다. 당신도 알 것 아닙니까. 만약을 대비하는 사람들이 어떻게 하는지를. 나도 예전에 그랬고, 당신도 그렇게 관리하고 있을 텐데요."

백 선생은 장중범이 모든 것을 공개하지는 않는다고 이야기했다. 혹시라도 누군가 배신하거나 지금처럼 잡히는 사람이 있을 때 위험해질 수 있는 일이니까.

"그렇긴 하지. 모든 걸 전부 공유하는 건 위험한 일이지."

"그래서 내가 아는 건 그리 많지 않습니다. 그리고 대부분 전에 이야기를 했고 말입니다."

백 선생의 말이 끝나자마자 상대는 씨익 웃었다.

"그랬군. 역시 백 선생이라고 이야기해야 하는 건가?"

"상대에 맞춰서 대응하는 거야 당연한 거 아닙니까. 그래야 오래 살아남을 수 있지요."

백 선생은 역시나 만만치 않은 상대라는 생각이 들었다. 두뇌 회전이나 사람을 파악하는 능력이 빨랐다. 거기다가 이쪽 일이나 사람들의 성향을 잘 알고 있고 경험도 풍부했다. 상대하기가 쉬울 리가 없는 게 어찌 보면 당연한 일이었다.

그냥 지나가듯 이야기했지만, 상대는 대부분 이야기했다는 말의 의미를 정확하게 파악했다. 대부분 이야기했지만, 무언가 한 방은 남겨놓았다. 비장의 카드로 말이다. 백 선생은 그러니 지금 그걸 가지고 협상을 하고 싶다는 뜻이었다.

상대가 급해 보이지 않았다면 다른 방법을 찾았을 것이다. 하지만 지금은 상대가 무언가에 쫓기고 있는 듯한 분위기. 충분히 협상할 수 있는 상황이라고 판단하고 모험을 걸어본 거였다.

이제는 모험을 걸 만한 시간도 별로 없었다. 아무것도 하지 못하고 그냥 사라지느니 그래도 약간의 기회라도 있을 때 무언가 움직여 보는 것이 더 나을 것이라고 판단한 거였다.

"좋은 패를 가지고 있다면 그만한 대가를 줄 생각도 있지. 원하는 게 어떤 거지?"

"원하는 게 뭐가 있겠습니까. 아주 소박합니다. 그저 말년을 조용히 살아가는 그런 거죠."

백 선생은 상대의 눈을 지그시 쳐다보면서 이야기했다.

"내가 왜 자료를 가지고 도망쳤겠습니까. 간단하게 이야기하면 살고 싶어서 그런 거 아닙니까. 어디 사람들 모르는 데가서 그냥 책이나 읽으면서 보내는 거면 충분합니다."

백 선생은 물가 싸면서 살기 괜찮은 곳이면 좋겠다고 말했다. 한국 사람은 한 명도 없어도 상관없다고 하면서. 상대는 백 선생을 쳐다보면서 지그시 웃었다. 그리고 천천히 고개를 끄덕였다.

"자료만 확실하게 처리할 수 있으면 그 정도는 해줄 수도 있지. 그래, 장중범은 지금 어디에 있을 것 같은가?"

"아이고, 선생님. 이거 왜 이러십니까. 서로 잘 아는 처지에……."

백 선생은 이러지 말자고 이야기했다. 지금 이야기를 하면 당연히 자신의 조건을 들어주지 않을 게 뻔한데 어떻게 자신이 말을 할 수 있겠느냐고.

"지금 그렇게 배짱을 부릴 처지가 아닐 텐데? 이야기를 하고 내 배려를 바라야 하는 거 아닌가? 나를 믿고 이야기를 해야지, 이 사람아."

백 선생은 겉으로는 허허 웃고 있었지만, 속으로 욕을 신나게 퍼붓고 있었다. 세상에 너만큼 믿지 못할 인간은 없을 거라고 하면서.

'너를 믿어? 차라리 개나 돼지가 더 믿음직하겠다. 더러운 짓은 다 하는 주제에 있는 척하기는⋯⋯. 하기야 그런 놈이었지. 지저분한 짓을 해서라도 자기 욕심은 다 채우면서 다른 사람들에게는 그런 모습으로 보이기 싫어하는⋯⋯.'

백 선생은 조금은 더 확실한 보장이 있어야 하는 것 아니냐고 이야기했다.

"제 입장도 좀 생각을 해주셔야죠. 저야 막다른 길 아닙니까."

"그러니까 말이야. 지금 이러니저러니 재고 그럴 상황이 아니란 말이야. 그러니까 그냥 이야기를 하라고. 내가 신경을 써줄 테니까."

사실 방법이 없었다. 이곳에 갇혀 있는 처지인데 어떻게 안전을 보장받을 수 있단 말인가. 그래서 생각하고 있던 카드를 꺼냈다.

"장소라도 좀 옮겨주시죠. 눅눅한 지하에만 있으려니 좀 그러네요. 햇빛이라도 들어오는 곳으로 해주시면 그걸 약속이라고 생각하겠습니다."

"햇빛이 들어오는 곳이라……."

"잘 아시지 않습니까. 어차피 옮긴다고 해도 제가 할 수 있는 건 아무것도 없다는 거. 감시 다 붙을 테고, 해만 들어오지 사실상 격리된 그런 곳일 거고 말입니다."

백 선생의 말에 상대는 잠시 생각에 잠겼다. 그 정도는 해줄 수 있었다. 어려울 것 없는 일이었으니까. 그리고 이곳에 있으나 그곳에 있으나 큰 차이는 없다. 어차피 외부와 연락할 수 있는 방법은 없고, 철저한 통제하에 있게 된다.

하지만 무언가 찜찜했다. 이건 논리적인 것이나 합리적인 이성과는 거리가 먼 거였다. 그냥 그런 기분이 들었다. 때로는 논리나 이성보다 이러한 직관이 더 큰 역할을 하기도 한다. 하지만 상황이 좋지 않았다.

다른 때였다면 당연히 거절했을 것이다. 하지만 지금은 상황이 복잡하고 문제가 여기저기서 마구 터지고 있어서 하나라도 빨리 마무리를 하고 싶어 하는 심리가 강했다.

"지상이라… 그 정도는 해줄 수 있지……."

"아… 그렇습니까. 정말 기대가 되는군요. 해를 본 지가 너무 오래되었더니 어떤 느낌인지 잊어먹을 지경이라… 그런 거 아십니까. 평소에는 잘 모르고 있었는데, 그것을 잃고 나니까 소중하다는 걸 알게 되는 그런 거 말입니다."

백 선생의 말에 상대도 고개를 주억거리면서 동의했다. 요즘이 딱 그랬다. 예전처럼 자신의 통제하에 모든 것이 순조롭

게 돌아갈 때가 그리웠다. 그때는 그것이 당연하다고 생각해서 아무런 감흥이 없었는데, 지금 와서 생각해 보니 그때가 정말 좋았던 때였다.

"좋아. 그러면 장중범이 어디에 있는지 이야기를 해보자고."

"미리 말씀드리지만 제가 알고 있는 건 합류하고 난 후에 가기로 했던 예정지입니다. 예정지가 몇 개가 있을지는 모릅니다. 제가 알고 있는 건 하나뿐이니까."

백 선생의 말에 상대는 피식 웃었다.

"우리같이 지원을 받을 수 있는 쪽이야 마음대로 거처를 마련할 수 있지만, 장중범이 그럴 여유가 있을 것 같은가? 내 생각에는 아무리 많아도 둘이야. 한 곳일 가능성이 더 높고. 그러니 이야기를 하라고."

"그런데 말입니다. 해를 먼저 보고 말을 해도 될까요? 믿지 못하는 건 아니지만 제가 곰팡이 피는 곳에만 있다 보니 몸이 좀 좋지 않아서……."

백 선생은 햇볕을 좀 쬐면 훨씬 나을 것 같다면서 부탁한다고 이야기했다. 그렇게 하는 것이 많은 시간이 필요한 것도 아니지 않으냐고 말하면서.

"반나절이면 충분하지 않습니까. 그 시간 때문에 무슨 일이 생길 리도 없고 말입니다."

상대는 백 선생을 잠시 노려보다가 자리에서 일어났다. 이야기를 해놓을 테니 곧 신선한 공기를 맡을 수 있을 거라면서.

"하지만 만약 내가 생각한 것과 조금이라도 다른 상황이 발생하면 어떻게 될지는 굳이 이야기하지 않아도 알 거야."

"당연한 일 아닙니까. 그래도 한때는 서로 알고 같이 일했던 적이 있는 사이인데요."

백 선생은 누구보다도 잘 알고 있으니 걱정하지 말라고 이야기했다. 어떻게 될 것이라는 건 너무나도 잘 알고 있다. 예전에 일했을 때 저 인간이 어떤 식으로 일을 처리했는지 다 보았으니까.

그러니 쉽게 마음을 놓아서는 안 된다. 지금이야 무언가 사정이 있어서 이렇게 나오는 거겠지만, 원래는 그런 인간이 아니었으니까. 반대로 백 선생은 자신이 생각한 게 틀림없다고 확신했다.

어떻게든 자신이 모든 걸 쥐고 흔들어야 직성이 풀리는 인간이었다. 보지 못한 사이에 무언가 변화가 있었을 수도 있지만, 인간의 본성이라는 게 그렇게 쉽게 바뀌는 게 아니다. 백 선생은 자신에게 시간이 그리 많이 남지 않았다고 생각했다.

"이렇든 저렇든 어차피 나를 그냥 두지는 않겠지."

서로 마주 보며 이야기를 나누었지만, 두 사람은 머릿속으로는 다른 그림을 그리고 있었다. 그리고 두 사람 다 그런 사실을 알고 있을 것이다. 모두 자신의 그림이 정답이라고 생각하면서.

*   *   *

"가능할까?"

"세상에 불가능한 일은 없지. 하기 쉬운 일과 하기 어려운 일. 이렇게 나뉠 뿐이야."

장중범은 반신반의하는 질문에 덤덤한 목소리로 대답했다.

"상대가 유리하다고 틈이 없는 건 아니거든. 그리고 결정적으로 우리가 그들의 정보를 가지고 있다는 걸 아직은 모르고 있을 테니까."

한국에 와서 지낸 세월만 해도 벌써 몇 년이던가. 그런데 자신의 숨통을 노리는 자들에 관해서 조사도 하지 않았겠는가. 당연히 이런저런 라인을 동원해서 알아보았다.

처음에 한국에 몰래 들어와서 자리를 잡고서 한 일이 자신을 이렇게 만든 자들 주변을 조사하는 거였다. 쉽지는 않은 일이었다. 힘의 차이나 정보력의 차이가 워낙 컸으니까. 그래서 막막하던 차에 결정적인 힘이 되어준 것이 백 선생이었다.

백 선생은 그들에 관한 정보를 누구보다도 많이 알고 있었다. 그래서 그때부터 상대의 정보를 캐내는 것이 훨씬 수월해졌다.

"재미있지 않나? 백 선생이 도망치고 있는데도 크게 변화를 주지 않았다는 게."

"그만큼 자신들은 안전하다고 생각하는 거겠지. 원래 힘을 갖게 되면 자만하게 되고, 자만하게 되면 방심하는 법이거든."

장중범은 배인수의 말에 고개를 끄덕였다. 자신 같아도 그럴 것 같았다. 무서울 게 뭐가 있겠는가. 이 나리를 쥐고 흔드는 권력자들이 뒤를 봐주고 있는데.

"그게 우리에게는 기회를 준 거지. 자, 이제 슬슬 움직여 보자고. 백 선생을 구하러."

＊　　＊　　＊

제대로 된 안가를 구한다는 건 쉽지 않은 일이다. 안가도 기능에 따라서 필요한 조건이 다양한데, 일단은 그런 여러 가지 조건을 만족하는 장소를 찾는 것부터가 머리 아픈 일이기 때문이다.

그런 장소를 찾았다고 해도 문제가 전부 해결되는 건 아니다. 그 장소에다가 제대로 기능을 할 수 있는 건물을 지으려면 이래저래 복잡한 과정을 거쳐야 한다. 땅 주인으로부터 사들이는 건 둘째 치고 말이다.

만들고 나서도 문제는 계속된다. 주변에 안가의 기능을 방해하거나 저해하는 건축물이 들어오지 않아야 한다.

"그래서 옮기지 않고 있는 것일지도 모르지."

"하긴. 대놓고 드러낼 수는 없는 처지니까……."

정보기관이라면 사정이 조금 다를 수도 있다. 여러 루트를 통해서 협조를 구할 수도 있고, 혹시나 문제가 생기더라도 해결하기가 비교적 쉬우니까. 하지만 저들은 그렇지 않다. 철저하게 숨겨야 하는 처지.

그래서인지 안가의 위치나 내부 사정을 잘 아는 백 선생이 도망쳤는데도 위치를 바꾸지 않고 있었다.

"바꾸려고 했지만, 적당한 장소를 찾지 못했을 수도 있지……."

장중범은 저 멀리에 있는 건물을 보면서 그렇게 중얼거렸다.

"그런데 용케도 정찰을 했군. 주변에 숨을 곳이 없어서 쉽지 않았을 텐데……."

"나만의 방법이 있다고 해두지."

배인수의 말에 장중범은 고개를 끄덕였다. 누구나 어느 수준 이상이 되려면 자신만의 비장의 수법 정도는 가지고 있어야 한다. 그런 건 남에게 잘 이야기해 주지 않는다.

"평소에는 너덧 명 정도이고 거기서 숫자가 약간 플러스마이너스된다고 했지?"

"그래. 며칠 동안 살펴본 거라서 확신할 수는 없지만, 대략 그 정도라고 생각하면 될 거야."

배인수의 말에 장중범은 살짝 의아하다는 생각이 들었다. 자신이 생각한 것보다 수가 너무 적었기 때문이었다.

"숫자가 너무 적은 것 같은데……."

"인원이 많은 조직은 아니니까. 게다가 요즘은 어지간한 건 장비를 통해서 해결하고."

외부에 공개되지 않은 범죄 조직이다. 더구나 살인까지 하는 조직. 인원이 많으면 오히려 통제하기만 어렵다. 이런 조직일수록 콤팩트해야 한다. 정말로 능력 있는 소수 정예로 이루어진 조직.

그리고 예전에야 모든 일을 전부 사람이 해야 했지만, 지금이야 어디 그런가. 기계의 힘이 사람이 하던 부분을 많이 대신하고 있다.

"하기야… 그 부분만 잘 해결하면 빼 오는 거는 오히려 쉬울 수도 있겠어……."

"지금까지 아무도 자기들을 건드리지 않았으니 방심하지 않는 게 더 이상할 수도 있지."

일을 하다가 문제가 된 적은 있었지만, 안가가 발각되거나 한 적은 없다고 했다. 그러니 방심을 하고 있는 것도 이상한 일은 아닐 것이다.

"보안 시스템과 관련된 정보는 언제쯤이면 가능할 것 같아?"

"이틀! 길어도 삼 일."

배인수는 간략하게 대답했다.

"그러면 늦어도 사흘 뒤면 구체적인 계획이 나올 수 있겠군. 나머지는 이미 전략을 세워두었으니까."

"그런 셈이지. 그런데 위험하다는 건 알고 있겠지?"

"당연하지. 이렇게 저들을 건드린다는 건 전면전을 하겠다는 거나 마찬가지니까."

"그런데 갑자기 왜 그런 결정을 했지? 그동안은 어떻게든 문제를 일으키지 않으려고 했으면서 말이야."

장중범은 잠시 말을 하지 않았다. 배인수의 말을 들으니 지난 시간이 머릿속에 떠올랐기 때문이었다. 중국에서 작전하다가 탄로 나서 죽을 뻔했었고, 그 이후로도 계속되는 위협 속에서 살아남아야 했다.

　간신히 중국에서 살아남아 한국으로 올 수 있었지만, 이미 한국에서는 죽은 것으로 알고 있었다. 자신과 친분이 있던 사람들은 모두 조직에서 쫓겨났고, 가족들에게는 감시가 붙어 있었다. 자신을 찾고 있는 움직임도 있었고.

　'이상했지. 내가 살아 있다면 오히려 보호하고 반겨야 하는데 그렇지 않았으니까.'

　자신이 살아 있다는 걸 알고 있는 게 분명했다. 그런데 자신을 어떻게든 구하려고 하기는커녕 오히려 없애려는 것 같았다. 분명히 정상적인 반응은 아니었다. 그래서 정체를 들키지 않으려고 무척이나 신중하게 행동했다.

　그러면서 어떻게 된 일인지 알아보려고 노력했다. 도대체 왜 자신이 이런 일을 당해야 하는지 이해할 수 없었으니까. 하지만 원체 정보를 알아내기 어려운 집단이라서, 그리고 자신이 믿을 수 있는 사람이 없어서 좀처럼 정보를 알아낼 수 없었다.

　그나마 나중에 알게 된 건 자신을 배신자로 생각하고 있다는 거였다.

　'배신자라니. 내가 도대체 뭘 했다고……..'

　처음에는 울화가 치밀었다. 국가를 위해서 목숨까지 버릴

각오로 일했고, 조금이라도 해가 될 일은 생각도 하지 않았다. 게다가 실제로 죽을 뻔하기도 했고. 그런 자신이 왜 그런 취급을 받아야 하는지 알 수 없었다.

하지만 자신의 기분을 앞세울 수는 없었다. 냉정하게 생각을 해야 할 때였다. 자신이 속해 있던 조직이 얼마나 무서운지는 자신이 가장 잘 안다. 잘못하면 자신의 가족이 다칠 수도 있는 일이어서 신중할 수밖에 없었다.

평생 몸담을 곳이라고 생각했던 조직으로부터 버림받은 이상 남은 건 가족밖에는 없었다. 그래서 안전하다는 생각이 들기 전까지는 문제를 일으키면 안 된다고 생각했다.

'힘의 격차가 너무 컸으니까. 내가 할 수 있는 게 없다고 생각했으니까.'

상대와 맞붙어보겠다는 건 엄두도 내지 못했다. 계란으로 바위 치는 일이라고 생각했으니까. 그래서 무조건 숨고 피했다. 하지만 지금은 생각이 바뀌었다.

피하기만 해서는 아무것도 해결되는 게 없다는 걸 깨달았다. 계속해서 쫓기고 점점 상황은 나빠지기만 했다. 소극적으로 정보를 모으고 그걸 가지고 어떻게든 해결해 보겠다고 하는 건 애초에 잘못된 방법이었다.

"어느 정도 정보를 모았으면 조금 더 적극적으로 움직였어야 했어……."

"갑자기 그게 무슨 소리야?"

장중범의 중얼거림을 들은 배인수가 물었다. 장중범은 씁쓸한 표정으로 대답했다.

"아니야. 그냥 그런 생각이 들어서… 지금 이렇게 된 것이 내가 자초한 게 아닌가 싶어서……."

"정답이 어떤 건지 어떻게 알겠어. 더구나 상대는 거대 조직이고, 잘못하면 목숨이 위태로운 상황인데… 너무 자책하지 말라고."

배인수는 지난 일 같은 건 나중에 나이 먹고 한가롭게 볕이나 쬘 때가 되면 그때 떠올리라고 말했다. 그 말에 장중범은 큭큭대며 웃었다.

"그런 때가 왔으면 좋겠어. 우리 딸 시집가서 손주 나오면 그 아이하고 놀아주기도 하고."

"세월 가는 거 금방이야. 분명히 그렇게 될 테니까 지금은 해야 할 일에 집중하자고."

배인수는 장중범의 어깨를 두들기면서 이야기했다. 그러면서 속으로 생각했다.

'이제 비틀어진 운명이 마지막을 향해 가는군.'

그는 상황이 어떻게 되든 간에 조만간 결론이 날 것임을 알고 있었다. 비극으로 끝날 수도 있고, 해피 엔딩으로 끝날 수도 있다. 어떤 결론이 날지는 자신도 알지 못한다. 일부는 즐거운 결말이, 일부는 좋지 않은 끝으로 이야기가 마무리될 수도 있고.

'누군가는 죽고 누군가는 살 수도 있겠지.'

어떤 식으로 마무리되든 큰 상관은 없다. 운명이란 놈이 얼마나 질기고 끈덕진 놈인지는 잘 아니까. 누구나 노력하면 운명을 바꿀 수 있다? 그건 정말 운명이란 게 어떤 것인지 모르는 사람들이 하는 개소리다.

그렇게 쉽게 바꿀 수 있는 것이었다면 운명이라는 거창한 이름까지 붙지 않았을 것이다. 하지만 불가능한 것은 아니다. 실제로 운명을 바꾸는 사람을 직접 본 적도 있었으니까.

'뭐, 결과가 어떻게 되든 나와는 큰 상관이 없으니까. 나야 그저 무사히 물건만 가져가면 되는 거지.'

하지만 장중범은 좀 잘되었으면 좋겠다는 생각이 들었다. 모든 일에는 대가가 따른다. 그런데 장중범은 아무런 것도 얻지 못한 채 너무나도 큰 대가를 치렀다. 그래서 이제는 대가를 치른 만큼 무언가를 받아도 된다는 생각이 들었다.

그렇지만 모든 일이 그렇게 돌아가면 얼마나 좋겠는가. 그러나 세상은 불공평하다. 태어날 때부터 불공평하게 태어나고, 자라면서 경쟁을 할 때도 똑같은 조건에서 싸우지 않는다. 그런 게 세상이다.

어떤 사람은 죽도록 고생만 해도 계속해서 일이 잘 풀리지 않고, 어떤 사람은 정말 약삭빠르고 재수 없게 구는데도 승승장구한다. 사람은 착하게 살아야 한다? 요즘에는 유치원 아이들도 믿지 않는 말이다. 특히나 이 나라에서는 말이다.

'그래도 기왕이면 잘되면 좋겠어⋯⋯.'

그는 나이가 좀 들어서 감상적이 되었나 보다 하고 생각했다. 지금까지는 일하면서 이런 생각을 한 적이 없었는데 말이다.

"그렇지. 그나저나 백 선생한테 무슨 일이 생긴 건 아닌지 좀 걱정이군."

"괜찮을 거야. 현명한 사람이니 잘 대처하고 있겠지. 머리 굴리는 거야 그만한 사람이 또 어디 있겠어."

장중범은 고개를 끄덕였다. 백 선생이라면 어떻게든 잘 버텨내고 있을 것 같았다.

그리고 그들이 생각하는 대로 백 선생은 지하에서 벗어나 햇빛을 받을 수 있는 2층으로 거처를 옮기고 있었다.

"좋긴 하군. 밖이 보이지 않는 게 조금 답답하기는 하지만, 그래도 지하에 있을 때와 비교하면 천국과 같은 곳이야."

백 선생은 커튼이 쳐진 창을 바라보면서 그렇게 중얼거렸다. 감시를 받고 있고 갇혀 있는 건 마찬가지였지만, 그가 말한 대로 이곳은 지하와는 비교조차 할 수 없는 그런 곳이었다. 지하에 비하면 여기는 고급 호텔이나 마찬가지였다.

"만약 이야기한 내용에 조금이라도 문제가 있으면 크게 상심하게 될 거야. 지하가 천국이었던 것처럼 느끼게 해줄 테니까."

"그럴 리가 있습니까, 내가 그래도 이쪽 생리를 알 만큼 아는 사람인데. 있는 그대로 알려준 것이니 틀림없을 겁니다."

백 선생은 여유 있는 모습으로 말했다. 선생님이라고 불리는 남자는 그러길 바란다고 이야기했다. 그러면서 나지막이 중얼거렸다.

"그놈을 찾아서 그 자료까지 회수하면……."

백 선생은 그 말을 듣고 처음에는 크게 신경 쓰지 않았다. 장중범을 찾아서 자신이 장중범에게 넘겨준 자료를 회수한다는 말로 들었으니까. 그런데 뭔가가 이상했다.

'자료를 회수하는 게 아니라 그 자료까지 회수?'

말을 곰곰이 되짚어보니 지금 언급된 자료는 자신이 빼돌린 자료를 말하는 게 아닌 것 같았다. 그렇다면 다른 자료가 있다는 말. 그리고 그걸 장중범이 가지고 있다는 말이었다.

'이상한데? 중범이가 그런 이야기는 한 적이 없는데…….'

게다가 한국에 돌아와서는 그럴 틈도 없었고 여력도 없었다. 숨어서 정체를 들키지 않고 지내는 것만 해도 쉽지 않았는데, 무슨 자료를 빼돌리고 그랬겠는가.

'그렇다면 그전이라는 말이겠지? 중범이가 가지고 있는 자료가.'

그렇다면 중국에서 어떤 일이 있었던 거라고 생각했다. 그렇다면 중국에서 장중범이 그런 일을 당한 것이나, 지금까지도 뒤쫓고 있는 게 이해가 되었다. 하지만 장중범은 자신에게는 그런 이야기를 한 적이 없었다.

물론 모든 이야기를 숨기지 않고 할 정도의 사이는 아닐 수도 있다. 자신이야 거의 모든 걸 털어놓았지만, 상대도 그러리라는 법은 없으니까 말이다. 하지만 그런 일을 알았다면 자신에게까지 숨기지는 않았을 것이라는 생각이 들었다.

"뭘 그렇게 인상을 찡그린 채 생각하나? 여기가 생각보다 마음에 들지 않는 건가?"

"아… 아닙니다. 뭐를 좀 생각하느라……."

백 선생은 슬그머니 중얼거렸는데, 장중범이나 자료와 같은 단어가 언뜻 들리도록 했다. 그러자 바로 반응이 왔다.

"오호, 장중범이 가지고 있는 자료에 대해서 들은 게 있는 모양이군……."

상대의 반응을 확인한 백 선생은 조금 난처하다는 표정으로 대답했다.

"자세한 이야기는 한 적이 없어서요. 그냥 중국에서 있었던 일이 그것과 관련된 게 아닌가 하는 추측을 한 적이 있어서……."

"그래? 그가 뭐라고 하던가. 혹시 어디다가 두었다거나 누가 가지고 있는지 말을 했어?"

백 선생은 상대가 다급하게 나오는 걸 보고는 무척이나 중요한 자료라는 걸 짐작할 수 있었다. 어지간한 자료라면 상대가 이렇게까지 황급하게 달려들어 묻지 않았을 테니까. 백 선생은 모호하게 대답했다.

"저도 궁금해서 물었는데 대답을 해주지 않더군요. 그게 물건인지 다른 건지도 알려주지 않고는 모르는 게 좋을 거라고 하더군요."

"흐음… 하기야 그걸 그렇게 쉽게 이야기하지는 못했을 테지……."

백 선생은 상대를 살피면서 조용히 있었는데 상대는 골똘히 생각하다가 말을 꺼냈다.

"혹시라도 그것과 관련해서 아는 게 있으면 전부 이야기하는 게 좋을 거야. 만약 결정적인 걸 말해주면 내가 외국에서 여생을 보낼 수 있도록 해주지."

상대의 말에 백 선생은 상당히 놀랐다. 자신의 자료도 상당한 가치를 가지고 있다. 고위층의 비리와 관련된 자료였으니까. 재산을 탈루하고 자금을 빼돌리고 온갖 지저분한 내용이다 들어 있었다.

그게 알려지면 그 사람들은 물론이고 거기에 연관된 사람들까지 전부 나락으로 떨어질 그런 자료다. 하지만 자신의 자료를 놓고서는 절대로 이 정도의 제안을 하지는 않을 것이다.

'그렇다면 장중범이 가지고 있는 자료. 아니면 가지고 있다고 저자가 믿고 있는 그 자료는 훨씬 더 대단한 자료라는 말인데……'

백 선생은 도대체 어떤 자료이기에 저자가 저렇게까지 신경을 쓰는지 궁금해졌다.

"혹시 어떤 건지를 알면 뭔가 생각나는 게 있을 것 같기도 합니다만……"

백 선생의 말에 상대는 곧바로 입을 열려고 했다. 그런데 말이 거의 입 밖으로 나오려는 순간 갑자기 멈칫거렸다. 그는 백 선생을 슬며시 째려보면서 천천히 이야기했다.

"그런데 갑자기 무척 협조적이 된 것 같아. 지금까지와는 달리 말이야. 자네도 그렇게 생각하지 않나?"

백 선생은 흠칫 놀랐지만 아무렇지도 않은 듯한 표정으로 이야기했다. 어깨를 약간 으쓱하면서 전혀 그렇지 않다고 말했다.

"그랬던가요? 저는 계속 협조적이었다고 생각했는데… 잘 아시지 않습니까. 여기서 협조하지 않으면 어떻게 된다는 거. 그리고 여기서 일을 했던 제가 그걸 모를 리가 있나요. 그러니 계속 협조를 한 거 아니겠습니까."

백 선생은 까딱하면 죽을지도 모르는데 장난을 치겠느냐고 말했다. 하지만 상대는 피식 웃었다. 백 선생이 얼마나 교활한 자인지를 잘 알고 있었기 때문이었다.

"그러고도 남을 사람 아닌가. 우리가 같이 일한 게 얼마인데 그걸 모를까."

"일할 때하고 지금 같은 처지가 되었을 때 하고 같을 수가 있습니까. 그때와는 다르죠. 저라고 살고 싶지 죽고 싶을까요."

백 선생은 자신은 정말로 최선을 다해서 협조하는 거라고 눈 하나 깜빡하지 않고 이야기했다. 하지만 상대는 여전히 의심의 눈초리를 지우지 않고 있었다. 그런 분위기를 전환하기 위해 백 선생은 일부러 화제를 돌렸다.

"그런데 중범이가 가지고 있는 건 뭡니까. 어떤 건지를 알면 그동안에 들었던 거나 본 것 중에 연관이 있는 게 있을 수도 있으니……"

"자네가 가지고 나간 것과 비슷하다고 보면 돼."

백 선생은 상대가 제대로 이야기를 해주지 않으려고 한다는 걸 알 수 있었다. 이렇게 갇혀 있는 자신에게까지 내용을 숨기는 걸 보면 정말 엄청난 내용이 들어 있는 것이라는 생각이 들었다.

백 선생은 어떻게든 정보를 더 알아내려고 이런저런 이야기를 걸어보았지만, 상대는 말을 하지 않았다. 고작 이야기한 것이 아주 작은 것이라는 정도만 말했을 뿐.

"작은 것이라… 그것만 가지고는 떠오르는 게 없습니다만……."

"그러면 됐어. 어차피 장중범을 잡으면 알게 될 거니까."

백 선생은 맞장구를 쳐 주었다. 속으로는 그리 쉽게 잡힐 녀석이 아니라고 생각하면서.

'이대로 가면 끝장이야. 뭔가 변화가 일어나야 하는데…….'

백 선생은 무언가 방법이 없을까 생각했지만, 딱히 떠오르는 건 없었다. 우선은 여기서 밖으로 연락할 방법이 없었다. 밖으로 나갈 수만 있어도 어떤 방법을 찾아볼 텐데, 방에서 나갈 수도 없으니 할 수 있는 게 없었다.

백 선생은 문득 혁민이 생각났다. 그 녀석을 다시 볼 수 있을까 하는 생각이.

그 시각, 혁민은 차동출의 이야기를 듣고 있었다.

"허어… 이거 참……."

차동출은 한숨을 푹푹 내쉬었다. 지 대표가 죽는 바람에 생각하고 있던 모든 일이 물거품이 되었기 때문이었다.

"야, 혁민아. 이거 바로 기소한다고 하면 어떨 것 같냐?"

"이 영상만 가지고요? 정말 몰라서 저한테 물어보는 건 아니죠?"

혁민은 아쉬운 건 알지만, 이것만 가지고는 무리라는 걸 잘 알지 않느냐고 이야기했다.

"누구인 것 같기는 하지만 특정하기는 어려워서… 그리고 오래전 일이라서 조사를 하는 것도 쉽지 않고……."

"그러니까 말이야. 상대편에서 어떻게 나올지가 뻔하단 말이야. 처음에는 아니라고 하겠지. 영상 속의 인물이라고 특정할 수 없다고 말이야. 화질이 어쩌느니 하면서……."

화질이 좋지 않아서 그렇게 우겨댈 공산이 컸다. 언뜻 보기에는 같아 보이지만 아닐 가능성도 있지 않으냐면서. 추가적인 증거가 없다면 재판으로 가봐야 질 게 뻔하고.

"이게 증인도 거의 없는 거나 마찬가지라서 문제야. 증인만 조금 더 있어도 해볼 만할 텐데… 아쉽네… 아쉬워……."

"위에서 아직도 입김 불고 그래요?"

"야, 입김 정도겠냐. 아예 태풍이 분다, 태풍이 불어. 아예 나 내쫓으려는 사람도 있다더라."

혁민은 비리도 없고 잘못한 것도 없는데 내보낼 수가 있느냐고 말하면서 차동출을 위로했지만 방법은 많다는 걸 모르는 건 아니었다. 현재 지 대표 건으로 엮으려는 움직임이 있다는 사실도 알고 있었고.

지 대표의 자살을 차동출의 잘못으로 연결하려는 움직임이었다. 어차피 말이 안 되는 것도 찍어서 누르면 말이 되게 된다. 그건 예나 지금이나 마찬가지다. 지록위마라는 말도 있지 않은가.

힘이 있는 사람이면 그 사람의 의견이 정답이 되는 거다. 사슴을 말이라고 해도 그렇게 되는 거고, 말을 사슴이라고 해도 그런 거다. 반대 의견? 자기 자리 부지하려면 그딴 얘기는 마음속으로 이야기하거나 아무도 없는 대나무 숲에나 가서 말해야 한다.

"무리한 수사를 해서 자살을 했단다. 내가 뭘 어쨌는데?"

"그동안은 핑곗거리가 없었는데 잘되었다 이거죠. 몰아내려고 해도 걸리는 게 없었는데 이번에 제대로 해보자는 거예요."

차동출은 친구보다는 적이 많은 사람이었다. 문제는 적들이 대부분 힘이 강한 사람들이라는 거였다. 상사들도 차동출을 좋아하는 사람은 별로 없었다. 사고뭉치에다가 말은 더럽게 안 들었으니까.

"지금부터 다시 증거를 찾는 거 무리겠지?"

"솔직한 얘기로 여기서 더 나가는 건 좀 어려울 것 같아요."

혁민도 부정적이었다. 지금 다시 차동출이 이 문제를 건드리겠다고 하는 건 여러모로 위험했다. 가뜩이나 검찰에서도 예민하게 생각하는 사람들이 있는데, 또 나서려고 하면 가만히 두지 않을 것이다.

'다른 문제를 걸고넘어져서 쫓아낼 확률이 높지.'

만약 재판까지 갈 수 있다고 하더라도 승산은 거의 없다고 보아야 했다. 그래서 지 대표를 물고 들어가려고 한 거였다. 거기서부터 차근차근 밝혀 나가다 보면 실체에 접근하기가 훨씬 쉬웠을 테니까.

높은 곳을 단숨에 오르는 건 어렵다. 하지만 조금 돌아가더라도 계단을 통해서 차근차근 올라가면 정상까지 도달할 수 있다.

"모르겠다. 여기서 접어서는 안 된다는 건 알겠는데 상황은 접을 수밖에 없이 흘러가니까."

"일단 지금은 조금 조용히 있어요. 공연히 이런저런 말 나오면 더 힘들어지니까."

혁민은 그렇게 말하고는 수사관이 조사한 거에는 별것 없느냐고 물었다. 이야기를 들은 차동출은 천천히 고개를 내저었다.

"나도 거기서 뭔가 나오기를 바랐는데, 특별한 건 없더라고. 있어도 결정적인 증거는 아니야. 아주 모호하거나 상대가 반박하기 좋은 그런 것들이라서……."

"일단 좀 더 찾아보죠. 이쪽에서 가지고 있는 것도 좀 있으니까 조금만 보강하면 충분히 잡을 수 있어요."

혁민은 뭔가 제대로 된 증거만 더 있으면 해볼 만하다고 이야기했다.

*　　　　*　　　　*

혁민이 그 거한을 다시 본 것은 우연이었다. 사람을 만나러 가는 길이었다. PC방에서 지 대표의 만행을 성토하는 글을 올렸었고, 지 대표를 기소하면 증언을 해주기로 했던 그 사람이 도대체 일이 어떻게 되어가는 것이냐며 따져 물어와서 그를 만나러 가는 길이었다.

그런데 그의 집 부근으로 가다가 그 거한을 발견한 거였다. 워낙 독특한 기운을 풍기는 사람이라서 바로 알아챌 수 있었다. 그 남자는 혁민이 찾아가려고 하는 집 부근을 어슬렁거리고 있었다.

여기저기를 슬쩍 둘러보는 폼이 이곳에는 처음 온 것 같은 분위기였다. 혁민은 차에서 내리지 않고 잠시 세워놓고는 만나기로 약속을 한 사람에게 전화를 걸었다.

"정 변호삽니다. 지금 집에 계시죠?"

ㅡ예, 기다리고 있습니다.

혁민은 그 사람에게 사정 이야기를 했다. 처음에는 또 무슨 일이냐면서 짜증을 내던 남자는 누군가가 감시하고 있는 것 같다고 하자 갑자기 태도가 바뀌었다.

안 그래도 지 대표가 자살한 것도 그 남자는 미심쩍어했다. 그렇게 죽을 사람이 아니라는 걸 잘 알고 있기 때문이었다. 그런데 그런 상황에서 누군가가 자신의 집 주변을 어슬렁거린 다? 머리가 쭈뼛 서는 게 당연했다.

─그게 정말이에요? 정말 누가 있는 겁니까?

"확실하진 않지만 아마 맞는 것 같습니다. 그러니 오늘 집으로 찾아가는 건 좀 그렇고 다음 기회에 다른 곳에서 뵙는 걸로 하죠."

혁민은 그 정도로 하고는 마무리하려고 했는데, 그 남자는 전과는 달리 무척 불안해했다. 인터넷에 글을 올릴 때만 해도 그렇게 대찰 수가 없었는데, 지 대표가 죽은 일에 충격을 받아서 그런 모양이었다.

─아무래도 집을 옮겨야겠어요. 오늘이라도 방을 내놓고 일단 다른 데에 가 있어야⋯⋯.

"저기요, 좀 침착하세요. 오히려 당황해서 성급하게 움직이려다 보면 더 위험할 수도 있어요. 그러니까 일단 좀 마음을 가라앉히고 이야기를 합시다."

혁민은 차분하게 통화를 하면서 원래 이야기하려고 했던 사실들을 말해주었다. 남자가 궁금했던 건 그놈들에 대한 소송이 어떻게 되느냐 하는 거였으니까. 혁민은 당장은 어떻게 하기가 어렵다는 이야기를 했다.

하지만 남자는 그런 것보다는 지금 자신에게 위험이 닥칠 수도 있다는 일이 더 중요한 모양이었다. 전까지 그렇게 용감하게 행동할 수 있었던 것은 자신의 정체가 드러나지 않을 것이라고 철석같이 생각해서 그런 모양이었다.

"지금 상황은 그렇습니다. 그래도 아직 끝난 건 아니니까 차분하게 기다리고 계시면……."

—저기요. 밖에 있다는 사람이 누구죠? 이거 경찰에 신고해야 하는 거 아니에요?

혁민은 한숨을 내쉬었다. 상대가 패닉 상태라서 어떤 말을 해도 귀에 들어오지 않는다는 걸 알았기 때문이었다. 혁민은 다시 차분하게 말을 이었다.

"만약 신고하면 어떻게 될 것 같습니까?"

—예? 신고를 하면 경찰이 와서…….

혁민은 뭐라고 신고를 할 것이며 그렇게 되면 어떤 일이 벌어질 것인지 생각해 보았느냐고 물었다. 남자는 아무런 대답도 하지 못했다.

"어떤 남자가 집 주변을 왔다 갔다 한다고 신고를 하면 경찰이 올까요? 그리고 신고를 하면 그쪽에서는 바로 알아챌 겁니다."

혁민은 신고하는 건 자신이 무언가 켕기는 게 있다는 걸 광고하는 것과 똑같다고 말했다. 그러니 지금은 이상한 행동 하지 말고 가만히 있으라고 조용히, 하지만 힘을 주어 말했다.

남자는 진정이 좀 되었는지, 아니면 이제야 말귀를 알아들었는지 알았다고 대답했다. 혁민은 곧 연락하겠다고 하고는 이름을 알지 못하는 거한이 어디에 있는지 살피기 시작했다.

'뭐야? 통화하는 사이에 사라졌나?'

근처를 두리번거렸는데 거한의 모습은 보이지 않았다. 있기만 하면 눈에 띄지 않을 수 없는 그런 덩치라서 놓치지 않을 거라고 생각했는데, 잠깐 사이에 다른 곳으로 간 모양이었다. 아니면 어딘가에 자리를 잡고 있든가.

'이게 다 그 인간이 자꾸 헛소리를 해서…….'

혁민은 갑자기 짜증이 혹 올라오는 걸 느꼈다. 아쉽다는 생각이 들어서 입술을 질겅질겅 깨물었다. 그 인간이 당황해서 횡설수설하지만 않았더라도 통화는 아주 빨리 마무리되었을 것이다. 그랬다면 자신이 거한을 놓치는 일도 없었을 것이고.

혁민은 아무리 찾아도 거한의 모습이 보이지 않자 운전석에 머리를 기대면서 짧게 욕설을 내뱉었다. 그 거한이 얼마나 중요한 사람인가. 그런데 이렇게 저절로 찾아온 기회를 놓치다니. 정말 멍청한 짓을 했다고 자책에 자책을 거듭했다.

하지만 통화를 끝낼 수는 없었다. 통화 상대가 정말 무슨 짓을 할 것 같다는 생각이 들었으니까. 하지만 그렇게 남자를 진정시키는 사이에 일은 이렇게 되어버렸다. 혁민은 한숨을 거푸 내쉬었다.

"후우~ 후우~~ 이런 기회가 다시 온다는 보장도 없는데……."

하지만 없어진 사람을 어디서 찾는단 말인가. 혁민은 차에서 내려서 이 부근을 둘러볼까도 생각했지만, 그것보다는 자동차로 움직이는 편이 더 좋을 것 같다고 생각했다. 이리저리 뛰어다니는 게 남들 보기에 수상해 보일 수도 있으니까.

그런데 차에 시동을 걸고 움직이려는데, 갑자기 등 뒤쪽에서 서늘한 느낌이 들었다. 공포 영화를 볼 때 귀신이 나타나기 직전 같은 그런 느낌. 무언가가 있다는 느낌은 들지만, 고개를 돌려보기는 싫은 그런 섬뜩한 느낌이 들었다.

그리고 잠시 뒤에 왜 그런 느낌이 들었는지 확인할 수 있었다. 혁민은 바로 그 거한이 자신의 자동차 옆을 지나가는 걸 볼 수 있었다.

"후아!!"

잠시 숨을 쉬지 못한 모양이었다. 거한이 앞으로 지나가자 혁민은 갑자기 크게 숨을 쉬었다. 가슴이 답답하고 심장이 요동쳤다.

"정신 차리자. 이번에는 절대로 놓치면 안 돼."

혁민은 마음을 가다듬었다. 그리고 적당한 거리가 된 것 같자 천천히 자동차를 출발시켰다.

"뭐야? 저기에 차를 대놨나?"

일부러 아주 천천히 차를 몰았는데, 그런 혁민의 행동이 무색하게 거한은 조금 걸어가다 바로 차에 탔다. 그러자 근처에 서 있던 남자 한 명도 그 차에 올랐고, 차는 바로 출발했다.

혁민은 자동차를 놓칠세라 속도를 조금 높였다. 다행스럽게도 거리가 그렇게까지 멀지 않아서 금방 따라잡을 수 있었다. 그리고 태어나서 처음으로 혁민은 미행이란 걸 하게 되었다.

"이거 장난이 아닌데?"

미행하는 건 생각보다 어려웠다. 들킬까 싶어서 거리를 조금 벌리면 바로 놓칠 것 같았고, 그렇다고 너무 바짝 붙으면 들킬 것 같아서였다. 게다가 어느 방향으로 가는지를 모르니 어느 차선으로 따라가야 하는지도 헷갈렸다. 혁민은 바짝 긴장한 채 나름대로 최선을 다해서 거한이 탄 차를 미행했다.

*　　　*　　　*

경찰이나 정보기관에서 미행하는 것이라면 문제가 좀 다를 수 있다. 만약에 걸리더라도 보복을 당하거나 할 염려는 없을 테니까. 기껏해야 상대가 눈치채고 꼬리를 끊어버린다거나 흔적을 지우는 정도일 것이다.

하지만 혁민의 경우는 그렇지 않았다. 혹시라도 자신이 미행하고 있다는 게 들키면 공연히 벌집을 들쑤셔 놓은 상황이 될 수도 있었다. 상대는 자신에 대해서 아직 모르고 있는데 먼저 건드려서 스스로 위험에 빠지는 꼴이 될 수도 있으니까.

그래서 미행하고 있다는 걸 들키지 않으려고 무척이나 신경을 썼다. 하지만 혁민은 이런 쪽으로 전문가가 아니다. 때문에 혁민은 자동차를 뒤따른 지 얼마 되지도 않았는데, 벌써 피곤함을 느끼고 있었다.

"허우… 왜 이렇게 몸이 뻐근하지? 이거 장난 아닌데?"

신경이 곤두서다 보니 삼사십 분 정도 시간이 지났을 뿐인데 체감상으로는 열 배의 시간은 더 지난 것 같았다. 혁민은 이런 짓도 아무나 하는 게 아니라는 걸 여실히 느끼고 있었다.

온갖 생각을 다 하면서 운전을 하니 머리도 조금 지끈거리는 것 같았다. 상대 차량을 놓치지 않게 계속 주시하면서 상대가 어떻게 움직이면 나는 어떻게 해야 하는지를 쉬지 않고 머리에 떠올려야 했다.

'이번에 좌회전하려고 차선을 바꾼 건가? 그러면 나도 차선을 바꿔야 하나? 아니면 그쪽 차선이 좀 막혀서 바꾼 건가?'

상대가 차선만 바꾸어도 온갖 생각이 머리를 헤집고 다녔다. 그렇게 운전을 하니 평소에 운전하는 것보다 몇 배나 힘들었다. 혁민은 어깨가 딱딱하게 굳고 머리가 멍해지는 걸 느꼈다.

혁민은 고개를 좌우로 돌렸는데, 목에서 뚜드득 하는 뼈 부러지는 소리가 났다. 차가 잠깐 신호 대기를 하는 사이에 어깨를 올리면서 뒤로 젖히고 고개도 돌리고 별짓을 다 했다. 하지만 그 정도로 몸에 쌓인 피로감이 사라지지는 않았다.

"아이구… 진짜 죽겠네… 이러니까 자동차 두 대로 미행하는 거겠지."

자신도 영화나 드라마에서 미행하는 장면을 종종 보았다. 범인이 탄 차를 조심조심 뒤따르는 장면. 대부분 자동차 한 대로 뒤쪽에서 따라붙었다. 하지만 현실은 그렇지 않다고 아는 형사에게 들었다.

'하이고… 누가 미행을 그렇게 해? 자동차 미행은 기본이 두 대라고, 두 대!'

그 형사는 미행하는 게 얼마나 어려운 줄 아느냐고 이야기했다. 워낙 변수도 많고 상대도 혹시라도 미행이 붙지 않는지 신경을 쓰는 경우가 대부분이라서 티를 내지 않게 하려면 한 대 가지고는 어림도 없다는 거였다.

'그렇잖아. 우리가 미행을 붙으려는 놈들은 뭔가 있는 놈들이니까 미행 같은 거 신경을 바짝 쓴다고. 지들도 잡히고 싶지는 않을 거 아냐.'

그래서 상대가 전혀 모르게 하려면 두 대로 해야 한다고 했다. 서로 연락을 취하면서 항상 목표 차량의 앞과 뒤에 한 대씩 위치하게 하면서 말이다. 그리고 수시로 앞뒤 위치도 바꾼다. 의심을 받지 않게 하려고.

그런데 그걸 혼자 하려니까, 거기다가 상대가 눈치채지 못하게 하려니까 아주 죽을 맛이었다. 하지만 서울에서 벗어나면서 상황이 조금 달라졌다.

"뭐야? 왜 저렇게 속도를 내는 거지?"

갑자기 상대의 움직임이 빨라졌다. 제한속도 같은 건 완전히 무시하고 마구 밟기 시작한 것이다. 혁민은 고민이 되었다. 저 차를 따라가려면 같이 속도를 높여야 하는데 그러면 너무 티가 날 것 같기 때문이었다.

그렇다고 이번에도 저자를 놓치게 되면 두고두고 후회할 것 같기도 했다. 혁민은 고민하다가 일단은 뒤를 따르기로 했다.

"이 정도면 거리가 제법 떨어졌으니까 내가 속도를 높여도 뒤따르는 건지 잘 모르겠지."

그리고 어차피 길은 외길이나 마찬가지였다. 내비게이션에 나온 지도를 보면 당분간은 갈림길이 없었다. 물론 중간에 샛길로 샌다면야 알 수 없겠지만, 그건 어쩔 수 없는 일이었다. 그것보다 혁민은 갑자기 상대가 저렇게 속도를 높이는지가 궁금했다.

"혹시 들킨 건가?"

그 점이 우려되기는 했다. 하지만 그런 것 같지는 않았다. 상대가 속도를 높인 시점이 자신과는 상당히 떨어져 있을 때였으니까. 그리고 길도 외길이나 마찬가지인 상황에서 그랬으니 확신할 수는 없지만, 들킨 것 같지는 않았다.

"그렇다면 예기치 않은 급한 일이라도 생긴 건가?"

혁민은 그런 생각을 하면서 자동차의 속도를 높였다. 그으응 하는 소리와 함께 앞으로 짓쳐 나가는 자동차의 앞쪽 멀찍이 빠른 속도로 코너를 도는 상대 차량이 눈에 들어왔다. 혁민은 조금 더 속도를 높였다.

그렇게 도로를 질주하다가 혁민은 난감한 상황에 빠졌다. 갈림길이 나왔는데, 상대가 어디로 갔는지 보이지 않았기 때문이었다.

"진짜 난감하네. 속도를 더 높일 걸 그랬나?"

하지만 이내 혁민은 고개를 저었다. 지금까지도 무시무시한 속도로 달려왔으니까. 속도를 더 높이는 건 위험했다.

"어차피 운에 맡겨야지. 계속해서 생각해 봐야 답이 나올 리도 없고."

혁민은 그냥 끌리는 쪽으로 운전대를 틀었다. 어쩐지 그쪽으로 그 차가 갔을 것 같은 그런 방향이었다. 발견하면 좋고 아니면 어떻게든 방법을 찾아서 그 차량이 어떻게 움직였는지 찾아봐야겠다고 생각했다.

차동출 검사에게 이야기해 보고, 안 되면 다른 방법을 찾을 생각이었다. 지 대표의 사건과 관련 있는 차량인 것 같다고 이야기하면 아마도 조사를 할 수 있을 것 같았다. 그렇게 생각하고는 혁민은 속도를 조금 낮추었다.

전까지는 상대와 떨어지지 않으려고 마구 밟으면서 왔지만, 이제는 그럴 필요가 없어졌다. 오히려 차량이 어디에 세워져 있을 수도 있으니까 주변을 잘 살피면서 움직이는 편이 좋았다.

혁민의 선택은 옳았다. 그가 간 방향이 상대가 움직인 방향이었다. 하지만 결국 혁민이 그 차량을 발견하지는 못했다. 갈림길에서부터 한참 떨어진 별장으로 들어가서 밖에서는 보이지 않았기 때문이었다.

"하아~ 놓쳤네. 아예 보이지를 않네, 보이지를 않아."

혁민은 그렇게 생각하면서 다시 서울로 돌아가야겠다고 마음먹었다. 차를 돌릴 곳이 마땅치 않아 계속 직진을 하던 혁민은 적당한 곳에서 차를 돌렸다. 그리고 다시 서울로 차를 몰았다.

그런데 혁민이 모르는 사실이 있었다. 그가 차를 돌린 곳이 바로 안가로 사용되는 별장이 있는 곳 부근이었다는 사실이었다. 부근이라고는 하지만 자동차로 십 분 정도는 걸리는 거리이니 가깝다고는 할 수 없었다.

어떤 운명 같은 것이었을 것이다. 혁민이 상대가 어디로 갔는지 모르는 상황에서 끌리는 방향으로 차를 몰았고, 계속해서 뒤지다가 포기한 시점도 어떤 이끌림과 연관이 있는 것이었을지 모른다. 그리고 그가 차를 돌린 지점도 그랬다.

혁민은 차를 돌렸을 때, 그의 곁을 스쳐 지나간 밴에 장중범과 백 선생이 타고 있었다는 사실도 알지 못했다. 그렇게 혁민의 차와 밴은 서로를 알지 못한 채 스쳐 지나갔다.

사실 거한이 탄 차량이 속도를 높인 건 연락을 받았기 때문이었다. 그것도 습격을 받았고, 그들이 정중하게 모시고 있던 백 선생이 없어졌다는 연락이었다. 속도를 높여 안가로 향한 건 당연한 일. 거한은 도착하자마자 그나마 멀쩡해 보이는 조직원을 붙잡고 물었다.

"도대체 어떻게 된 일이야?"

"그게… 그게……."

그는 처벌이 두려워서인지 아니면 너무나도 당황스러운 상황에 정신이 혼미해서인지 말을 제대로 하지 못했다. 거한은 조직원의 멱살을 잡더니 자신의 코앞으로 끌고 왔다. 조직원의 덩치도 상당했지만, 거한이 힘을 주니 너무나도 가볍게 움직였다.

"정신 차리고 똑바로 말해. 아니면 지금 당장 니 머리통이 등 뒤쪽을 보게 해줄 테니까."

거한은 저음이었지만 살이 떨릴 정도로 살기가 배어 있는 말을 내뱉었다. 거한의 으르렁거리는 소리에 조직원은 덜덜 떨면서 대답했다.

"그게… 어떻게 된 거냐 하면 말입니다……."

조직원은 얼마 전에 있었던 상황을 설명하기 시작했다.

얼마 전까지만 해도 여느 때와 다름없는 그런 시간이었다. 무료하고 늘어지는 그런 시간. 아무도 찾아오지 않고 어떤 변화도 없는 시간. 그럼 감정을 별장에 남아 있던 세 사람이 모두 똑같이 느끼고 있었다.

지금까지 아무런 문제도 없었고, 앞으로도 아무런 문제가 없을 거라는 생각. 그런 생각이 있으니 긴장 같은 걸 할 리가 없다. 하지만 그들이 전혀 생각지도 못했던 일이 벌어졌다.

"어? 왜 이러지?"

보안 시스템에 문제가 생겼다는 걸 알게 된 건 안가 주변을 감시하는 CCTV가 모두 먹통이 되고도 조금 지나서였다. 원래는 화면을 주시하고 있어야 정상이긴 했지만 누가 24시간 화면에만 눈을 고정하고 있겠는가.

더구나 지금까지 문제가 생긴 적이 한 번도 없었는데 말이다. 게다가 안가의 군기반장이라고 할 수 있는 사람도 마침 외부에 일이 있어서 출타한 상황. 밑에 있는 사람들로서는 즐거운 휴식 시간이었다.

늦게 발견했다는 게 첫 번째 잘못이었다고 한다면 그 상황에서 곧바로 대처하지 못했다는 것이 두 번째 문제였다. 설마하니 누군가의 습격이 있을 것이라고는 전혀 생각하지 못한 채 기기상의 문제이거니 하고는 슬렁슬렁 움직였던 것이다.

"저번에도 한 번 그러더만 또 그러네… 업체에서 오겠지, 뭐."

"얼마나 걸려? 이거 그전에 꼰대 오면 난리 나는 거 아냐?"

"우리가 뭐 잘못한 거 있냐? 기계가 말썽인 거지. 업체에서 오려면 한 삼십 분 정도 걸릴 거야. 꼰대 오기 전에 도착할 테니까 걱정하지 말라고."

세 사람은 별다른 문제가 아니라고 생각했다. 외부 침입은 당연히 생각지도 않았고.

"저기 손님은 아래다가 옮겨놔야 하는 거 아냐?"

"아, 맞다. 업체에서 오기 전에 그래야겠네. 아, 귀찮게……."

남자 중 한 명이 투덜거리면서 자리에서 일어났다. 그리고 2층에 있는 백 선생을 지하로 옮기기 위해서 열쇠를 들고 밖으로 나갔다. 2층으로 올라간 남자는 열쇠를 넣고 돌렸다. 하지만 아무런 감촉도 느껴지지 않았다. 이상하게 생각한 남자는 문고리를 돌렸는데, 문은 열려 있었다.

"뭐야? 누가 방을 안 닫았나?"

남자는 누가 깜빡 잊고 문을 잠그지 않은 것으로 생각했다.

단순한 실수라고 생각했다. 그러면 안 되는 일이지만, 이런 작은 실수는 누구나 하는 것이니까. 그리고 별일 아니라고 생각했다. 어차피 여기서 나와도 밖으로 도망칠 수는 없다고 여겼으니까.

적어도 방에 들어가서 백 선생 말고 누군가가 더 있다는 걸 보기 전까지는 남자는 그렇게 생각했다. 그래서 아무런 방비도 하지 않은 채 방에 들어갔다.

"어? 당신 누구……."

남자는 백 선생 말고도 누군가가 있다는 걸 알고는 당황해서 말했는데, 갑자기 백 선생 말고 다른 남자의 모습이 크게 보였다. 그가 순식간에 자신의 앞으로 쇄도했기 때문이었다. 그리고 그게 그 남자가 깨어나기 전까지 기억하는 마지막 장면이었다.

퍼억!!

장중범은 어처구니가 없다는 표정으로 웃었다. 이런 급박한 상황에서 저런 식의 대처라니. 남아 있는 사람이 세 명밖에 없다고 했지만 사실 긴장했었다. 하지만 위기라고 할 만한 상황이 그동안 없어서 그런지 상대는 완전히 방심하고 있었다.

"뭐야, 이놈은? 한가하게 당신 누구냐니. 편하게 지내더니 완전히 물러 터졌구만."

"덕분에 편하게 되지 않았나. 그거면 된 거지."

장중범의 말에 백 선생도 미소를 지으면서 대꾸했다.

"가시죠. 시간이 넉넉한 건 아니니까."

"그런데 남아 있는 사람이 더 있을 텐데 괜찮겠나?"

"이미 처리했을 겁니다. 빨리 움직이시죠. 여기서 제법 움직여야 합니다."

백 선생과 장중범이 1층으로 내려오자 배인수가 손가락을 두 개 들었다가 까딱거렸다. 두 명 처리했다는 신호.

"걸으시는 데 불편한 건 없으십니까? 제가 업고 가는 편이……."

"아닐세. 걷는 건 문제가 없어."

장중범은 혹시라도 힘든 것 같으면 자신이 업겠다고 하고는 재빨리 밖으로 나왔다. 그리고 그들이 사라지고 나서 잠시 후. 한 명이 먼저 깨어났다. 백 선생을 찾으러 간 바로 그 남자였다. 그는 깨어나자마자 얼굴이 사색이 되었다.

지금 벌어진 일이 얼마나 큰 사건인지 잘 알았기 때문이었다. 그는 어떻게 할까 잠시 고민하다가 곧바로 전화했다. 그들이 꼰대라고 부르는 상사에게 걸어서 지금 상황을 알렸다. 지금은 그에게 연락하는 방법밖에는 없었으니까.

―뭐? 누가 사라져?

"그게, 습격이… 갑자기 시스템이 먹통이 되고 누군가 쳐들어와서…….."

전화를 받은 사람도 당황했는지 잠깐 말이 없었다. 그러더니 무지막지하게 소리를 질러댔다. 온갖 욕설이 뒤범벅된 말을 하면서 어떻게 된 일인지 상황 파악 제대로 하고 백 선생이 어디로 갔는지 바로 뒤쫓으라고 말했다.

그리고 가까이 있는 사람들에게 전부 연락을 하라고 했고. 그래서 거한도 연락을 받고 곧바로 속도를 높여 안가로 달려온 거였다.

안가에서 나간 백 선생 일행은 조금 떨어진 곳에 숨겨둔 차량으로 향했다. 백 선생은 곧잘 뛰었지만, 아무래도 건장한 장중범보다는 속도가 조금 늦을 수밖에 없었다. 조금만 더 속도가 느리거나 지친 모습이었다면 장중범이 업었겠지만, 그 정도는 아니었다. 숨겨둔 밴에 도착한 백 선생은 차에 타고는 숨을 헐떡였다.

"하이고, 죽을 것 같네, 죽을 것 같아."

"운동 좀 하셔야겠습니다. 오래 사시려면 말이죠."

"그래야지. 하지만 자네도 내 나이 돼보게. 어디 몸이 그런가."

장중범은 피식 웃으면서 시동을 걸고 차를 몰았다. 그리고 그들이 차를 몰고 가는데 반대편 차선에서 승용차 한 대가 스쳐 지나갔다.

Chapter 3

Point of no return

"자네 혹시 뭔가 중요한 자료 같은 걸 빼돌리거나 한 적이 있나?"

임시 거처로 온 백 선생은 잠시 쉬다가 장중범에게 물었다.

"중요한 자료요? 글쎄요? 제 기억으로는 그런 건 없었던 것 같은데요?"

"그래? 그거 정말 이상하군. 분명히 자네가 굉장히 중요한 자료를 가지고 있는 것으로 생각하던데……."

"예? 제가요? 그럴 리가 있나요. 그럴 만한 시간도 없었고 여유도 없었다는 거 백 선생님도 잘 아시지 않습니까."

"그거야 나도 잘 알지. 그래서 이상하다고 하는 거야. 도대체 어떤 자료길래 그러는 건지……."

백 선생은 혹시 중국에서 작전하다가 입수한 것은 없느냐고 물었다.

"왜 그런 거 있을 수도 있잖나. 외부에는 공개하지 않았지만, 밀약 같은 걸 맺었다거나. 그런 거라면 알려졌을 경우 파장이 이만저만이 아니겠지. 자기들 배를 불리는 대신에 조금 불리한 조약 같은 걸 맺었다거나 하는."

특별할 것도 없는 일이었다. 불리한 독소 조항이야 당장에 드러나지는 않는다. 그러니 그 나라의 권력자에게 적당한 대가를 주고 자신들에게 유리한 계약을 하곤 한다. 이런 케이스라면 알려질 경우 엄청난 반향을 불러일으킬 것이다.

"아뇨. 제가 맡은 사건은 그런 것과는 전혀 상관없는 거라서… 그리고 작전 중에 그런 케이스와 관련된 정보 같은 걸 입수한 적도 없었구요."

"그래? 그러면 정말 뭔지 알 수가 없군……."

백 선생은 그렇게 이야기를 하다가 조금 피곤한지 몸을 자꾸 뒤틀었다.

"그런데 밴은 왜 그렇게 멀리다 대놓은 건가? 오래간만에 운동해서 좋기는 한데 나이가 들어서 그런지 힘이 드는 건 어쩔 수가 없구만."

"중간에 CCTV가 있어서요. 일단 차량은 드러나지 않게 하는 게 그나마 시간을 벌 수 있으니까 그렇게 한 겁니다."

어차피 완벽하게 숨길 수는 없다. 시간을 버는 정도로 만족하는 게 지금으로서는 최선.

"그렇구만. 그러면 앞으로는 어떻게 할 생각인가?"

"조금 고민 중입니다. 이대로는 도저히 안 된다는 건 확실한데 방법은 마땅치가 않아서… 그리고 지금 들은 이야기도 좀 그렇네요."

"그러니까 말이야. 그리고 이상한 게 내가 가지고 있는 비리자료보다 그 자료를 더 심각하게 생각하더라고."

백 선생은 자신의 자료만 해도 상대는 무슨 짓을 해서라도 탈취하려고 할 내용인데, 그것보다도 더 중요한 자료를 장중범이 가지고 있다고 생각한다고 말했다.

"그러니 어떻겠나? 일이 이렇게 되었으니 상대는 죽기 살기로 나올 거야."

"그런데 좀 이상하네요. 그렇다면 처음부터 강하게 나올 수도 있었을 텐데 그러지는 않은 것 같거든요. 상당히 조심스럽게 움직인 것 같은데……."

"그건 몇 가지로 생각해 볼 수 있지."

백 선생은 일차적으로 상대가 그렇게 대놓고 움직이기는 어려웠을 것이라고 말했다.

"자네도 잘 알겠지만, 상대도 그렇게 활발하게 움직이기 어려운 조직 아닌가."

"여기야 그렇다고 해도 제가 있던 곳도 움직이고 있었거든요. 거기야 워낙 막강한 힘이 있는 곳이니 그렇게 움직이지 않아도 되는 곳인데……."

장중범은 이해가 안 된다는 듯 말했다. 백 선생도 듣고 보니 조금 이상하기는 했다.

"거기라면 그럴 만한 힘이 있기는 하지… 하지만 아마도 그렇게 움직이기는 어려웠을 것 같네… 내 생각이 맞는다면 말이야."

백 선생은 정보기관에 제대로 알릴 수 없는 그런 내용일 것이라고 추측했다.

"그런 상황이라면 어떻겠나? 대놓고는 할 수 없고 정말 믿을 만한 인물에게 부탁하겠지?"

"흐음… 그건 그렇겠네요. 공개적으로 이야기할 수 없는 거라면 따로 선을 대서 부탁을 할 테니까요. 그러면 부탁받은 사람도 은밀하게 움직일 수밖에 없구요."

"그렇지? 아마도 그렇게 된 걸 거야."

장중범은 그래도 너무 조심스럽게 움직인 것 같다고 했다.

"아마도 확실하지 않아서 그랬겠지. 아니면 너무 압박하면 정보를 다른 곳에다가 흘릴까 봐 그랬을 수도 있고."

"그런가요? 그렇게 생각할 수도 있겠네요… 그런데 그 자료라는 게 도대체 뭘까요?"

"어마어마한 거겠지. 그게 뭔지는 몰라도 우리가 먼저 찾을 수 있으면 좋겠는데……."

그러면 다양하게 활용할 수 있을 것이다. 협상 카드로 사용할 수도 있고, 적당한 세력과 손을 잡고 안전을 보장받을 수도 있을 것이다.

"그건 그렇고 새로 옮길 데는 생각해 뒀나?"

"지금 알아보고 있기는 한데… 쉽지는 않네요. 임시로 머물 데는 두어 곳이 있는데, 계속 있기는 좀 부담스러운 곳이라서……."

장중범은 안전한 거처를 마련하기가 더욱 어려워졌다고 이야기했다.

"하지만 결국에는 어떤 식으로든 맞붙어야죠. 어떤 식으로 붙을지 그게 문제일 뿐……."

충돌은 불가피한 거였다. 방법과 방식이 문제일 뿐.

장중범은 이미 돌아올 수 없는 지점을 지났다는 생각을 했다.

그 시각, 안가로 사용하는 별장에서는 심각한 대화가 오가고 있었다.

"누가 납득이 가게 설명을 좀 해줬으면 좋겠어."

백 선생이 잠시 머물렀던 2층 방에 몇 사람이 모여 있었다. 선생님이라고 불리는 남자가 인상을 구긴 채 어슬렁거리고 있었고, 그 앞에 서너 명의 남자가 서 있었다.

"그게… 갑자기 들이닥친 거라서……."

"갑자기라… 그거 아주 멋진 대답이군. 갑자기 왔기 때문에 당했다……."

대답을 한 남자는 선생님의 말에 황급히 대꾸했다. 지금 심사가 뒤틀려 있는데 거기에다가 변명을 해봐야 오히려 역효과만 난다는 걸 잘 알았으니까.

"아닙니다. 다 제 불찰입니다. 제가 아랫사람들을 제대로 관리하지 못해서……."

남자는 자신의 책임이라고 하면서 은근히 아랫사람들에게 원인을 전가했다. 선생님이라고 불리는 백발의 남자는 지금 이 상황이 전혀 이해가 되지 않았다. 어떻게 그렇게 어렵게 잡은 사람을 이렇게 쉽게 놓칠 수 있단 말인가.

그러면서 그동안 너무 안일하게 지내왔다는 생각을 했다. 나태해지고 게을러졌다. 방심과 부주의가 일상적인 일이 되어 버렸다. 이게 다 한동안 아무런 위협도 없었기 때문이라고 생각했다.

하지만 그걸 지금 와서 질책해 봐야 사건을 해결하는 데 도움이 되지 않는다. 지금은 빨리 백 선생을 다시 잡아들여야 했다. 아니면 영원히 입을 다물게 하든가.

"됐고. 하나씩 짚어보자고. 이런 일을 벌인 게 누구인지는 알아냈나?"

선생님이라고 불리는 남자는 사람들을 쭉 둘러보면서 물었다. 사람들은 저마다의 방법으로 시선을 회피하고 있었다. 고개를 숙이고 있는 사람도 있었고, 시선을 마주치면 고개를 돌리는 사람도 있었다.

"옆에 있는 별장 CCTV에 잡힌 화면이 있기는 한데… 아직 조사 중입니다."

한 남자가 그렇게 대답하면서 계속 알아보는 중이라고 이야기했다. 그는 근처 CCTV가 대부분 먹통이 되기는 했는데, 그중에 정상적으로 작동한 것 중에 잡힌 게 있어서 받아다가 살펴보고 있다고 했다. 그리고 확실치는 않지만, 장중범이 움직인 것 같다고 말했다.

"그래? 어디 한번 보지."

모든 사람이 영상을 확인했는데, 선생님이라고 불리는 백발의 남자는 화면 속의 인물이 장중범과 백 선생이라고 확신했다.

"확실한 것 같아. 이들을 도운 일행은 몇 명이나 되는 건가?"

"최소 5인 이상인 것으로 생각됩니다. 시스템을 무너뜨리고 움직인 걸 역으로 생각해 보면 그 정도일 겁니다."

"그런가? 그러면 그들이 어디로 갔는지는 알아냈고?"

"그건 아직… 아무래도 그런 건 자체적으로는 알아내기가 어려워서… 아무래도 경찰의 손을 빌려야 할 것 같습니다."

사람들은 모두 고개를 끄덕였다. 아무래도 그렇게 하는 게 좋을 것 같다고 생각해서였다.

"일단 지금은 책임 같은 건 묻지 않겠다. 무조건 찾아. 어디로 갔는지 찾아서 최대한 빨리, 몽땅, 여기로 데려온다."

그가 알겠느냐고 윽박지르듯 말하자 모두가 일제히 대답했다. 그리고 곧바로 밖으로 나갔다. 조사를 하기 위해서였다.

"좋아. 이번에는 확실하게 마무리를 하자고. 어차피 같이 있는 것 같으니 잘되었어. 깔끔하게 정리를 하자고. 이것만 정리되면 이제 정말 끝이니까."

그는 흰 머리를 쓱 넘기면서 중얼거렸다.

*   *   *

"밴을 타고 움직였다? 그렇다면 인원수가 좀 된다고 판단한
게 맞는 것 같군."

"그렇습니다. 부근에 있는 모든 자료를 분석한 결과 지금 보
시는 밴을 타고 이동한 것으로 보입니다. 썬팅이 되어 있어서
내부가 잘 보이지는 않는 관계로 정확한 인원의 숫자는 알 수
없지만, 그렇다고 판단하고 있습니다."

남자의 말에 백발 선생님이 질문을 던졌다.

"최종 도착지는 어디지?"

"그건 아직 확인 중입니다. 워낙 경우의 수가 많아서……."

남자는 아주 지능적으로 움직여서 추적이 쉽지 않다고 이야
기했다.

"하긴. 보통 놈들이 아니니까."

"하지만 시간이 좀 걸릴 뿐이지 알아낼 수는 있습니다."

남자는 확신에 찬 소리로 이야기했다.

"최대한 빨리. 아마 장중범도 그 정도는 알고 있을 거야. 그
렇다는 건 거기에 대해 대비를 했을 거라는 거지. 그러니 승부
의 관건은 시간이야."

선생님이라고 불리는 자는 이쪽 분야의 전문가는 아니지만,
그동안 일을 진행하면서 쌓인 노하우가 있었다. 그래서 이번

일의 포인트를 정확하게 짚고 있었다.

"다른 건 없는 거지? 없으면 나는 돌아가야겠군."

그는 자리에서 일어나서 다시 자신의 일터로 돌아가려고 했다. 그런데 보고를 하던 남자가 다급하게 이야기를 했다.

"더 보셔야 할 게 있습니다."

"그래? 그게 뭔가?"

그는 자리에 다시 앉으면서 물었다. 남자는 화면을 조작해서 다른 영상을 띄웠다. 거기에는 승용차가 한 대 보였다.

"이 주변을 그 시간대에 지나가 차량 번호를 모두 기록하고 돌려 보았는데, 주의해서 살펴야 하는 인물이 한 명 뜨더군요."

서울 같으면 엄두도 내지 못할 일이었겠지만, 한적한 곳이라서 가능한 일이었다. 남자는 지나가는 차량도 많지 않았고, 시간대도 좁혀서 작업해서 가능했다고 덧붙였다.

"그래서 그게 누군가? 화면만 봐서는 잘 모르겠는데?"

"정혁민 변호사의 차량입니다."

"정혁민?"

선생님이라고 불리는 남자는 인상을 찡그렸다. 주의해서 살펴볼 인물에 속해 있기는 했지만, 크게 신경을 쓰는 대상은 아니었기 때문이었다.

"그래? 어떤 수상한 점이라도 있는 건가?"

"그건 아직 정확하지 않습니다. 지금 계속해서 조사 중이기는 한데 시간상으로 보면 사건이 일어난 시각에 이 부근에 있었다는 건 확실해서……."

이야기를 듣고 보니 조금 수상하다는 생각이 들었다. 우연일 수도 있다. 하지만 무언가 꺼림칙한 기분이 들었다. 정말 무언가가 있는 것 같다는 생각이 떠올랐다.

"우연일 수도 있지만 알아보는 편이 좋을 것 같아서……."

"확실하게 알아보도록 해. 이번 기회에 관련된 놈들은 모조리 정리해 버릴 거니까."

이 일에 연관된 사람이라면 가만히 내버려 둘 수는 없다. 지금은 정말 중요한 시기이다. 자신이 지금까지 목표해 왔던 걸 손에 넣기 직전. 그동안 얼마나 많은 시련과 위기를 헤치고 지금까지 왔던가.

이제 열매만 따면 끝이라고 생각하고 있었는데, 갑자기 일이 터지기 시작했다. 정상을 코앞에 두고 무너질 수는 없다. 그러니 어떤 방법을 써서라도 지금 상황을 해결하리라 마음먹었다.

"지금까지는 조금 유하게 움직였던 것 같기도 해. 그렇지 않나?"

"예전에 비하면 그런 면도 없지 않았습니다."

초창기부터 일을 도왔던 남자는 옛일을 기억하면서 그렇게 대답했다.

"보는 눈도 많고 알려지기도 쉽다고 해서 너무 조심스럽게 움직였던 것 같아. 이제부터라도 일처리를 조금 더 확실하게 해야겠어."

그는 너무 움츠러들어서 이런 문제도 생긴 것 같다면서 조금이라도 문제가 있는 것 같다고 생각되면 무조건 파고들어서 조사하라고 말했다.

"그러고 보니 좀 이상하기는 해. 정혁민 그 친구가 예전에 백 선생이 숨어 있던 곳에서 근무를 한 적도 있었지?"

"그렇더군요. 3년 정도 있었는데 그사이에 둘이 접촉을 했을 수도 있습니다."

처음에 그 사실을 알았을 때 조사도 하고 감시를 붙이기도 했었는데, 문제가 될 만한 점은 찾지 못했다. 그 이후로는 별다른 일이 없어서 의심을 지웠었다. 정혁민은 그냥 변호사 생활을 했었으니까.

하지만 의심을 하기 시작하니 여러모로 수상한 점이 떠올랐다. 장중범과 가장 가까운 민주엽과의 친분만 봐도 그렇다. 그런 생각을 하다가 또 떠오르는 사실이 있었다.

"맞아. 게다가 지 대표의 사건하고도 연관이 있다고 했지……."

우연도 겹치면 필연이 된다는 말이 있지 않은가. 무언가 심상치 않다고 그는 생각했다.

"그러고 보니 정말 이상해. 근무를 한 것만 있다면야 우연히 그럴 수도 있다고 하겠지만, 여러 면에서 장중범이나 백 선생과 자꾸만 줄이 이어진단 말이야."

그는 남자에게 조금 신경 써서 조사를 해보라고 이야기했다. 확실히 무언가 수상한 점이 있다면서. 남자는 정혁민이라는 이름에 굵은 펜으로 동그라미를 쳤다.

*   *   *

"사건은 잘 마무리되었으니 염려하지 마시지요."

─그래요? 나랑은 의견이 좀 다르신데? 우리 말은 똑바로 합시다.

전화기에서 들리는 목소리에 선생님이라고 불리는 남자의 얼굴이 확 일그러졌다. 저렇게 나오는 걸 보니 또 한 소리 듣겠구나 싶어서였다.

잔소리 같은 걸 듣기 좋아하는 사람이 어디 있겠는가. 하지만 백발의 남자 같은 경우에는 그게 좀 심했다. 나이도 좀 먹고 그래도 사회적인 위치도 좀 된다고 생각하니 그런 소리를 듣기가 너무나도 짜증 났다.

그래서 전화기를 멀리 떨어뜨려 놓았다. 뭔가 웅얼거리는 소리만 들리게. 소리가 대충 멈추면 다시 들고 알았다고 할 생각이었다.

─지 대표가 그렇게 되었다고 사건이 해결된 건 아니지. 아직 그 자료가 버젓이 남아 있잖소. 그런데 사건이 해결된 거라고 하면 곤란하지.

백발의 남자는 웅얼거리는 소리 가운에서도 대충 어떤 이야기를 하는지는 알아들을 수 있었다. 이런 이야기를 할 줄 뻔히 알고 있었기 때문이었다.

―그걸 해결하지 않는 이상 불씨가 계속 남아 있는 거 아닙니까. 그러니까 그 문제까지 확실하게 해결을 해줘야지.

"알겠습니다. 그렇게 하고 다시 연락을 드리는 걸로 하죠."

백발의 남자는 대충 분위기를 보다가 소리가 들리지 않자 재빨리 핸드폰을 집어 들고는 이야기했다. 그러고는 곧바로 전화기를 바꾸어야겠다고 생각했다.

자신이 이런 이야기를 직접 들을 필요가 없다고 생각한 것이다. 그래서 아랫사람에게 전화를 받게 할 핑계를 떠올려 보았다. 대부분의 사람에게 존경과 떠받듦을 받는 자신이 이런 대접을 받을 이유가 없다는 생각에서였다.

"일단은 좀 모아놓고 진행을 해야겠지?"

자신이 직접 이런 이야기를 하는 건 너무 없어 보이는 짓이다. 그러니 모여서 이야기를 하기 전에 몇 사람과 잠깐 말을 먼저 나눌 예정이었다. 이런 일이 있다는 식으로 슬쩍 흘리는 것이다.

그러면 눈치 빠른 사람이라면 대충 알아듣고 상황에 맞추어 행동할 것이다. 그는 오늘 당장 별장으로 사람들을 모이라고 해야겠다고 판단하고는 연락을 취했다.

그리고 그날 저녁. 그는 먼저 온 사람들과 간단하게 이야기를 나누었다.

"그래서 여러 가지로 곤란하더군. 왜 요즘 상담 전화 받는 사람들이 엄청나게 힘들다고 하지 않나. 뉴스에도 많이 나오지?"

"그런가 보더군요. 원래 사람을 상대하는 일이 가장 힘든 법 아니겠습니까."

"맞습니다. 더구나 불만 있어서 화가 난 사람들이라면 더하겠죠. 어디 그 사람들이 곱게 이야기하겠습니까. 칼 들고 덤벼들지 않으면 다행이죠."

사람들은 갑자기 불만을 가지고 갖가지 요구를 하는 이야기를 털어놓기 시작했다. 남자들 이야기가 항상 그렇듯이 다른 사람보다 더 강한 이야기를 하기 위해서 자신이 아는 걸 총동원했다.

"내가 들었는데, 게임 회사에는 엽총을 들고 와서 쏜 사람도 있다더군요. 일하던 사람들은 정말 섬뜩했겠어요."

폭행을 한 사람부터 시작해서 칼을 들고 찾아온 고객을 지나 총까지 나왔다. 거기까지 나오자 일단 진정이 되었다. 이것보다 더 강한 이야기라고 하면 사람이 죽는 정도는 되어야 하는데 그런 이야기는 아직 들어보지 못했으니까.

선생님이라고 불리는 자는 웃고 있었지만, 짜증이 났다. 자신이 그런 전화를 받게 되어서 여러모로 피곤하다는 이야기를 했는데, 사람들이 자신의 진의를 제대로 파악하지 못하고 다른 소리만 해댔다. 그는 조용히 중얼거렸다.

"정말 까탈스러운 사람들 상대한다는 건 어려운 일이야… 내가 요즘 그런 일을 한다니까."

그는 껄껄대며 웃었다. 그러자 눈치가 빠른 한둘이 대뜸 알아챘다.

"선생님께서 그런 일을 하시는 건 격에 맞지 않습니다. 그런 일은 일하는 사람들에게 맡겨놓으시죠. 다른 분야에 있는 사람들도 비서나 보좌관이 그런 업무를 대신하지 않습니까."

"맞습니다. 선생님께서는 하셔야 하는 중요한 일도 많으신데 그런 데다가 시간과 심력을 낭비하신다니요. 저희가 상의해서 적당한 사람을 고르도록 하겠습니다."

백발의 남자는 평온한 미소를 지으면서 이야기했다.

"중요한 분들과 이야기를 하는 건데 아무에게나 맡길 수가 있나. 나보다는 못해도 그분들이 납득할 만한 사람은 되어야지."

지금은 그런 자리가 없었다. 백발의 남자가 모든 걸 관장하는 시스템이었으니까. 하지만 지금 이야기는 이제 사람들을 관리할 사람을 세우겠다는 의미였다. 사람들의 눈빛이 달라졌다. 백발의 남자는 그런 사람들을 보면서 이야기를 이어나갔다.

"내가 다른 곳에서 겪은 일인데 말이야……."

그는 자신이 일 잘하는 사람이 있다고 추천을 했더니 라인 관리하는 거냐면서 이상한 소리를 하는 사람이 나타났다고 했다. 자신은 오로지 능력만 보고 이야기를 했는데도 이익과 관련되면 이상한 소리를 듣게 된다면서 고개를 흔들었다.

물론 사실과는 다른 이야기였다. 본인이야 그렇게 보이고 싶었겠지만, 누가 봐도 자기 라인 관리하는 건데 그런 이야기가 나오지 않겠는가. 다들 알고 자신도 그렇게 자기 라인의 사람을 밀어주면서도 같은 행동을 한 다른 사람은 손가락질하고 욕하는 게 사람이다.

하지만 지금 여기서는 그런 사실이 중요한 게 아니었다. 중요한 건 백발의 남자가 자신은 그런 소리를 듣지 않으면서 자연스럽게 이인자 자리에 사람을 앉히고 싶어 한다는 게 문제였다. 한 사람이 재빨리 대답했다.

"그러니까 저희끼리 정하는 게 좋을 것 같습니다. 선생님께서는 그냥 승인하시는 정도로 하시면 얘기가 나올 것도 없지 않겠습니까. 물론 선생님도 누가 좋을지 의견을 이야기하실 수도 있고 말입니다."

그 남자는 토론은 모두가 모여서 자유롭게 하고 투표는 자신들끼리 하는 걸로 하자고 말을 꺼냈다. 백발의 남자는 아주 만족스러워했다. 자신의 의견을 분명히 이야기할 수 있어서 좋았고, 투표에 자신은 빠짐으로써 공정한 투표가 이루어진 것처럼 보여서 좋았다.

"그러면 그렇게 진행하는 걸로 하지. 다들 생각이 어떤가?"

누가 반대를 하겠는가. 그렇게 진행하는 것으로 결정되었다. 그리고 잠시 후 사람들이 모이게 되자 일사천리로 일이 진행되었다.

하지만 그날 그 일은 별다른 관심을 받지 못하고 넘어갔다. 다른 중요한 내용이 있어서였다.

"그러니까 정혁민이라는 변호사가 덩치의 뒤를 쫓아왔다?"

"예, 그렇습니다. CCTV를 싹 뒤져 본 결과 그런 사실을 알아낼 수 있었습니다."

"도대체 어떻게 된 거야? 덩치, 뭐라고 말을 좀 해봐. 너답지 않게 이게 무슨 일이야?"

백발의 남자는 호통을 쳤고, 거한은 아무런 말도 못 하고 고개를 숙이고 있었다.

"정체를 들키면 어떻게 하는 건가? 어디서 뒤를 밟힌 거야?

"그게 저도 잘… 그럴 리가 없는데……."

덩치는 고개를 갸웃거렸다. 그는 자신의 단점을 잘 알고 있었다. 다른 사람들의 눈에 잘 띈다는 것. 그것은 어떻게 보면 치명적일 수도 있는 조건이었다. 그래서 다른 누구보다도 조심했다.

될 수 있으면 모습을 드러내지 않고, 드러낼 일이 있다고 하더라도 전혀 의심받지 않을 그런 상황에서만 드러냈다. 그런데 미행이 붙었다니. 이해할 수가 없었다.

'그날은 그냥 정보를 확인하는 차원에서 거기에 간 것뿐이었는데…….'

그날 무슨 일 때문에 그곳에 갔는지는 바로 생각이 났다. 워낙 큰 사건이 있었던 날이라 잊어먹을 수가 없었다. 문제를 일으키거나 눈에 띌 만한 일을 한 적도 없었다. 그냥 문제가 될 수도 있는 인물이 사는 곳을 쓱 시찰한 것뿐이었다.

인터넷에 공격적인 글을 올린 사람이 사는 곳. 혹시라도 나중에 문제가 될 수도 있으니 확인차 가보았던 곳. 덩치는 아무리 생각을 해봐도 문제가 될 만한 일은 한 적이 없었다. 그래서 정말 우연히 방향이 같았던 것이 아닌가 생각했다.

그런 덩치의 생각과 같은 생각을 하는 사람도 있었고, 당연히 의문을 제기했다.

"그거야 그냥 방향이 같을 수도 있지 않나?"

"그렇긴 합니다만, 화면을 보시면 절대로 우연이 아니라는 걸 아실 수 있을 겁니다."

사람들의 시선은 모두 화면으로 향했다. 그리고 혁민이 차를 세우고 있다가 덩치의 차량을 뒤쫓는 걸 확인할 수 있었다. 덩치를 지원사격했던 사람도 아무런 말을 할 수가 없었다.

"한심하긴… 당분간 일 진행에서 손 떼."

"……"

덩치는 억울했지만, 어쩔 수가 없었다. 증거가 너무나도 명확했다. 그는 정혁민이라는 이름을 중얼거리다가 사진을 보고서 어디서 만났는지 알 수 있었다. 지 대표의 건물에서였다. 엘리베이터 안에서 그를 보았던 기억이 났다.

"정혁민 변호사는 지 대표 사건과도 아주 밀접하게 연결이 되어 있는 인물이야. 분명히 무언가가 있는 게 분명하니까 앞으로는 다시 감시를 붙여. 저번처럼 덜떨어진 놈들 붙이지 말고."

덩치는 짜증이 확 솟구쳤다. 그동안 승승장구하던 자신이 이렇게 물을 먹을 줄은 꿈에도 몰랐으니까. 그런데 그런 생각을 하니 이상한 점이 한둘이 아니었다.

"선생님, 이건 좀 이상합니다."

덩치의 굵직한 목소리에 사람들의 시선이 집중되었다. 백발의 남자도 지그시 쳐다보았다. 덩치는 그런 시선에 전혀 주눅들지 않고 자신의 이야기를 이어나갔다.

"그날 저를 기다리고 있었다는 듯 그렇게 움직인 거라면 저의 정체를 파악한 건 그전이라는 이야기가 됩니다."

"그렇지. 그전에 파악했으니 그날 미행을 한 거겠지."

백발의 남자도 수긍했다. 그러자 덩치는 조금 목소리를 높이면서 이야기했다.

"이상하지 않습니까? 그전에 제가 한 일이 뭡니까? 이 사건과는 전혀 무관한 일을 하지 않았습니까."

모두 수긍했다. 그가 이 일에 들어온 건 얼마 전이었다. 지 대표가 문제를 원만하게 해결하지 못하자 투입되었으니 시기적으로 오래되지 않았다.

"저 변호사를 본 적이 있습니다. 제가 처음으로 지 대표를 만나러 갔을 때, 그때 엘리베이터에서 마주친 적이 있거든요."

하지만 엘리베이터에서 마주쳤다고 자신을 알아봤을 리는 없지 않으냐. 그렇다면 그 이후에 자신의 정체를 파악한 것인데 그럴 가능성은 거의 없다고 덩치는 강한 어조로 말했다.

"모두 아실 겁니다. 그 이후에 제가 나선 건 딱 한 번이니까요. 지 대표 문제를 해결할 때 말입니다."

"그렇지. 그렇게 생각하고 보니 조금 이상하기는 하군."

백발의 남자도 곰곰이 생각을 하다가 뭔가 이상하다는 걸 깨달았다. 정혁민이 덩치의 정체를 안다는 자체가 이상했던 것이다.

"덩치는 외부에 알려지지 않은 인물이야. 지금까지 맡아서 수행한 일은 좀 되지만 철저하게 보안이 유지되는 일만 했지."

"맞습니다. 그리고 이상한 건 또 있습니다. 그날 제가 거기에 갈 것을 어떻게 알고 거기에서 미리 기다리고 있었겠습니까."

사람들이 조금 웅성거렸다. 덩치가 하고자 하는 말이 무엇인지 알 것 같아서였다.

"이런 말을 하면 안 되겠지만. 저는 내부에 누군가가 있다는 생각이 듭니다."

"흐음……."

묵직한 무게감을 방 안에 있는 모두가 느꼈다. 배신자! 배신자가 있다는 주장이었다. 그런데 상당히 설득력이 있는 말이었다.

"게다가 장중범이 어떻게 인원이 가장 적을 때를 알고 왔을까요? 그리고 여기의 위치와 보안 시스템 같은 건 어떻게 알았겠습니까?"

"그건 확실하게 좀 이상합니다. 위치야 백 선생에게 들었을지 모르겠지만, 보안 시스템은 얼마 전에 새로 바꾸었습니다. 아무래도 내부에 동조자가 있는지 확인해 봐야 할 것 같습니다."

백발의 사내는 사람들의 눈을 쳐다보았다. 이건 엄청난 문제였다. 만약 배신자가 있는 거라면 지금까지 이루어놓은 모든 것이 한순간에 허물어질 수도 있는 일이다.

"일리가 있는 말이야. 확실히 이상한 점이 있어."

백발의 남자가 입을 열자 방 안을 채우고 있던 무거운 공기가 훨씬 더 무거워지는 느낌이었다. 사람들은 서로의 눈치를 살피면서 각자 생각을 하기에 바빴다. 지금 상황이 자신에게 어떻게 작용할 것인지를 말이다.

그건 백발의 남자도 마찬가지였다. 이 상황을 자신에게 유리하게 만들 방법을 생각하기에 여념이 없었다. 그리고 도대체 누가 배신자일지도 계속 생각했다. 하지만 그의 입에서는 마음과는 다른 말이 나왔다.

"하지만 나는 우리 중에 배신자가 있다고 생각하지 않네. 나는 내 사람들을 믿어!"

그는 그렇게 말하면서 한 명 한 명과 눈을 마주쳤다. 사람들은 그런 상황이 어색했지만, 필사적으로 눈을 돌리지 않고 태연한 척하려고 애썼다.

"변호사의 일은 우연히 그렇게 되었을 수도 있지. 그러니 그것보다는 지금 닥친 위기를 헤쳐 나가는 데 힘을 모아야 할 거야."

그는 그렇게 말하고는 각자 맡아서 할 일을 말해주었다. 그러면서 은밀히 덩치를 따로 불러서 이야기했다.

"우리 중에 배신자가 있는 게 틀림없는 것 같다."

"아! 역시 아까 이야기하신 건 그 배신자를 안심시키기 위해서 그러신 거군요."

"당연한 이야기! 지금 믿을 수 있는 건 너밖에 없다. 배신자가 너에 대한 정보를 주었으니 너는 절대로 배신자일 리가 없는 거 아니냐."

덩치는 고개를 끄덕였다.

"그러니까 니가 다른 사람 아무도 모르게 조사를 해봐. 조금이라도 문제가 되는 듯한 정보가 있으면 모두 나에게 가져오고. 알았지?"

"예, 선생님. 알겠습니다."

그는 덩치를 내보내고는 두 사람을 더 불렀다. 아무도 모르게. 그리고 그 둘에게도 똑같은 이야기를 했다. 아무에게도 이야기하지 말고 다른 사람들을 조사해 보라고.

*　　　*　　　*

사람들은 이런 큰 사건이 벌어졌는데도 비교적 조용히 넘어가는 것을 다행으로 생각했다. 습격을 받아서 데리고 있던 백 선생이 탈출했으니 이만저만한 사건이 아니다.

"다행이지. 지금 상황 자체가 좋지 않으니 들쑤시는 것보다는 일단은 산적한 문제부터 해결해야 한다고 생각하는 걸 거야."

남자가 중얼거리자 옆에 있던 덩치가 슬그머니 고개를 저었다. 그동안 일을 했는데도 아직도 선생님의 스타일을 전혀 모르고 있는 게 너무 한심해서였다. 그는 이번 사건을 그냥 이렇게 조용히 넘길 사람이 아니었다.

"재미있는 의견이야. 아주 긍정적이고 낙천적이고……."

다른 남자가 약간 비웃는 투로 말하면서 낄낄 웃었다. 사람들은 대부분 얼굴을 찌푸렸다. 지금 이야기를 한 사람이 워낙 특이한 사람이었기 때문이었다.

'사이코패스 새끼가 머리는 확실히 좋아.'

덩치는 그렇게 생각했다. 그는 확실하게 지금 상황을 이해하고 있는 듯했다. 선생님이 무슨 꿍꿍이가 있어서 이런 식으로 나오고 있다는 걸 아는 것이다.

이 조직에서 그래도 중요한 간부라고 하면 저 사이코패스와 자신, 그리고 습격을 받은 날 자리를 비운 사람, 그리고 다른 쪽에서 꽂아 넣은 팀장 정도였다. 덩치는 모자를 눌러쓴 사이코패스를 슬쩍 쳐다보였다.

그중 셋은 선생님과 밀접하다면 밀접한 사이일 수 있었다. 그가 발탁하고 키운 사람들이었으니까. 그래서일 것이다. 습격을 받은 날 자리를 비운 사람의 책임을 비교적 가볍게 묻고 넘어간 이유가.

'아무래도 팀장을 찍어낼 생각이겠지.'

그게 선생님이라고 불리는 남자의 스타일이었다. 위기 상황은 언제든 올 수 있다. 하지만 위기는 잘만 활용하면 좋은 기회가 될 수도 있다. 다른 쪽에서 꽂아 넣은 팀장이라는 자는 눈엣가시가 아니겠는가.

선생님도 어쩔 수 없는 사람이 밀어 넣은 것이니 내보낼 수는 없고, 내부 정보는 팀장을 통해 계속 새어 나갈 것이고. 무척이나 짜증스러운 상황이었을 것이다. 상대도 그런 견제를 하기 위해서 사람을 밀어 넣은 것일 테고.

그래서 이번에 그를 찍어낼 생각인 것이다. 그렇지 않았다면 자신을 포함한 세 명만 불러서 은밀하게 조사하라고 지시하지는 않았을 것이다. 그는 아무것도 모른 채 자신의 부하와 이야기를 나누고 있는 팀장을 바라보았다.

'불쌍하게 되었군. 오래 보지는 못하겠어.'

내부적으로 문제가 되는 몇 가지 사안을 전부 팀장에게 덮어씌울 것이다. 어려울 것도 없다. 자신을 비롯한 선생님의 지시를 받은 사람들이 그렇게 만들 테니까. 누가 뭐라고 할 것인가. 이 조직에서 벌어진 일을 누가 조사라도 할 것인가.

절대로 외부에 알려져서는 안 되는 조직이다. 내부에서 벌어지는 일도 모두 비밀. 당연히 몇 명이 입만 맞추고 증거만 살짝 손보면 끝난다. 덩치는 새삼 선생님이란 사람의 무서움을 느꼈다.

대외적으로야 전혀 그렇게 보이지 않지만, 욕심이 많고 더러운 인간이었다. 하지만 세상에 그런 인간이 어디 한둘인가. 권력을 잡고 있는 사람치고 그렇지 않은 사람이 드물 것이다.

"조만간 여기서 못 볼 사람들이 좀 나오겠어."

덩치는 아주 나지막한 소리로 중얼거렸다. 그리고 실제로 얼마 후 팀장의 모습을 볼 수 없었다. 그리고 선생님의 아주 만족스러워하는 웃음도. 하지만 그를 집어넣은 사람은 불만을 강력하게 표시했다.

─아니, 그럴 사람이 아니에요. 증거 있습니까, 증거?

"물론입니다. 그 사람 때문에 조직이 아주 박살 날 뻔했어요. 눈치를 채고 수습을 했으니 이 정도이지 안 그랬으면 정말 큰일 날 뻔했습니다."

핸드폰에서는 고성이 넘어왔지만, 선생님은 아주 태연스럽게 받아넘겼다. 사사건건 자신의 일에 딴죽을 거는 사람이었는데, 이번에 제대로 한 방 먹여줄 수 있어서 기분이 좋았다.

"아무튼, 그렇게 아시고 좀 조심하세요. 지금 다른 분들이 무척 걱정하고 있습니다. 아시지 않습니까. 지금 여기에서 하고 있는 일이 알려지면 어떻게 된다는 거 말이에요."

─아니, 그러니까 그 사람은 절대로 그럴 리가 없다니까 그러네…….

다른 분들이라는 말을 언급하자 핸드폰에서 나오는 목소리가 급격하게 낮아졌다. 그만큼 부담이 가는 단어였으니까. 이 조직을 지원하는 사람들이 어떤 사람들인가. 누구 하나 허투루 볼 수 없는 그런 사람들이었다.

그래서 핸드폰 너머에 있는 남자는 이 조직을 자신이 맡고 싶었다. 이 조직을 관리하면 그만큼 강한 힘과 연줄을 얻게 되니까. 그래서 사람을 밀어 넣었고, 차근차근 조직을 자신의 것으로 만들 계획을 진행하고 있었다.

'내가 그걸 모를 줄 알았나? 어림없는 소리지.'

지금 이 자리를 유지하기 위해서 정말 온갖 짓을 다 하면서 살아왔다. 배신과 음모는 그냥 일상생활이나 마찬가지였다. 지금이야 좀 덜하지만, 전에는 정말 삐끗하면 바로 다음 날 사라질 수도 있는 그런 시대였다.

그런 풍파를 헤치고 살아남은 자신이다. 권력을 틀어쥐고 거들먹거리면서 살아온 사람들과는 경험치 자체가 달랐다.

"일단 백 선생을 잡는 게 급하니 그 이야기는 다음으로 미루는 게 좋겠습니다. 그런데 아무래도 일이 좀 급한 것 같아서 제가 다른 분들에게 이야기를 좀 했습니다. 지원이 필요하다고 말입니다."

그는 동원할 수 있는 모든 걸 동원해서 가능한 한 빨리 일을 처리하겠다고 말했다. 백발의 선생님은 통화를 마치고 나서 크게 웃었다. 상황이 좋은 건 아니었지만, 한 방 먹인 게 통쾌했기 때문이었다.

"그러니까 왜 남의 것에 군침을 흘리고 그럽니까. 욕심이 과하면 탈이 나는 법이에요."

그는 검경은 물론이고 정보 조직도 일부 사용할 수 있게 해 달라고 이야기했다. 사안이 무척 중요하다면서. 사람들은 처음에는 그건 너무 과하다고 반대했다. 하지만 그가 정보가 새어 나가기라도 한다면 모든 게 끝이라고 설득해서 간신히 승낙을 받았다.

이번이 기회였다. 그 막강한 힘을 백 선생을 잡는 데 전부 사용할 생각은 없었다. 자신의 자리를 노리던 그놈을 터는 데도 사용할 생각이었다.

"이제 거의 되었어. 거의……."

그는 자리에 기대면서 눈을 감았다. 무척 긴 세월이었다. 권력의 개로 살면서 차츰 자신의 힘을 키워온 것이. 하지만 너무나도 잘 알고 있었다. 개가 결국 어떻게 된다는 사실을. 자신은 그렇게 될 생각이 없었다.

그래서 백 선생의 자료나 장중범의 자료가 필요했다. 그걸 가지고 자신의 입맛대로 쳐낼 사람은 쳐내고 살려줄 사람은 살려줄 생각이었다.

"에잉… 그 자료만 계속 가지고 있었어도 일이 이렇게 꼬이지는 않았을 텐데……."

개로 살지 않겠다고 결심하고 준비를 했는데 뭔가 좀 결정적인 타이밍만 되면 이상하게 일이 꼬였다. 그래서 혹시 누가 자신을 감시하는 게 아닌가 싶었다. 그래서 죽은 것처럼 지내면서 자세하게 알아봤지만, 그런 건 아니었다.

"하기야 그때는 준비가 덜 되었어. 아마도 일을 저질렀으면 내가 당했을 거야."

상대도 보통 사람들이 아니다. 가지고 있는 세력이나 권력이 전부가 아니었다. 비장의 수를 가지고 있는 자들도 있었다. 그걸 모르고 나섰으면 쓰러지는 건 자신이었을 것이다. 하지만 이제는 거의 모든 준비가 마무리되었다.

그래서 바로 지금 자료가 필요했다. 솔직히 말해서 마음만 먹었으면 백 선생이나 장중범을 잡아들이지 못했을까. 알면서도 적당히 놓아두었다는 편이 더 옳을 것이다.

"과일은 알맞게 익었을 때 따야 제맛을 볼 수 있지."

하지만 너무 익어도 문제가 된다. 그는 바로 지금이 딱 좋은 타이밍이라고 판단했다. 자신의 원대한 꿈. 그동안 참고 기다렸던 모든 걸 이룰 수 있는 시기. 그는 잠시 자신이 가장 높은 곳에 서 있는 즐거운 상상을 하다가 핸드폰을 집어 들었다.

"납니다. 그래요. 이야기한 대로 진행을 합시다. 민주엽하고 정혁민하고. 둘 다 제대로 감시해야 합니다."

핸드폰 너머에서는 마뜩잖아하는 목소리가 들렸다. 하지만 거절할 수는 없었다. 그렇게 하기로 위와 이야기가 되어 있었으니까.

"그렇게 둘은 거기서 붙으면 되고, 차동출은 검찰 쪽에다가 이야기했고……."

문제를 일으키는 건 막고 자료는 자신의 손으로 가져오고. 정혁민이나 차동출은 일반적으로 접근해서는 답이 나오지 않는다고 생각했다. 그래서 조금 무리가 가더라도 어떻게든 엮어 넣을 생각이었다.

그들이 가지고 있는 자료도 압수하고 둘은 어떤 죄목이든 붙여서 일단 옴짝달싹하지 못하도록 하고. 그는 이제 모든 것이 끝을 향해 달려가고 있다고 생각했다. 그리고 거의 다 자신의 들어왔다고 생각했다.

"어차피 승자 독식이야. 이긴 놈이 전부 먹는다. 나머지는 그 아래서 부스러기나 주워 먹는 거지. 이제 다 왔어… 거의 다 왔어……."

　　　　　*　　　*　　　*

"반발이라는 게 가당키나 한 소립니까. 아니, 거기가 일반
회사예요?"

　─정확한 정보도 없이 전직 요원하고 변호사를 감시하라고
하니 그런 거 아닙니까.

　선생님은 자신의 귀를 의심했다. 상대가 이렇게 강한 어조
로 나올 것이라고는 생각지 못했기 때문이었다. 그는 무슨 일
이 있다는 걸 알고는 연유를 물었다.

"뭔가 일이 있는 겁니까? 아니 이거 얘기가 좀 다르지 않습
니까."

　─지금 이쪽이 난리예요, 난리. 이쪽에서 민간 사찰이나 선
거 관련해서 개입했다고 떠들어대는 통에 정신이 하나도 없습
니다, 정신이.

　선생님은 아차 싶었다. 그런 일로 몸을 사려야 할 때라면 적
극적으로 움직이기가 쉽지 않을 것이기 때문이었다. 특히나
민간인 사찰과 같은 일로 소리가 나오는 와중이니 민주엽과
정혁민을 감시하는 건 더욱 부담될 터.

　'니들이 평소에 쓸데없는 짓을 많이 하니까 그런 거 아냐?'

　그는 짜증이 확 솟구치는 걸 느꼈다. 아닌 말로 자기들이 잘
못한 거 아닌가. 하려면 제대로 했어야지 왜 말이 새어 나가게
해서 이런 문제를 만든단 말인가. 그래도 급한 건 자신이었으

니 잘 달래야 했다.

"아니, 전부 국가를 위해서 한 일 아닙니까. 일반적인 조직과는 다르다는 걸 사람들이 알아야 하는데 그걸 몰라주니원……."

—흐음… 그러게나 말입니다. 그래서 쉽지 않게 되었어요.

"그래도 그런 말에 휘둘려서야 되겠습니까. 그리고 민주엽은 배신자와도 연관이 되어 있는 인물이에요. 정혁민도 관련이 있다는 정보가 있고 말입니다."

그는 이것이 다 국가를 위한 길이며 가치 있는 일이라는 걸 강조했다. 그리고 이번 일을 해 주면 충분한 보상이 뒤따를 것이라는 얘기도 슬쩍 흘렸다.

—저희는 그런 것을 바라고 움직이는 사람들이 아닙니다.

"압니다, 알지요. 하지만 사람이 살다 보면 이런저런 도움이 필요할 때가 있는 거 아닙니까. 이건 정말 성의로 하는 겁니다. 대가성이 있는 게 아니에요."

그는 금전적인 것이 아니어도 필요한 걸 해주겠다면서 잘 다독였다. 그리고 그건 국가를 위해서 일하는 사람들을 위한 당연한 보상이라는 점도 강조했다.

—일단 붙여는 놨어요. 하지만 한계가 있다는 점도 생각을 해주셔야겠어요.

"알겠습니다. 그렇게 하죠."

선생님은 그쪽에서 감시하는 시늉만 할 수도 있으니 따로 사람을 붙여야겠다고 생각했다. 어떻게 하면 빨리 차동출과 정혁민을 엮어서 움직이지 못하게 해놓고 자료를 빼돌릴 수 있을지를 떠올리면서.

그 시각, 혁민은 자신에게 감시의 눈이 붙었다는 사실을 모른 채 큰소리를 내고 있었다.

"아니, 그렇다고 이렇게 얘기도 없이 이러시면 어떻게 합니까?"

혁민은 어처구니가 없었다. 지금은 가만히 있으라고 그렇게 알아듣게 이야기를 했는데, 그 남자는 방을 내놓고는 다른 곳에 가 있었다. 전화번호도 바꾸었고.

그 사실을 알려주기라도 했으면 그나마 이해를 했을 텐데, 그것도 말해주지 않고 사람 걱정하게 하다가 나중에야 연락이 왔다.

"무슨 일이라도 생긴 줄 알았잖습니까. 앞으로는 연락이라도 좀 미리 하세요."

하지만 상대는 뭐가 문제냐는 투로 나왔다. 상황이 좋지 않은데 스스로 챙겨야지 만약 무슨 일이 생기면 누가 책임을 지냐면서 말이다. 사실 그 말도 틀린 건 아니었다.

"알았으니까 앞으로는 미리 연락 주세요."

혁민은 일이 쉽지 않다고 생각했다. 상대의 방법은 확실히 효과가 있었다. 반대 활동을 하던 사람들이 나서는 것을 무척이나 두려워하게 되었다. 자신이 어떻게 될지도 모르니 다들 몸을 사리는 거였다. 이래서는 일이 제대로 진행되지 못할 것 같았다.

"이거 참… 아무래도 어렵겠는데?"

혁민은 차동출과 만나서 상의해야겠다고 생각하면서 창밖을 보았다. 다들 퇴근하고 텅 빈 사무실. 혁민은 오늘따라 을씨년스럽다는 생각을 했다.

"오늘은 늦었으니 내일 만나서 이야기를……."

그렇게 이야기하고 집에 가려고 짐을 싸는데 갑자기 문이 스르륵 열렸다. 혁민은 깜짝 놀랐다. 방금 밖을 봤을 때 사무실에는 아무도 없었는데 자신의 방문이 열리고 있었으니까.

"어? 배 실장님?"

"이거 오랜만입니다. 잘 지내셨습니까?"

혁민은 빙긋 웃으면서 자신에게 다가온 배 실장과 손을 꽉 잡았다. 자신을 경호하다가 장중범에게 간 후로 보지 못했던 배 실장. 오랜만에 보니 반가움이 몇 배는 되는 듯했다.

"아니, 갑자기 어떻게… 아, 백 선생님하고 중범 씨는 잘 있어요?"

"약간 문제가 있기는 했지만, 지금은 잘 있습니다."

"아~ 다행이네요. 지금 어디에 있죠? 혹시 만날 수 있나요?"

배 실장은 지금은 그게 문제가 아닌 것 같다고 이야기했다. 그는 지금 백 선생과 장중범은 물론이고 혁민에게도 좋지 않은 일이 생길 수도 있다고 말했다.

*　　　*　　　*

"지금도 감시하고 있는 사람이 있는 거 압니까?"

"감시요? 아니, 누가……."

혁민의 인상이 확 구겨졌다. 거한을 본 이후로 바짝 신경이 예민해져 있었는데 감시가 붙었다는 말에 가슴이 철렁한 거였다. 만약 자신이 생각한 곳에서 감시하는 거라면 무척 위험할 수도 있다. 그런데 배 실장은 확실하지는 않지만, 정보기관인 것 같다고 이야기했다.

"그걸 어떻게 아는 건가요?"

"이게 스타일이 조금씩 다르거든요. 그런데 제가 보니 그쪽 인 것 같더군요. 물론 아닐 가능성도 있지만 말입니다."

혁민은 어찌 되었거나 조심해야겠다고 생각했다. 배 실장은 감시를 피해서 들어오느라고 신경을 좀 썼다고 이야기하고는 백 선생과 장중범이 처해 있는 상황을 말해주었다. 혁민은 백 선생이 잡혀갔었다는 걸 듣고는 소스라치게 놀랐고, 그걸 다시 빼냈다는 걸 듣고는 더욱 놀랐다.

"요즘은 한국에 사는 것 같지 않을 때가 있어요. 이렇게 납치, 살인 같은 게 아무렇지도 않게 일어난다니……."

"보통 사람들은 잘 모르는 세상이 있으니까요. 아마 어떤 일들이 벌어지고 있는지 알면 난리가 날 겁니다. 정말 꿈에도 생각하지 못하는 일들이 대수롭지 않게 일어나고 있으니까요. 그것보다……."

배 실장은 장중범과 백 선생이 이야기를 좀 했으면 한다고 전했다. 혁민도 워낙 오래 보지 못한 터라 얼굴을 마주하고 술이라도 한잔하고 싶었다.

"저야 좋은데 괜찮겠어요? 감시가 붙었다면서요?"

하지만 지금 만나도 되는 건지 쉽게 판단이 서질 않았다. 신경이 쓰이지 않을 수가 없었다. 감시가 붙었다는 건 어떤 사람과 언제 어디서 만났다는 게 전부 노출된다는 소리니까. 그렇게 되면 백 선생과 장중범까지도 노출이 될 가능성이 높았다.

"처음에는 인적이 드문 곳에서 따로 볼 생각이었는데, 그것 때문에 장소를 바꾸었습니다."

배 실장은 아주 재미있는 곳이라고 이야기하면서 위치를 알려주었다. 혁민은 주소를 보고는 조금 놀랐다. 강남이었기 때문이었다. 그래서 감시를 따돌릴 다른 방법을 생각한 줄 알았는데 그건 아니었다.

"감시가 붙어 있는데 강남? 이렇게 되면 다른 사람이 전부 노출되는 거 아닌가요?"

"그렇지 않을 겁니다. 가보시면 압니다."

혁민은 도대체 그게 무슨 말인가 의아하게 생각했는데, 지금 바로 이동하는 게 더 좋을 것 같다고 해서 더욱 궁금증이 커졌다. 이 오밤중에 가서 만나면 누구라도 의심을 할 텐데 지금 이동하는 게 더 좋다니.

그런 궁금증은 약속한 장소에 도착하고는 더욱 커졌다. 대로변에 있는 빌딩이었는데 도대체 여기서 어떻게 사람들의 눈을 피할까 상상조차 되지 않았다.

"들어가서 1층 12호에 예약한 사람이라고 하면 된다고 했지?"

혁민은 차에서 내려 건물로 들어갔다. 그리고 궁금했던 부분의 상당 부분을 이해할 수 있었다. 이 빌딩은 전체가 룸살롱이었다.

"1층 12호 예약하신 손님 오셨습니다."

혁민이 이야기하자 접수원이 바로 어디론가 연락을 하더니 곧바로 멀끔하게 양복을 차려입은 남자가 그를 안내했다. 복도를 지나가는데 양옆으로 수많은 방이 보였고, 술과 여자 그리고 환락의 향이 진동했다.

혁민도 룸살롱을 아예 가보지 않은 건 아니었지만, 이렇게 빌딩 정체가 룸살롱인 곳은 처음이었다. 조금 늦은 시간인데도 불구하고 빈방이 거의 없는 것처럼 보였다. 하기야 이런 곳은 술을 좀 마시고 오는 사람들이 많으니 지금이 오히려 피크 타임일지도 모른다.

"이쪽입니다."

혁민은 약간은 어색해하면서 방 안으로 들어갔다. 그리고 이런 곳이라면 몰래 만나기 좋은 장소라는 생각이 들었다. 감시하는 사람들이 방 안에까지 들어와 보지 않는 이상에야 어떤 일이 벌어지는지 알 수 없을 테니까.

그런데 잠시 후 노크 소리가 나고 들어온 건 30대 중반 정도로 보이는 여자였다. 혁민이 무언가 이야기를 하려고 하는데 여자가 손을 들어 제지했다. 그러고는 손에 들고 온 걸 가지고 혁민의 몸과 방 안을 구석구석 훑었다.

"이야기해도 되겠네요. 오시기로 한 변호사님이신가요?"

"예, 그렇습니다만……."

혁민은 조금 어리둥절한 상태가 되어서 어떻게 된 것이냐고 물었다.

"아시는 분 중 한 명이 예전에 잠깐 인연이 있던 분이라고만 해두죠. 우리 같은 사람들은 서로 이름 같은 거 모를수록 좋은 거 아니겠어요?"

여자는 여유 있게 이야기하고는 잠깐만 있어보라고 말했다. 그러고는 혁민이 앉은 곳으로 천천히 걸어왔다. 혁민은 또 왜 이러는지 몰라서 살짝 움찔했는데 여자는 혁민의 목이 있는 부근으로 손을 뻗었다. 그러더니 소파 뒤쪽에서 전화기처럼 생긴 물건을 꺼냈다.

"그분이 부탁하신 게 있어서……."

여자는 생글생글 웃으면서 이야기했다. 그녀는 조금 있으면 이 인터폰으로 연락이 올 것이라고 이야기했다. 인터폰이 울릴 때까지 혁민은 잠시 여자와 이야기를 나누었는데, 나이가 40대 초반이라는 이야기를 듣고는 깜짝 놀랐다.

"상당히 동안이시네요. 저는 30대로 봤는데……."

"어머, 변호사님이라 그런지 말씀을 잘하시네. 언제 여기 놀러 오세요. 제가 싸게 모실게요."

"글쎄요. 저는 이런 데 별로 취향이 아니라서……."

여자는 혁민의 말에 사회생활을 하면 이런 데 올 기회가 있을 거라면서 그럴 때 오시라고 이야기했다. 직업이 그래서인지 화술이 아주 뛰어났다. 특별한 이야기도 아닌데 분위기도 부드러워지고 편안하게 해주었다. 하지만 그녀와의 이야기는 인터폰이 울려 중단되었다.

―클클, 오랜만이야.

"백 선생님! 괜찮으세요?"

혁민이 반가움에 이야기를 꺼내자 여자는 조용히 자리에서 일어났다. 혁민이 무언가 이야기를 하려고 하자 그녀는 손을 들어 괜찮다고 하고는 조금 이따가 아가씨를 들여보내겠다고 했다.

혁민은 아니라고 손짓했다. 그렇게 괜찮다는 표시를 했는데도 여자는 빙긋 웃고는 즐거운 시간 되라고 하면서 나갔다.

―뭐가 됐다는 게야?

백 선생이 혁민이 말하는 걸 들었는지 낄낄대면서 물어왔다. 혁민이 있었던 걸 이야기하자 그는 혀를 끌끌 찼다.

―지금 감시 붙은 거 모르나? 여기 왔다가 그냥 나가면 그놈들이 뭐라고 생각할 것 같아?

"아! 그렇네요. 자꾸 그걸 잊어버리네."

―이거 다시 수업 받아야겠어?

"아이고, 백 선생님 수업이면 제가 꼭 들어야죠."

혁민이 너스레를 떨자 백 선생은 예나 지금이나 입만 산 놈이라고 투덜거렸다.

─시간이 없으니 자세한 이야기는 어렵고 요점만 말할 테니 잘 들으라고.

백 선생은 자신이 자료를 가지고 있고, 그걸 이용해서 어떻게든 화제를 불러일으켜야겠다고 이야기했다. 더는 숨지 않고 양지로 나가서 싸우겠다는 의지의 표명이었다.

"괜찮겠어요? 노리는 놈들이 많을 텐데……."

─어차피 숨어 있어도 마찬가지야. 가슴 졸이면서 쫓기다가 가느니 뭐라도 해봐야지.

그러면서 혁민은 왜 감시가 붙었느냐고 물었다.

"저야 잘 모르죠. 생각이 드는 건 하나 있긴 한데……."

혁민은 소송과 관련된 이야기를 했다. 그러자 백 선생은 아마도 그것과 관련해서 누군가가 손을 쓴 것 같다고 말했다. 그렇게 이야기를 하다가 혁민은 퍼뜩 생각난 게 있었다.

"그게 고위층 탈세와 자금 세탁한 정보가 주된 거라고 하셨죠?"

─그래. 주로 금전적인 것과 관련된 내용이지.

"그러면 잘하면 겹치는 사람도 있을 것 같은데……."

혁민은 개중에 겹치는 사람도 분명히 있을 것 같다고 중얼거렸다. 그렇다면 뭔가 방법이 있을 것도 같았다. 그게 더 정확한 자료라면 그걸 가지고 먼저 기소를 하는 방법도 있다. 백 선생도 들어보더니 검사만 믿을 만하면 그것도 나쁘지 않을 것 같다고 말했다.

"검사는 정말 믿을 만한 사람 있으니 걱정하지 않으셔도 됩니다."

─그래? 그러면 복사본을 어떻게든 보내주지.

혁민은 장중범과도 이야기를 나누었는데, 길게 하지는 못했다. 다음에도 이곳이나 아니면 안전한 장소에서 직접 보면서 이야기하기로 하고는 짧은 통화를 마쳤다. 그리고 통화가 끝나자마자 곧바로 젊은 아가씨가 문을 열고 들어왔다.

*　　*　　*

혁민은 차동출에게 백 선생의 자료 중 일부를 넘겼다. 혁민은 믿지만 차동출 검사는 아직 확실하게 믿을 수 없다고 백 선생이 일부만 준 거였다.

"그런데 가능할까요?"

혁민은 이 사람들을 정말 법정에 세우고 벌을 받게 할 수 있을지 잘 모르겠다면서 그렇게 말했다. 그리고 조금 더 준비해서 진행해야 하는 게 아닐까 싶기도 하다는 이야기도 했고.

"그냥 단순하게 생각해. 자꾸 복잡하게 생각하면 답을 내릴 수가 없다니까."

차동출은 그냥 해야 할 걸 하면 된다고 말했다.

"진리는 단순한 거야. 거기다가 무언가 자꾸만 덧붙이는 건 뭔가를 감추기 위해서라니까."

차동출은 친일파 이야기를 했다. 제대로 정리를 해야 했는데 이런저런 핑계를 가져다가 붙이면서 넘어가서 결국에는 커다란 오점이 되었다면서.

"해야 하는 건 바로 하면 되는 거야. 그게 진리다."

혁민은 가만히 생각하다가 왜 갑자기 이런 생각이 들었는지 알 수 있었다. 바로 율희 때문이었다. 자신이야 상관없지만, 율희가 다시 위험에 빠질까 봐 마음이 약해진 거였다. 혁민이 조금 심각한 표정을 하자 차동출이 장난스러운 표정으로 어깨를 툭툭 치면서 말했다.

"마음 독하게 먹어. 이번에는 정말로 죽을 수도 있으니까."

"저야 그런 거 별로 무섭지 않아요. 주변 사람이 다칠까 봐 그게 좀 걱정이⋯⋯."

그러자 차동출도 저놈들이 가족을 건드릴 수도 있겠다면서 조금은 심각한 표정이 되었다. 충분히 그러고도 남을 놈들이었다. 자신들이 파멸하는 것보다는 상대를 죽이는 걸 선택할 놈들이었으니까.

"그러니까 그런 일이 생기지 않게 전격적으로 움직이자고. 판을 키우면 키울수록 상대가 그렇게 나오지 못할 테니까."

"그렇죠. 어차피 지금 머뭇거린다고 해서 저들이 봐주거나 하지는 않을 거예요. 어차피 돌아설 수 없는 지점을 지났으니 이제는 앞으로 가는 방법밖에는 없는 거겠죠."

두렵거나 힘들어도 멈출 수 없는 때가 있다. 혁민은 바로 지금이 그런 때인 것 같다고 이야기했다.

"기왕 하는 거 제대로 하자고. 후회 같은 거 조금이라도 남지 않게. 전부 쏟아부어 버리는 거야. 화끈하게."

"찬성! 그럼 제가 나머지 부분도 받아 올게요. 이번에는 지 대표 건처럼 되지 않게, 제대로 가는 겁니다."

혁민과 차동출은 이번에야말로 제대로 일을 벌이자고 의기 투합했다. 약간 불안한 심정이야 느꼈지만, 위험하지 않으면 서 가치 있는 일은 세상에 없다고 말하면서 위안으로 삼았다. 지금 하고 있는 일은 정말 가치 있는 일이었으니까.

혁민은 차동출과 헤어지고 나서 율희와 집 근처에서 만났 다. 둘은 같이 그네에 앉아서 이야기를 나누었다.

"위험할 수도 있는 일이요?"

"그래. 그래서 좀 걱정이 되어서……."

혁민은 지금 하려고 하는 일이 있는데, 그것 때문에 위험할 수도 있다면서 조금 걱정이 된다고 말했다. 율희는 생긋 웃으 면서 말했다.

"세상이 얼마나 위험한데요. 멀쩡하게 아침에 인사했던 사 람이 교통사고 나서 죽기도 해요."

그녀는 혁민의 손을 잡으면서 말을 이었다.

"저는 오빠가 일할 때가 가장 멋진 것 같아요."

"일할 때만?"

혁민이 장난치듯 이야기하자 무거웠던 분위기가 약간 흐려 졌다. 율희는 살짝 눈을 흘겼다가 장난스러운 혁민의 표정에 따라 웃었다.

"옳다고 생각하는 걸 하는 사람은 생각보다 많지 않아요. 다들 그렇게 할 것처럼 굴지만, 사실은 그렇지 못하거든요. 그래서 난 오빠가 자랑스러워요."

계속되는 칭찬에 혁민은 조금 머쓱해졌다.

"그리고 그 사람이 옳다고 생각하는 게 굉장히 그릇된 경우도 많거든요. 잘못된 신념을 아무런 의심 없이 맹목적으로 신봉하는 그런 사람은 아무것도 하지 않는 사람보다도 더 좋지 않잖아요."

율희는 혁민은 그렇지 않다고 말했다.

"오빠는 치우치지 않으려고 노력하고, 편견도 거의 없는 것 같아요. 이익에 휘둘리지도 않고 선입견이나 아집도 없는 것 같고요."

그녀는 그래서 더 좋다고 했다.

"그러니까 다른 거 신경 쓰지 말고 해요. 오히려 내가 오빠 도와줘야죠. 그런 것 때문에 망설이거나, 하지 않겠다고 하면 정말 실망할 거예요."

율희는 아버지 민주엽도 똑같은 말을 할 거라고 이야기했다. 혁민은 일어서서 그네에 앉아 있는 율희를 살포시 안았다. 그러고는 뺨을 손으로 감싸고 눈을 쳐다보면서 말했다.

"고마워. 내가 지금까지 들었던 말 중에서 가장 나에게 힘이 된 말이었어."

혁민은 지그시 율희의 반짝이는 눈망울을 쳐다보다가 이야기했다.

"하기야. 나중에 우리 애 태어났을 때 뭐라도 해줄 얘기가 있어야 하지 않겠어?"

"뭐예요? 갑자기 무슨 애 얘기를 해요? 아직 프러포즈도 안 해놓고."

혁민의 장난스러운 말에 율희는 샐쭉한 표정이 되었다. 그녀는 팩 토라져서는 자리에서 일어나서 집으로 걸어갔다. 혁민은 부랴부랴 뒤를 따라가면서 잘못했다고 사정사정했다. 세상에서 가장 멋진 프러포즈를 할 테니 기분 풀라면서.

율희는 여전히 토라진 표정이었지만, 혁민이 손을 잡는 걸 뿌리치지는 않았다. 둘은 손을 잡은 채 긴 골목을 아주 천천히 걸어갔다.

Chapter 4
도화선

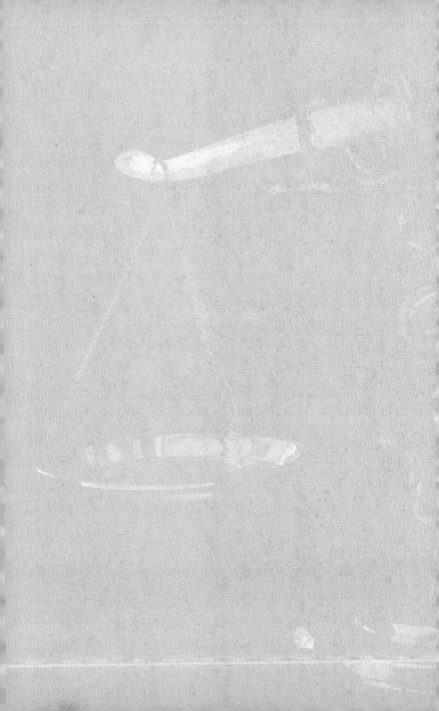

혁민과 차동출이 도화선에 불을 붙이려고 하고 있을 때, 엉뚱한 곳에서 일이 터졌다. 서 기자가 있던 언론사에서 각계 고위층이 성 접대를 받은 의혹이 있다는 기사를 낸 거였다. 비록 유력한 언론사는 아니었지만, 사람들의 시선을 끌 정도의 규모는 되었다.

"이거 좀 뜻밖인데? 이렇게 되면 무사하지 못할 거라는 걸 위에서도 잘 알 텐데……."

"그러게요, 선배님. 무슨 일이 있었던 것 같은데요? 그렇지 않고서는 이런 일을 벌일 리가 없잖아요."

"그렇지. 만약 기사를 내려고 했다면, 서 기자가 사고를 당하고 나서 바로 냈을 거야. 지금처럼 뜬금없는 시기에 내지 않고 말이야."

혁민과 위지원 변호사는 이게 도대체 어떻게 된 일인가 갸웃거렸다. 잘못하면 기사가 바로 내려질 수도 있겠다고 생각하면서. 예상한 대로 기사는 몇 시간 후 바로 내려졌다. 출근할 때쯤 올라온 기사가 점심때가 되니 찾을 수가 없게 된 것이다.

혁민은 혀를 끌끌 찼다. 돌아가는 꼴이 너무나도 한심해서였다. 왜 이런 것인지 뻔하지 않은가. 누군가가 압력을 넣어서 묻어버린 거였다. 겉으로야 법적인 문제 운운하겠지만, 어떻게 된 일이라는 걸 모르는 사람이 있을까? 하지만 그걸로 모든 게 끝난 건 아니었다.

"검색 순위에 오르기도 했었다는데요? 하기야 누가 봐도 솔깃한 얘기니까 여기저기 퍼 나르고 그랬을 테니까요."

"어차피 소용없어. 그런 게시물도 전부 내려질 테니까."

기사나 개인의 글을 함부로 삭제하거나 블라인드 처리를 할 수는 없다. 그런데 그렇게 되니 아주 골치 아픈 일들이 많이 생겼다. 쉽게 이야기해서 권력을 가진 사람들에게 불리한 이야기들이 너무 많이 돌고, 빠르게 퍼졌다.

"그래서 제도적인 장치를 마련해 둔 거지. 몇 가지 경우에는 삭제하거나 블라인드 처리를 할 수 있도록. 하여간 그런 데는 정말 발 빠르게 움직인단 말이야."

"그러게요. 제가 볼 때 자기들 이익과 관련된 거에는 세상 누구보다도 빠른 것 같아요. 국민들 문제는 정치적으로 이용하기 위해서 서로 꼭 쥐고 소리만 지르고 말이에요."

혁민은 그런 이야기는 그만하자고 말했다. 말을 하면 울화만 치밀고 짜증만 나니까.

"내가 좀 정치 쪽은 냉소적으로 바라보는 게 있긴 하지만, 나는 국민을 위해서 일하는 정치인은 없다고 생각해. 자신의 욕망을 위해서 그러는 척하는 사람들의 집합일 뿐이지."

"선배님… 그건 좀 심한데요? 저는 그렇게까지는 생각하지 않는데……."

위지원 변호사는 아무리 그래도 제대로 일하는 정치인도 있을 거라고 말했다. 하지만 확신에 찬 목소리는 아니었다. 그녀가 그런 사람을 직접 보거나 알고 있지는 않았기 때문이었다.

"뭐, 있을 수도 있겠지. 하지만 난 그냥 대부분 그렇다고 생각해."

혁민은 서 기자 생각이 나서 조금 흥분했다고 생각했다. 평소라면 이런 이야기를 꺼내지는 않았을 텐데, 아까 기사를 보고 나니 자꾸만 서 기자 생각이 떠올라서 마음이 평소와 같지 않았다.

울적하기도 했고, 분노가 치밀어 오르기도 했다. 종교와 정치 이야기는 친한 사이라도 하지 않는 혁민이었는데, 가슴이 답답해서 그랬는지 속에 있던 이야기가 툭 튀어나오고 말았다.

"그나저나 이렇게 되면 또 조금만 지나면 없었던 일처럼 되어버리겠네……."

"그렇겠죠……. 글이나 기사가 있어도 쉽게 잊어버리는데, 지금처럼 다 내려 버리면……. 게다가 워낙 사건이 빵빵 터지잖아요. 흥미로운 사건이 워낙 많이 나오니까 관심이 금방 다른 곳으로 옮겨 가기도 하고……."

권력을 가진 자들은 기본적으로 흐름에 민감하고 머리가 좋다. 누군가의 위에서 군림한다는 건 결코 쉬운 일이 아니다. 그런 자리는 노리는 자가 많다. 그래서 항상 경계해야 하고 신경 써야 한다.

상대에게 타격을 주기 위해서 언론과 인터넷을 이용하기도 하고 방어하기 위해서 압력을 넣기도 한다. 그런 예를 지금 보고 있다. 한 남자가 죽으면서까지 밝히려고 했던 사실이 너무나도 손쉽게 사라지려고 하고 있었다.

"그런데 정말 무슨 일이 있었던 걸까요? 이렇게 될 거라는 걸 모를 리는 없을 텐데……."

"잠깐만… 이게 잘하면 기회가 될 수도 있을 것 같은데?"

혁민은 상대하려는 자들의 힘이 얼마나 막강한지를 실감하고 있다가 잘만 활용하면 상황을 훨씬 유리하게 끌고 갈 수 있을 것이라는 생각이 들었다.

'차동출 검사가 기소한다고 하면 무슨 수를 쓸 수도 있어. 어차피 자기들 이익을 위해서는 뭐라도 할 놈들이니까.'

그래서 기소를 하는 것과 동시에 떠들썩하게 만들 생각이었는데, 굳이 그럴 것 없이 지금 상황을 이용하는 편이 더 좋을 것 같았다.

"일단 무슨 일이 있어서 이렇게 된 건지 좀 알아봐야겠어."

혁민은 자리에서 일어나면서 그렇게 중얼거렸다.

상황을 알아보는 건 그리 어렵지 않았다. 문제가 이렇게 된 것은 압력을 너무 강하게 넣었기 때문이었다. 언론사를 아예 공중분해를 시킬 작정으로 덤벼드니 가만히 당하고만 있겠는가. 혁민은 서 기자와 친분이 있던 기자로부터 그 이야기를 소상하게 들을 수 있었다.

"그러니까 아예 회사를 접게 할 생각이었군요?"

"그렇죠. 아, 우리 같은 작은 언론사에서 무슨 백이 있고 힘이 있다고 그런 기사를 내보내겠어요. 당장 된서리 맞을 거 뻔히 알면서……."

그 기자는 서 기자가 죽고 난 후에 갑자기 세무 조사가 나오고 여기저기서 시비를 걸고 정말 죽을 맛이었다고 했다.

"처음에야 다들 이러다가 넘어가겠거니 했어요. 그런데 이게 끝이 나질 않는 겁니다. 그래서 알았죠. 아! 아예 작정을 했구나. 자기들에게 칼을 들이밀면 어떻게 되는지 시범 케이스로 삼겠다는 거구나."

"원래 그런 식이죠. 그렇지 않으면 또 비슷한 일이 생길 수 있다고 생각하니까."

"그러니까요. 그래서 처음에는 협조하던 데스크하고 사장까지 전부 열이 받았거든요."

그래서 서 기자의 자료를 싹 긁어모았다고 했다. 이대로 죽을 수는 없었으니까. 노트북은 사고와 함께 없어졌지만, 사용하던 데스크톱에도 자료가 남아 있었다. 지워진 파일들이었지만, 복구하는 데 성공했다.

"어렵게 복구했다니까요. 당최 사람들을 믿을 수가 없어서 사무실로 불러서 복구 작업을 했어요. 집에도 찾아가서 찾은 자료도 좀 있고, 들은 얘기도 있고. 그거 다 종합해서 썼죠."

가능하면 협상을 하려고 했는데, 상대는 아예 그럴 여지를 주지 않고 몰아붙였다고 했다. 그래서 참다못해서 기사를 터뜨렸다고 했다.

"그래 봤자예요. 잘 아실 거 아닙니까. 지금 어떻게 돌아가는지."

"그래서 말인데요⋯⋯."

혁민은 기자에게 바짝 다가가면서 이야기했다. 자신이 생각하고 있는 방법을. 기자는 상당한 관심을 보였다. 일반인이라고 할지라도 호기심이 생길 만한 일인데 기자가 들었으니 오죽할까. 그는 혁민에게 더 자세한 걸 듣고 싶다고 했다.

"지금은 그것보다 이 기사를 같이 터뜨려 줄 곳이 필요한 것 같은데요."

"같이요? 우리야 어차피 막 나가기로 했으니까 상관없지만, 다들 몸을 사릴 텐데⋯⋯."

화력이 필요했다. 아무래도 화제가 되려면 작은 언론사 한 곳에서 기사를 올리는 것보다는 여러 곳에서 동시에 쫙 올리는 게 좋았다. 하지만 문제는 상대가 워낙 강한 자들이라서 다들 꺼린다는 점이었다.

"어차피 총대는 여기서 지는 거잖아요. 기사를 내도 다른 곳은 부담이 적겠죠. 여기서 선봉을 서도 다른 데는 그냥 따라오는 정도라고 모양새가 만들어지면요."

"음… 그러면 좀 가능성이 있기는 하겠네요. 어차피 박살 나도 우리가 박살 날 테니까. 다른 쪽도 혼이야 좀 나겠지만, 관심을 보일 곳이 제법 있긴 하겠네요."

하지만 그것만으로는 조금 부족할 것 같다고 기자는 말했다. 그래서 혁민은 다른 카드를 내밀었다. 자신이 가지고 있는 자료의 일부를 건네는 거였다.

"그러니까 그 사람들의 다른 비리까지 같이 내보낸다? 이야… 이거 판이 너무 커지는데? 잘못되면 회사 없어지는 것 정도로 끝나지 않을 것 같은데요?"

"그러니까 언론에서 터뜨리는 것만으로는 부족하죠. 기사 나가고 나면 조금 있다가 바로 검찰에서 그 사람들을 기소할 겁니다."

혁민은 그렇게 되면 주요 언론에서도 가만히 있지 못할 것이고, 국민들의 관심사도 일제히 쏠릴 테니 이전과는 양상이 다를 거라고 말했다.

"그 정도 되면 아무리 내리고 지우려고 해도 안 되겠죠."

"검찰에서 기소를 한다면야 얘기가 또 다르죠."

그렇게 되면 기사를 내보낸 쪽도 부담이 덜어진다. 기자는 이 정도면 자신들은 무조건 할 것 같다고 이야기했다.

"어차피 우리는 이러나저러나 끝장이거든요. 그러니까 뭐라도 할 수 있는 게 있으면 다 해보고 죽어도 죽겠다. 뭐, 이런 상황이라서 이런 거 있으면 완전 땡큐죠."

"다른 곳도 가능할까요? 이게 그래도 화력이 어느 정도는 되어야 효과가 있으니까요."

"정보만 확실하고 검찰에서 기소하는 게 사실이라면 가능할 것 같네요."

검찰에서 기소한다는 게 가장 중요한 포인트였다. 상대는 그냥 덤벼들기에는 너무 버거운 상대였다. 하지만 검찰에서 벼르고 있는 사람이라면 이야기가 조금 다르다.

'검찰이 노리는 사람이라면 그거 해결하느라 정신이 없을 테니 자신들은 안전할 거라고 생각하는 거겠지.'

혁민은 차동출이 한 번 정도 기자들과 만나야 할지도 모르겠다고 생각했다.

그런데 혁민은 당연히 차동출이 이야기를 듣고는 좋아할 줄 알았는데, 이야기를 들은 차동출은 생각했던 것보다는 미지근한 반응을 보였다.

"기자들을 믿을 수 있겠어? 오히려 엉뚱한 방향으로 일이 흘러갈 수도 있는데……."

혁민의 이야기를 들은 차동출은 영 미덥지 못하다는 표정이었다. 하지만 혁민이 이야기한 방법이 맨땅에 헤딩하는 것보다는 나은 방법이라는 건 동의했다.

"지금 검찰에서도 자꾸 눈치를 준다면서요. 이거 일이 어떻게 될지 모르는 거라고요. 그러니까 화끈하게 터뜨리고 그 기세로 밀어붙이는 거예요."

차동출은 최근에 아는 사람에게 조심하라는 이야기를 들었다. 대놓고 이야기를 한 건 아니었지만, 누군가가 차동출을 노리고 있다는 걸 넌지시 알려준 셈이다.

"그래도 정보를 그런 식으로 알려주는 건 좀 그런데… 어디까지 알려줘야 하는지도 그렇고."

"그건 제가 알아서 할게요."

혁민은 미리 생각한 게 있다면서 이야기했다.

"처음에는 특정 인물 소수만 가지고 시작하면 충분해요. 저는 지금 두 명 생각하고 있는데, 그 사람들만 해도 기사가 나가면 장난 아닐 겁니다."

당연히 그럴 것이다. 이름만 대면 누구나 알 수 있는 그런 유명 기업인과 고위 공직자였으니까. 그리고 다른 사람도 여럿 있는데 혁민이 그 둘을 고른 건 다 이유가 있어서였다.

"기업인과 공직자를 고른 건 정치권에서 알아서 움직이기를 바라고 한 거거든요."

"정치권에서? 흠… 여야가 서로 다른 입장이겠구만. 당연히 야당에서는 이 기회를 놓치지 않고 달려들 테고 말이야."

"그렇죠. 그렇게 되면 점점 더 화제가 되고 사건은 걷잡을 수 없이 커지게 되겠죠."

"판을 키우는 데 정치권을 이용한다… 나쁘지 않은데?"

혁민과 차동출은 서로를 쳐다보면서 한바탕 웃었다. 사실은 정치권에도 리스트에 있는 사람이 여럿 있다는 걸 알고 있었으니까. 그런 사실은 모른 채 자신들의 의도대로 서로 물고 뜯으며 싸운다는 게 너무 웃겼던 것이다.

"어려울 것 없더라고요. 그냥 먹음직한 뼈다귀 하나 던져 주면 알아서 싸울 테니까요."

"오케이. 그러면 나도 빨리 소환해서 조사를 해버려야겠어. 안 그래도 자꾸만 위에서 이 일에서 손을 떼라고 하고 있거든. 아무래도 무슨 일 터지기 전에 빨리 저질러야지. 저지르고 나면 지들이 어쩔 거야."

차동출은 기왕 일이 이렇게 된 거 빨리 진행하자고 이야기했다.

"문제없을 거예요. 거기다가 언론사에서도 좋아할걸요? 고른 사람 중 한 명이 언론사 잡아먹으려고 뒤에서 힘쓴 사람이거든요."

"그래? 아주 이를 갈고 있을 텐데 잘됐구만."

대기업 회장이 그 주인공이었다. 언론사도 대충은 알고 있었다. 하지만 어쩔 수 있겠는가. 자신들이 가지고 있는 거라고 해봐야 성 접대 관련된 내용과 몇 명의 이름뿐이었다. 결정적인 증거가 서 기자와 함께 사라져 버려서 어떻게 할 방법이 없었다.

그래서 기사도 그런 의혹이 있다는 식으로 내보냈던 것이다. 그런데 비록 그것과 관련된 건 아니지만 다른 비리 정보를 얻게 되었다. 언론사 사람들은 마침 잘되었다 싶을 것이다. 게

다가 검찰도 움직인다고 했으니 더 의기양양할 것이다.

"제가 이야기해서 다른 곳도 동시에 올리는 걸로 할게요."

"그래, 기사 나가고 나면 해당하는 사람들 소환하고 조사하다가 바로 기소하는 테크로 진행하면 되는 거지. 어차피 형식적인 절차야. 증거는 가지고 있으니까."

"그 증거가 오염되지 않게 신경 써야 해요. 그리고 분명히 물타기 들어올 테니까 그거 신경 쓰고요."

"내가 하루 이틀 일하냐. 그런 건 신경 끄고 너나 준비 잘해."

차동출과 혁민은 그렇게 일을 진행하기로 하고는 각자 역할을 맡아서 움직이기 시작했다.

*   *   *

사건이 거의 수그러들어서 잠잠해질 때쯤, 두 번째 기사가 나갔다. 이번에는 한 곳이 아니라 여러 곳에서 동시에 기사를 냈다. 예상은 하고 있었지만, 기사가 나가자 사람들의 반응은 확실히 이전과는 달랐다.

사실 처음에 기사가 나갔을 때는 화제가 되기는 했지만, 약간은 의혹의 시선으로 보는 사람도 제법 있었다. 그들은 상대가 증거도 없이 모함하고 있다는 식으로 주장했고, 실제로 기사에서도 의혹만 제기했을 뿐 증거는 제시하지 못했으니까.

"하지만 이번은 다르지. 일부기는 하지만 증거를 기사에 같이 실었으니까."

"맞아요, 선배님. 확실히 퍼지는 속도도 그렇고 분위기도 다르네요. 아유, 이런 놈들은 그냥 확 감옥에 처넣어야 하는데⋯⋯."

위지원 변호사는 이 기사가 사실이라는 걸 알고 있어서 그런지 더욱 흥분했다. 조막만 한 손을 쥐고는 막 휘둘렀는데, 제법 기세가 흉흉했다.

흥분하는 건 위지원 변호사만이 아니었다.

기사를 본 사람들도 이게 정말 있었던 일이라는 생각이 드니 곧바로 언급된 사람을 격렬하게 성토해 댔다. 처음에는 반신반의하던 사람들도 증거까지 내보인 기사가 나오자 정말 무언가 있는 거 아니냐는 쪽으로 바뀐 것이다.

"거기다가 내가 슬쩍 힘을 좀 보탰지."

혁민이 키득대면서 웃자 위지원 변호사는 어떤 것이냐면서 눈을 초롱초롱하게 빛내면서 물었다. 혁민은 별다른 건 아니고 허 대리에게 부탁을 좀 했다고 말했다.

"허 대리가 인터넷 쪽으로는 빠삭하거든. 그래서 화력이 좋은 곳에다가 올리고 적당히 바람잡이를 해달라고 부탁했지."

효과는 만점이었다. 재료가 워낙 좋다 보니 사람들은 흠뻑 빠져들었다. 허 대리가 집중적으로 글을 올린 곳의 사람들은 무척 적극적이기도 했고, 인원수도 많았다.

"누군지 찾는 놀이도 하고 있더라니까. 참 재미있는 사람들이야."

"별난 사람들 많잖아요. 그런데 정말 신기하던데요? 별것 아닌 단서 가지고도 용케 찾아내기도 하더라고요."

"그런 건 나도 신기하긴 하더라. 정말 인터넷에는 능력자들 많아."

기사에 당연히 실명은 거론되지 않았다. 하지만 사람들은 두 명이 누구인지 파헤치고 있었고, 유력하다고 언급되는 사람 중에 장본인이 있었다. 도대체 어떻게 찾아냈는지 신기할 정도였다.

그렇게 네티즌 수사대는 실제 기사의 장본인이 누구인지 이런저런 과정을 거친 후 밝혀냈다.

하지만 당사자들은 이러지도 못하고 저러지도 못하고 있었다. 나서서 뭐라고 하면 오히려 문제가 더 커질 수도 있었기 때문이었다.

─뭐 좋은 방법이 없겠나. 이거 아주 골치가 아파.

"저라고 방법이 있겠습니까? 이럴 때는 잠깐 외국에라도 나갔다가 오시는 게……."

─그게 괜찮을 것 같았으면 벌써 했지. 그런데 그게 그렇게 간단한 일이 아니야.

백발의 남자는 피식 웃었다. 그렇게 언론사를 들볶을 때부터 알아봤다. 쥐도 도망칠 구석을 만들어주고 몰아야 하는 법이다. 물론 도망칠 수 있는 곳에 함정을 파놔야 하겠지만. 그렇지 않고 정말 벼랑 끝으로 모니 반항을 하는 거다.

백발의 남자, 선생님은 조용히 이야기했다.

"아직은 어떻게든 방법이 있을 것 같습니다. 사람들을 좀 풀어서 시선을 다른 쪽으로 돌리면 좀 괜찮아질 겁니다. 그리고 다른 건도 좀 터뜨리고……."

―정말 그렇게 하면 효과가 있겠나? 더 확실한 방법은 없어?

"효과는 있을 겁니다. 그리고 더 확실한 방법이라…….

선생님이라고 불리는 남자는 잠시 뜸을 들이다가 말을 이었다.

"지금으로서는 마땅한 방법이 없어 보입니다. 일단 앞에서 말한 대로 진행을 하죠."

―효과가 있다는 건 확실한가? 지금 이게 보통 문제가 아니지 않으냔 말이야. 제대로 해야 한다고. 잘 알겠지?

"워낙 여론이 거세서 어떻게 될지는 모르겠지만, 하는 데까지는 해보죠."

그렇게 이야기하고는 선생님은 통화를 마쳤다.

"급한 모양이구만. 하기야 자기들 명줄이 왔다 갔다 할 수도 있는 일이니 그럴 만도 하지."

그는 대놓고 전화를 건 사람을 비웃었다. 욕심 많은 머저리라고 말이다. 문제는 그런 것보다 다른 데 있었다지만 하기로 한 일은 해야 했다.

그는 자신이 아는 사람들에게 연락했다. 특별한 이야기를 한 건 아니었다. 그저 지금 돌아가는 이야기를 하면서 약간 언짢다는 투로 말을 했다. 그리고 분위기가 잘못 돌아가고 있다는 이야기도 했다.

"지금 돌아가는 꼴이 이게 정상은 아니지 않으냐 말이야."

—맞습니다, 선생님. 이렇게 호들갑을 떨 만한 일은 아닌데 말입니다.

"그렇지. 그리고 설사 그게 사실이라고 해도 그냥 작은 허물에 불과하지. 그런데 나라를 위해서 일하고 있는 사람들한테 좀 너무한다는 생각이 들어."

그의 말에 상대방도 동의했다. 선생님은 차분하게 말을 이어나갔다.

"나는 말이야, 지금 이러는 데는 다 배후가 있다는 생각이야. 그렇게 생각하지 않나?"

—당연한 일 아니겠습니까. 이런 일이 어디 우연히 벌어지는 겁니까. 다 나라를 흔들기 위해서 쑤석거리는 것들이 있는 겁니다.

둘은 쿵짝이 잘 맞았다. 이런 일은 선동을 하는 무리들이 있어서 그런 것이고 그 배후에는 북한이 관련되어 있을 것이라는 이야기도 자연스럽게 했다.

지금 이 나라는 아무런 문제가 없으며 인터넷에서 거론되는 사람들도 이 나라의 발전과 번영을 위해서 열심히 일하는 사람들인데 어떻게든 뒤흔들기 위해서 공작을 하는 거라는 말도 나왔다.

—아니면 어떻게 그런 정보를 알아낼 수 있었겠습니까. 이건 개인의 힘으로는 되는 일이 아닙니다. 이런 거 알아내려면

엄청난 자금이 필요하다는 거 아시지 않습니까. 분명히 북이 배후에 있는 겁니다.

"역시나 안목이 남다르구만. 자네 같은 인물들이 더 많아져야 하는데 말이야……."

선생님은 안타깝다면서 혀를 차고는 이럴 때일수록 누군가가 나서주어야 한다고 강조했다. 이런 방식이 그가 지금까지 일해온 방식이었다. 자신은 절대로 앞에 나서지 않았다. 다만 뒤에서 부추길 뿐이었다.

그가 그렇게 이야기하자 전화기 너머에서는 흥분해서 그런 건 가만히 두면 안 되는 일이라고 대답했다. 그리고 그런 대답을 하는 사람이 전화를 할수록 점점 많아졌다.

"자, 이쯤 했으면 알아서들 움직일 거고……."

앞으로는 인터넷에 조금 다른 이야기들이 올라오기 시작할 것이다. 그 사람들이 자신의 세력이나 조직을 동원해서 적극적으로 나설 테니까. 반응도 짐작이 갔다. 어처구니가 없다는 반응을 보이는 사람들이 더 많기는 할 테지만, 동조하는 세력도 있을 것이다.

제법 머리가 돌아가는 자들이니 색깔론으로 몰고 갈 것이다. 그렇게 되면 본질이 변하게 된다. 이 사건의 본질은 추악한 비리였다. 성 접대를 받고 탈세와 같은 비리를 저지르고. 하지만 색깔론이 등장하면 모든 것이 묻히고 난장판이 될 것이다. 상당히 민감한 일이니까.

그런 시기에 화제를 돌릴 수 있을 만한 걸 하나 터뜨리든가,

아니면 간첩 조직이나 기밀을 빼내려는 시도와 같은 건이 있다고 하면서 반격을 하면 상황은 거의 끝이 나는 거나 마찬가지다.

"인터넷에서 떠들어봐야 지들이 뭘 할 수 있겠어. 게다가 아군도 든든하니까……."

선생님은 비릿한 미소를 지었다가 갑자기 표정이 험악해졌다.

"그런데 백 선생, 이자가 이런 식으로 나온다 이거지? 정보를 언론에 뿌려?"

그는 백 선생이 미친 게 아닐까 싶었다. 그래도 이 바닥 생리가 어떤지 잘 아는 인간이 그렇게 나온 게 믿어지지가 않았다. 어떻게든 외국으로 도망칠 생각을 해야지 오히려 반격할 생각을 하다니.

"아니야, 약간의 정보만 흘리고 협상을 하자고 그러는 속셈인가?"

그는 그게 더 설득력이 있다고 생각했다. 전부 까발릴 수도 있다는 위협을 먼저 하고 협상을 하면 아무래도 유리하게 이끌어갈 수 있을 테니까.

"일단 어떻게 된 일인지 좀 알아봐야겠어."

그는 어딘가에 전화해서 기자들에게 정보를 좀 캐보라고 시켰다. 누구에게서 정보를 받았으며, 받은 정보는 무엇인지, 그리고 연락은 어떻게 하는지 등을 모두 알아 오라고 시켰다. 수단과 방법을 가리지 말고.

이 문제는 살살 조심스럽게 다룰 문제가 아니었다. 그래서 조금 거친 방법을 사용해도 좋다고 언질을 주었다. 뒤처리는 알아서 해주겠다면서.

*　　　*　　　*

"하아~ 음모? 북한이 연관되었다? 간첩 조직이 활동하는 거다?"

혁민은 어처구니가 없었다. 어떻게 이 문제에 그런 식의 이야기를 가져다가 붙일 수 있는지가 정말 신기했다. 그리고 거기에 동조하고 맞는 말이라고 하는 사람들도 신기했고.

"이 사람들은 정말 제정신인가? 어떻게 이런 사건이 터졌는데도 그 사람들은 문제가 없고 다른 쪽의 음모라고 할 수가 있는 거지?"

"그러니까요. 아우, 저는 요즘 이거 보면 정말 열이 받아서 미쳐 버리겠다니까요."

이상하게 이야기가 사건이 아닌 체제 이야기나 이념 논쟁으로 변해가고 있었다. 이런 식으로 물을 흐리고 논점을 다른 곳으로 끌고 가는 걸 전에도 본 적이 있었지만, 당하는 입장이 되니 아주 짜증스러웠다.

"이거 고의적으로 누가 움직이는 거야. 그렇지 않으면 이런 반응이 이렇게 동시에 터져 나올 수가 있어?"

"저도 그게 좀 의심스럽더라고요. 이게 어느 날부터인지는 모르겠지만, 갑자기 이런 분위기가 만들어졌거든요. 아… 그게 언제인지 생각이 날 것도 같은데……."

위지원 변호사는 기억을 더듬었지만, 머리에 떠오르지는 않았다.

"이거 전략을 조금 바꾸어야 할지도 모르겠는데?"

"하긴 이대로 가면 그냥 묻힐 수도 있겠어요. 그리고 오히려 검찰에서 나서기 부담스러울 수도 있잖아요. 북한 관련된 주장이 강해지면요."

"그렇지. 그렇게 되면 정치권에서도 좋아하지 않을 거야."

야당은 철저한 수사를 하라고 이야기를 하고 있었지만, 여당은 별다른 언급을 하지 않고 있었다. 단순한 루머일 수도 있는데 민감하게 반응하지 않겠다는 거였다. 그리고 오히려 지금 이념 논쟁으로 번지고 있는 걸 환영하는 분위기였다.

이념 논쟁으로 번지게 되면 세력이 규합되게 된다. 그렇게 되면 여당으로서도 나쁠 게 없는 일이다. 그런데 그런 상황에서 검찰이 수사를 시작한다? 그건 여당 입장에서는 바람직하지 않은 시나리오다. 진짜로 문제가 있는 것처럼 비추어질 수도 있고, 정부가 무능력해 보일 수도 있기 때문이었다.

그렇게 되면 정부나 여당 쪽에서 검찰에 힘을 행사할 것이고, 자연스럽게 차동출이 수사를 하는 건 어려워질 것이다.

"아무래도 정보를 더 풀어야겠어. 국회의원 중에서 한 명을 풀고 고위층에 그런 자들이 더 있다는 걸 내보내면 엉뚱한 소리가 들어가겠지."

"그 정도면 사람들도 정말 문제가 뭔지 알 수 있을 거예요. 물론 어떤 게 나와도 지금 시스템에는 아무런 문제가 없고 오히려 이런 걸 들쑤셔서 이득을 보는 자들이 음모를 꾸미는 거라고 하는 자들은 있겠지만요."

"그런 사람들은 어떤 말을 해도 소용없어. 답이 이미 정해져 있거든."

상황이나 정보를 종합해서 결론을 내리는 것이 아니라 결론을 정해놓고 나머지를 끼워 맞추는 사람들이다. 그런 사람에게는 어떤 말을 하고 어떤 자료를 제시해도 소용없다. 그냥 그러려니 하고 대꾸하지 않는 게 최선이다.

"일단 상의를 해보고 어떻게 할지 정해야겠어. 난 지금 검찰청에 좀 다녀올게."

"저도요. 저도 같이 가요."

"너는 요즘 일 없냐? 상당히 한가한 것 같다?"

"에이, 그럴 리가요. 이번 사건에 관심이 많아서 그런 거죠. 저 밤늦게까지 일해요. 사무실에서 할 때도 있고 집에 가져가서 하기도 한다니까요."

위지원 변호사는 자신이 맡은 일은 절대로 문제가 생기지 않을 테니 염려 말라고 말하면서 가슴을 콩콩 쳤다.

"이그, 그래 알았다, 알았어. 대신에 일하는 거 조금이라도 문제가 있는 것 같으면 얼씬도 못 하게 할 거다? 알았지?"

"네에~ 그리고 사실 인터넷 이런 거는 제가 선배님보다 더 잘 알잖아요. 그러니까 이야기를 할 때 제가 분명히 도움이 될 거예요."

혁민은 고개를 끄덕이고는 위지원 변호사와 함께 검찰청으로 향했다. 그리고 차동출 검사와 이야기를 해서 정보를 더 전달하고 여론이 끓어오르기 시작하면 바로 수사를 시작하는 걸로 정했다.

그렇게 혁민 측이 정보를 조금 더 전달하기로 정하고 있을 때, 백발의 선생님은 보고를 받고 있었다. 그런데 보고를 받는 그의 표정이 심상치가 않았다.

"그러니까 기자들에게 정보를 제공한 사람이 정혁민 변호사라 이건가?"

"그렇습니다. 틀림없는 정보입니다."

모자를 푹 눌러쓴 남자가 킥킥대면서 이야기했다. 제 자식의 목숨이 걸린 일이니 허튼소리를 하지는 않았을 것이라고 이야기했다.

"그렇게 신념이 강한 척하던 놈이 애를 제가 안으니까 기겁을 하더군요. 아~ 그 표정을 선생님도 봤어야 하는 건데."

그다음은 아주 쉬웠다고 남자는 말했다. 칼로 애의 뺨 부근을 슬쩍 어루만지기만 해도 저절로 입이 열렸으니까.

"당신이 불었다는 사실은 절대로 이야기하지 않을 테니까 걱정하지 말라고 했습니다. 그리고 다른 사람에게 발설했다는 말을 하지 말라고 경고도 했구요. 아마도 말하지 않을 겁니다. 애를 엄청나게 이뻐하더라고요."

남자는 킥킥대면서 웃었지만, 뭔가 좀 아쉬웠는지 쩝쩝거리면서 입맛을 다셨다. 그 모습을 본 백발의 선생님은 고개를 저었다.

'저 인간은 일처리는 잘하는데 피를 너무 좋아해서 탈이야…….'

사이코패스답게 머리도 좋고 아주 잔혹하게 일을 처리했다. 문제는 피를 너무 좋아해서 그러지 않아도 되는 상황에서도 피를 본다는 점이었다. 피를 보면 뒤처리가 좀 어려워진다.

물론 어떻게든 잘 처리할 수는 있지만, 그런 게 계속되면 결국 문제가 된다는 게 선생님의 생각이었다. 하지만 이렇게 일을 잘하는 사람도 드물어서 계속 옆에 두고 쓰고 있었다.

"그나저나 정혁민이라 이거지?"

선생님은 약간은 뜻밖이라면서 중얼거렸다.

＊　　＊　　＊

정혁민이 자료를 넘겨주었다는 건 백 선생과 정혁민 사이에 밀접한 관계가 있다는 걸 의미하는 거였다. 그렇지 않을까 하고 의심을 해본 적은 있었다. 혁민이 공익법무관을 한 장소가 백 선생이 숨어 있던 곳이었으니까.

하지만 그것 말고는 별다른 접점도 없었고, 혁민이 변호사 생활을 하면서 딱히 수상한 점을 보인 적도 없어서 그냥 우연이겠거니 했었다. 하지만 얼만 전 덩치를 미행한 사실이나, 지금 자료를 기자들에게 넘긴 것이나 한 가지 사실을 가리키고 있었다.

"정혁민이 백 선생과 한패라 이거지?"

"그렇게밖에 볼 수 없는 것 아닙니까. 그것도 상당히 밀접한 관계. 게다가 지속적으로 연락을 해오고 있는 게 분명합니다."

모자를 눌러쓴 남자는 씨익 웃으면서 대답했다. 무언가를 잔뜩 기대하는 듯한 웃음. 백발의 선생님은 그가 잔뜩 기대하고 있다는 걸 느낄 수 있었다.

"사람을 더 붙여야겠군. 잘하면 한꺼번에 싸그리 잡아들일 수도 있겠어."

"사람을 붙이는 것도 방법이지만, 조금 더 빠르고 확실한 방법이 있습니다만……."

모자를 눌러쓴 남자는 굳이 쉬운 길을 놔두고 돌아갈 필요가 있느냐며 히죽히죽 웃었다. 자신에게 맡겨만 주면 시간이 얼마 걸리지 않을 거라면서.

"정혁민을 건드렸다가는 백 선생과 장중범이 꼬리를 숨길 수도 있어! 게다가 정혁민은 지금 차동출하고 가까운 사이야. 공연히 문제가 커질 수도 있어."

선생님이 가장 걱정하는 건 문제가 걷잡을 수 없이 커지는 거였다. 모든 것이 자신이 통제할 수 있는 범위 내에 있어야 했다. 특히나 지금과 같은 상황에서는 그것이 더욱 중요했다. 워낙 사안이 크고 중대해서 조금만 실수를 해도 자신에게는 치명상이 될 수 있었으니까.

그래서 문제를 키우지 않는 선에서 어떻게든 일망타진을 하고 싶었다. 가능성은 충분했다. 정혁민이 백 선생과 연결이 되어 있다면 어떤 식으로든 연락할 테고 그걸 잘 뒤쫓으면 한꺼번에 모든 골칫거리를 낚아 올릴 수 있을 테니까.

"무슨 얘긴지 잘 알겠지? 공연히 문제 일으키지 말고 연결고리만 찾으라고. 혹시나 감시하는 걸 들키지 않게 조심하고."

"여부가 있겠습니까. 지시하신 대로 시행하겠습니다."

모자를 눌러쓴 남자는 조금 아쉬웠지만, 일단은 지시를 받은 대로 하기로 했다. 하지만 방향은 자신이 원하는 쪽으로 흐를 것 같다는 느낌을 강하게 받았다.

생각한 대로 세상일이 다 이루어진다면 얼마나 행복하겠는가. 하지만 그렇게 되는 일은 열에 하나도 많다. 선생님은 정혁민을 감시해서 한꺼번에 잡아들이는 걸 원하고 있겠지만, 그렇게 될 확률은 거의 없다는 게 그의 생각이었다.

그래서 분명히 자신이 즐겁게 일을 할 타이밍이 올 것이라고 그는 생각했다. 살을 저미고 피가 배어 나오는 걸 구경하면서 천천히 작업할 수 있는 기회가 분명히 오리라 여겼다. 그런 상상을 하면서 옅은 미소를 보이고 있던 그에게 갑자기 선생님의 말소리가 들렸다.

"그리고 말이야, 일전에 준비를 해두라고 했던 것 말인데……."

"준비라고 하시면… 혹시 교도소에 있는 그 녀석을 이야기하는 것인지……."

"맞아, 그 녀석 말이야. 그거 계획을 좀 세워두는 게 좋겠어."

모자를 눌러쓴 남자는 확실히 자신의 눈앞에 있는 이 늙은 괴물이 보통 사람은 아니라고 생각했다. 교도소에 있는 그 녀석을 빼낼 생각까지 하는 걸 보면, 이번 일이 그렇게 쉽게 마무리가 되지 않을 수도 있다는 걸 염두에 두고 있는 것이다.

'확실히 촉이 좋아. 과감하기도 하고. 적당히 비열하고 적당히 잔혹하지. 더군다나 전혀 그렇게 보이지 않게 위장도 잘하고 말이야.'

예전부터 느꼈지만, 남자는 선생님이 자신과 비슷한 부류일 것이라고 다시 한 번 생각했다. 사이코패스와 소시오패스. 형제 같은 사이 아니겠는가.

"준비를 하겠습니다. 그런데 시기는 언제쯤으로 잡으면 될는지……."

"아직은 확실하지 않으니까 계획만 점검하는 정도로 하지. 언제든 할 수 있게 다른 준비는 전부 해놓고."

"알겠습니다. 그러면 그쪽은 그렇게 진행하는 걸로 하죠."

선생님은 우선은 정혁민을 감시하는 것에 신경을 더 쓰라고 이야기했다. 그것이 지금으로서는 가장 중요한 일이라면서.

＊　　　＊　　　＊

세 번째 기사가 나갔다. 그 기사를 접한 사람들의 분노는 용

암이 끓어오르는 것보다도 더 뜨겁게 부글거렸다. 비리와 성접대에 연관된 사람 중에 정치인이 있다는 것은 그다지 놀라운 일이 아니었다.

"뭐, 정치인이 깨끗하다고 생각하는 사람은 별로 없잖아? 그러니까 그다지 놀라울 것도 없는 거지. 사람들이 쓴 것만 봐도 그렇잖아."

"맞아요. 그냥 그럴 줄 알았네 하는 정도? 그리고 도대체 누구인지 궁금해하는 정도인 것 같아요."

사람들이 더 분노하는 건 관련된 사람들이 아직도 많다는 내용이었다. 정말 어디까지 썩었는지 가늠이 되지 않을 정도라는 생각이 드니 분노가 폭발한 거였다.

"그런데 아직도 정신 못 차리는 것들이 있네. 참 한심하다, 한심해."

"그러니까요. 아직도 저런 방법이 통할 줄 알았나 봐요."

북의 공작이 어쩌니 하면서 헛소리를 지껄이는 것들이 아직도 있었다. 아마도 직전에 호응이 괜찮았으니 이번에도 자신들의 글에 동조를 해주리라 생각을 했던 모양이었다.

하지만 분위기는 그렇지 않았다. 한두 번도 아니고 계속 증거를 제시하면서 고위층의 비리가 있다고 하고 있었다. 그런데 그 사람들은 문제가 없는 것이고 전부 다 모함이고 외부의 공작이라고 하니 사람들이 믿겠는가.

엄청난 비난이 쏟아지고 그나마 옹호하던 사람들도 슬그머니 꼬리를 감추었다. 그래도 자신이 애국하는 것이라고 믿는 사람들은 용감하게 계속해서 글을 올렸지만 어마어마한 비난에 시달려야 했다.

"우와~ 그런데 정말 무섭기는 무섭네요. 자기들이 정말 옳다고 생각하나 봐요. 절대로 굽힐 생각이 없어 보여요."

위지원 변호사는 혀를 내둘렀다. 저렇게 비난이 쏟아지면 혹시라도 자신이 잘못 생각하고 있는 게 아닌가 하고 한번 뒤돌아볼 법도 한데 전혀 그런 게 없어 보였다.

"절대로 흔들리지 않는 신념으로 무장한 광신도 같아요. 좀 무섭네요."

"광신도들이 무섭긴 하지… 어떤 말이나 증거도 통하지 않으니까. 하지만 그런 사람이 돌아서면 더 무서운 거 알아?"

"아, 그렇겠네요. 와… 상대편한테는 정말 재앙이겠다. 가장 선봉에 서던 사람이 뒤돌아서면 진짜로 끔찍하겠네요. 그래서 팬이 안티로 돌아서면 무섭다고 하는 거구나."

"하하, 맞아. 그거하고 비슷한 거라고 볼 수 있겠지."

혁민은 웃으면서 이제 슬슬 분위기가 무르익고 있다고 생각했다.

그리고 차동출도 비슷한 생각을 하고 있었다. 그는 부장검사와 이야기를 나누고 있었다.

"그러니까 이 건은 그만 손 떼라니까? 너 나까지 목 날아가는 거 보고 싶어서 이러는 거야? 그리고 너는 인생 끝날 수도 있어. 이거 윗선에서도 예의 주시하는 거라니까."

"아, 글쎄 준비 끝났다니까요. 이제 불러들여서 대충 얼굴 보면서 얘기 좀 하다가 바로 기소 때리면 상황 끝이에요."

차동출의 말에 부장검사는 손으로 머리를 감싸 쥐었다. 그의 손에는 얼마 남지 않은 머리카락이 손을 간지럽히는 게 느껴졌다. 부장검사는 손이 힘을 꽉 쥐려다가 순간적으로 손을 뗐다.

'내가 저놈 때문에 얼마 남지 않은 머리가 더 빠진다니까…….'

부장검사는 차동출을 설득하기 시작했다. 이건 정말 아니라고.

"지금 분위기가 심상치 않아. 이거 이념 얘기로 번지는데 정부나 여당에서 가만히 있을 것 같으냐? 지금 내가 문제가 아니라 이거 알면 난리 칠 사람들이 내 위로 수백 명은 될 거야. 그러니까 이거는 그냥 냅둬라."

"아니, 분위기 바뀐 지가 언제인데 아직 그런 얘기 하십니까, 부장님."

차동출은 전혀 그럴 걱정 하지 않으셔도 된다면서 지금 돌아가는 상황을 설명해 주었다.

"기사 하나 더 나오고 나서 색깔이니 북이니 하던 거 완전히 수그러들었다니까요. 그런 얘기만 하면 융단폭격 받습니다. 완전히 들고일어나는 분위기예요."

"그래? 분위기가 그렇게 바뀌었어?"

부장검사는 처음 듣는다는 표정으로 물었다. 차동출은 인터넷에서는 폭동이 일어나도 이상하지 않은 분위기라고 조금 과장해서 이야기했다.

"사람들이 열 받아서 누구인지 조사하라고 난리라니까요. 이거 그냥 덮었다가는 오히려 난리일걸요? 그리고 이 정도면 정치권에서도 가만히 있기는 어려울 겁니다."

"그래? 잠깐만, 어디 좀 보자⋯⋯."

부장검사는 컴퓨터를 컸다. 부팅이 되는 동안 그는 안경을 벗고 눈과 관자놀이를 비볐다. 매일매일 서류 검토하고 일해야 할 것들이 산더미였다. 인터넷 서핑을 할 시간 같은 건 없었다.

하도 서류를 들여다보니 요즘 들어서 눈이 침침한 게 약이라도 먹어야겠다는 생각이 들었다. 그렇게 눈 주변을 눌러주다가 화면을 보니 부팅이 끝나 있었다. 부장검사는 마우스를 움직이기 시작했다.

"흐음⋯ 확실히 분위기가 그렇긴 한 것 같은데⋯⋯."

"그러니까 지금이 딱 좋은 타이밍이라니까요. 지금 바로 들어가면 검찰의 위상도 높아질 겁니다. 사회 정의를 위해서 일하는 검찰 이미지가 확 올라갈 거라니까요."

부장검사는 어느 정도는 동의하면서도 쉽게 결정을 내릴 수는 없었다. 분위기라는 건 하루아침에 바뀌는 일도 다반사다. 그러니 지금 분위기가 이렇다고 해서 언제까지 그러리라는 법은 없다.

"하지만 여기 보니까 당사자로 거론된 사람들이 강력하게 부인을 하고 있고 고소까지 한다고 하는데… 이런 상황에서 잘못 나서면 찍히기 딱 좋아."

"제가 증거 확실한 걸로 가지고 있다니까요. 저 아시잖아요. 그런 것에는 확실한 거."

"알지. 니가 술 먹는 거 하고 그런 거 판단하는 건 확실하지."

차동출은 요즘은 술 많이 줄였다고 항변했는데, 부장검사는 알았다고 하면서 손을 들었다. 그는 잠시 고민하다가 대답을 주었다.

"내가 좀 알아보고 나서 결정하지."

"상황이 이렇게 되었는데 뭘 더 보려고 그러세요. 시작만 하면 바로 게임 끝이라니까요."

"어허. 이 녀석이 하늘 같은 고참이 말을 하는데……."

부장검사는 쓰읍 하고 소리를 내면서 조용히 하라고 눈치를 주었다.

"내가 확실하게 알아보고 신호를 줄 테니까 기다리고 있어."

"아우, 언제까지 기다려요. 그렇게 미적미적하다가 기회 다 지나간다니까요."

차동출이 그냥 하자고 졸랐지만, 부장검사는 고개를 저었다. 이런 일일수록 신중하게 하는 게 좋다면서.

"여기 엮인 사람이 어디 한둘이야? 이거 잘못하면 너하고 나뿐만 아니라 검사장님 목까지도 날아갈 수 있는 일이야. 잘

못하면 총장님까지도 위험해질 수 있고."

부장검사는 그것뿐 아니라 검찰 전체가 흔들릴 수도 있는 일이라면서 자신이 확실하게 처리를 할 테니 이삼 일만 기다리라고 말했다.

"이삼 일이요? 알았어요. 그 정도야 뭐 기다리죠."

그리고 바로 다음 날 차동출은 부장검사가 왜 그런 이야기를 했는지 알 수 있었다. 바로 기사가 났던 것이다.

"히야… 여당에서도 수사를 촉구한다네?"

"아시잖아요. 다 짜고 치는 거예요. 그러니까 문제라는 거 아닙니까. 검찰은 독립적인 기관이어야 하는데 다른 사람 눈치를 봐야 하니……."

"어디 그런 게 하루 이틀이냐. 그래도 덮으란 소리 하지 않고 조사 들어가라고 하니 된 거지."

차동출은 조금 쓸쓸한 표정을 지으면서 이야기했다. 하지만 이것이 현실인데 어쩌겠는가. 그나마 그런 상황을 잘 이용해서 일을 벌일 수밖에.

"그러니까 제대로 된 생각을 가지고 있는 사람들이 더 많아지고 그런 사람들이 높은 자리에 있어야 한다니까."

차동출의 말에 혁민도 동감했다. 그리고 마침 생각이 났다는 듯 말을 꺼냈다.

"아, 그러고 보니까 그 얘기 들었는데… 이번에 법무부 차관 말이에요."

"아, 고인수 선배. 맞아, 그분 같은 사람이 자꾸 그런 자리에 올라가야지."

솔직한 이야기로 조금 뜻밖이었다. 사실 사법개혁 모임의 멤버들은 법조계나 정치권에서 상당히 배척받는 부류였다. 그렇지 않겠는가. 사사건건 까칠하게 나오고 위에서 누르려고 해도 잘 먹히지 않으니까.

그래서 진급에 항상 불이익을 받았었다. 그런데 법무부 차관에 사법개혁 모임의 멤버 중 한 명이 임명이 되었다니. 놀랄 만한 일이었다.

"아… 그거? 그거 사연이 좀 있는 것 같더라."

차동출은 자신이 알고 있는 이야기를 풀어놓았다.

"그거 원래는 다른 사람이 내정되어 있었던 모양이야. 그런데 그 사람이 이번 사건하고 연관이 좀 있는 것 같더라고."

성 접대를 받지는 않았지만, 자금 세탁과 관련해서 문제가 조금 있었다. 그래서 임명이 보류되었다는 거였다.

"지금 같은 시기에 그런 사람 임명했다가 일 터지면 큰일이잖아. 그러니까 조심한 거지."

"그런데 그거하고 고인수 선배가 임명된 거 하고는 조금 다른 문제 아닌가?"

그 사람이 낙마했다고 그 자리를 노리는 사람이 없겠는가. 하지만 분위기가 이러니 무언가 좀 새로운 카드를 내미는 게 좋겠다는 의견이 나온 모양이었다.

"깨끗하고 청렴한 이미지. 그런 사람을 올리는 게 모양새가 좋다는 거지."

혁민은 바로 이해가 되었다. 정치적인 판단으로 그 자리에 올라간 거였다. 이번 사건으로 덕을 본 케이스였다.

"뭐 어떻게 되었든 간에 잘되었네요. 이거 사건 계속 터뜨려야겠는데요? 그러면 깨끗하고 제대로 일하는 사람들이 자리 올라가는 데 도움이 되겠어요."

차동출은 한두 번이나 그러지 계속 그럴 리가 있겠느냐고 말했지만, 솔깃한 눈치였다. 슬그머니 다른 비리 자료도 있으면 조사해 보자고 하는 걸 보니 말이다.

＊　　　＊　　　＊

우여곡절 끝에 관련자들의 소환이 이루어졌다. 사태가 이 정도가 되자 방송과 언론에서도 관심 있게 보도를 하게 되었다.

"기사 내용이 사실입니까?"

"한 말씀 해주시죠."

검찰의 조사를 받기 위해서 온 사람들에게 기자들이 달라붙었는데, 사람들의 반응은 제각각이었다. 아무런 말도 하지 않고 사람들에게 둘러싸여 들어가는 사람도 있었고, 굳은 표정으로 자세한 건 나중에 말하겠다는 사람도 있었다.

"모든 건 조사를 받으면서 이야기하겠습니다."

의혹을 받고 있는 국회의원은 여유가 있는 척하면서 그렇게 대답했다. 하지만 긴장한 빛이 역력해서 오히려 어색하게 보였다. 누가 봐도 억지로 여유를 부리는 티가 났으니까.

"그런 일이 없었다는 말씀이십니까? 조금 더 자세하게 말씀을 해주시죠."

"모종의 음모가 있다는 발언을 하셨다는데 거기에 관해서는 말씀하실 게 없으십니까?"

기자들은 말 한 마디라도 더 들으려고 들러붙었지만, 국회의원은 어색한 미소를 지은 채 안으로 들어갔다. 모든 것이 순리대로 풀릴 것이라는 묘한 말과 함께.

"뭔 개소리야? 순리 같은 소리 하고 있네."

"야, 어떠냐? 이거 건수 터질 것 같지? 표정 보니까 완전히 죽을상이던데?"

국회의원이 들어가고 나자 기자들은 자기들끼리 모여서 이야기를 나누었다. 이런 일을 오래 봐온 사람들이어서 그런지 표정 같은 것만 보고도 여러 가지를 추측했다.

"무슨 얘기 들은 거 없어? 있으면 같이 좀 먹고살자고."

"나도 딱히 들은 건 없는데, 아무래도 심상치는 않은 것 같더라고."

기자 한 명이 요즘 이상하게 정치권을 포함한 여러 곳에서 정보가 딱 끊겼다면서 아무래도 보통 일은 아닌 것 같다고 이야기했다.

"이런 적 처음이거든. 보통 여기저기 선을 대면 걸리는 데가 나오게 마련인데, 이거 관련해서는 소스가 하나도 안 나와. 다들 입조심하더라고."

"그래? 그런 거면 일단은 기사가 사실은 사실이라는 말이네. 이렇게까지 단도리하는 거면 정말 심각하다는 건데… 이거 처음 기사 낸 데가 어디라고 했지?"

기자들은 이번 사건이 폭풍을 몰고 올 것이라는 짐작에 서로 정보를 얻기 위해서 이야기를 나누었다. 하지만 여기서 나누는 이야기야 다들 조금만 생각해 보거나 알아보면 알 수 있는 이야기들이다.

그런데도 이야기를 나누는 건 시간을 절약하기 위해서다. 그걸 알아보는 시간을 단축하고 바로 움직이는 편이 더 효율적이었으니까.

그리고 기자들만큼 바쁘게 움직이는 사람들이 있었다. 바로 무언가 찔리는 게 있는 사람들이었다.

"아니, 지 대표가 그렇게 되고 나서 모든 문제가 해결되었다고 하지 않았습니까. 그런데 이게 뭡니까? 지금 어르신께서 상당히 진노하고 계세요."

"이건 저로서도 어쩔 수가 없었습니다. 아시잖습니까. 제가 그나마 막아서 지금 이 정도라는 걸 말입니다. 그렇지 않았다면 벌써 벌집을 쑤셔놓은 것처럼 되었을 겁니다."

백발의 선생님은 머리를 조아리면서 상황을 잘 이해해 달라고 부탁했다. 그의 앞에 있는 사람은 그럴 만한 사람이었다. 이 나라의 최고 권력자의 최측근이라고 할 수 있는 사람이었으니까.

"그거야 왜 모르겠습니까. 하지만 지금 상황이 너무 좋지 않아요. 사방에서 난립니다. 어떻게 일처리를 그렇게밖에 하지 못하느냐고요."

"이번에도 제가 알아서 잘 처리하겠습니다. 그러니까 시간을 조금만 주시죠."

"좋아요. 그동안 일을 잘 처리해 주셨으니 이번에도 믿어보겠습니다. 그런데 자금 관련된 건 도대체 어떻게 된 겁니까? 그 야시꾸리한 영상은 그렇다고 쳐도 말입니다."

성 접대야 어떻게든 넘어갈 수 있었다. 욕은 먹겠지만, 그냥 개인의 일탈 행위로 넘겨 버리면 되니까. 그리고 계속해서 강력하게 부인하면 된다. 성관계가 직접 찍힌 영상이 있는 사람이야 어쩔 수 없겠지만, 그렇지 않은 사람은 그냥 파티에 참석한 거라고 우기면 된다.

자신은 그런 행위가 있었는지조차 모른다. 자신은 그냥 파티에 참석했을 뿐이다. 그렇게 우기지만 1심에서는 형을 받는다. 그래야 여론이 가라앉을 테니까. 그렇지만 곧바로 항소하고 2심에서 풀려나는 게 순서다.

그때쯤이면 아무도 그 사건에 관심을 두지 않을 테니 무죄로 풀려나도 큰 반발이 없다. 그런 식으로 돌아가는 거다. 그런데 탈세나 자금 세탁과 같은 문제는 조금 다르다.

"잘 알지 않습니까. 요즘 경기가 어려워요. 그런데 이런 식으로 엄청난 돈을 해먹었다는 게 알려지면 사람들이 어떨 것 같습니까? 이거 아주 심각한 겁니다. 도대체 이 정보는 어떻게 새 나간 겁니까?"

"지금 조사 중입니다. 아무래도 무언가를 노리는 조직이 개입한 듯한데……."

선생님은 그렇게 이야기를 하고는 상대의 눈치를 살폈다. 사실을 이야기할 수는 없었다. 정보가 사실은 이쪽에서 관리하고 있던 것이 새 나간 것이라고 어떻게 말을 할 수 있겠는가. 그런 말을 했다가는 가장 먼저 자신부터 세상에서 지워질 것이다.

"확실한가? 그럴 만한 조직이… 잘 떠오르지를 않는데……."

"위험이란 건 항상 도사리고 있는 것 아니겠습니까. 조사해보면 나오겠지요."

다행스럽게도 상대는 수긍한 것 같았다. 수긍한 척하면서 뒤로는 따로 조사하겠지만, 이쪽에서 새 나갔다는 사실은 확인할 수 없을 것이다. 장중범이나 백 선생이 저들의 손에 넘어가지 않는 이상에는 말이다.

"그건 그렇다 치고, 이번 사건은 어떻게 처리할 겁니까? 이번 사건도 상당히 심각한데……."

"쉽지는 않을 것 같습니다. 담당 검사가 워낙 강성이라서……."

"어허… 이거 이런 식으로 나오면 곤란한데… 지금 방법이 없어서 당신을 찾아오는 줄 알아? 조용하게 일처리를 하려고 하니까 찾아오는 거 아니냔 말이야."

상대가 위압적으로 나오자 선생님의 눈썹이 살짝 꿈틀거렸다. 예전부터 이런 식의 대접을 받은 터라 익숙해졌다고 생각했지만, 이런 종류의 불쾌한 감정은 쉽게 익숙해질 수가 없는 모양이었다.

이런 식의 대접을 받을 때마다 가슴 속에서는 불기둥이 솟구쳤다. 입만 열면 지옥 불 같은 뜨거운 것이 튀어나올 것 같았다. 하지만 꾹꾹 억눌렀다. 저 사람의 말이 틀린 게 아니었으니까.

저들은 힘이 있었다. 움직이기만 하면 얼마든지 수습을 할수 있었다. 하지만 그렇게 움직이면 무언가를 대가로 내놓아야 한다. 아니면 반대편에게 꼬투리를 제공하는 빌미가 되거나. 그런 게 싫은 거였다.

그래서 그런 일을 조용히 뒤처리해 주는 사람이 필요했던 것이고 자신이 그런 일을 해왔던 거였다. 그게 자신의 존재 이유였다. 적어도 상대는 그렇게 알고 있다.

'하지만 조금만 더 지나면 그렇지 않을 거다. 지금 그렇게 잘난 척하지만 조금만 지나면 내 발이라도 핥으려고 할 테지. 아니, 내가 반드시 그렇게 만들어줄 테니까 조금만 기다려라.'

선생님이라고 불리는 자는 속으로는 천불이 났지만, 표정만은 잔잔한 호수처럼 흔들림이 없었다. 그는 아주 태연하게 대꾸했다.

"쉽지 않을 거라고 했지 불가능하다고는 말하지 않았습니다. 다 방법이 있지요. 제가 그동안 일을 어떻게 처리했는지 아시는 분이 왜 그리 역정을 내십니까."

"허허, 이거 아주 사람을 들었다 놨다 하시는구만. 그래, 내 화를 내서 미안해요. 요즘 워낙 여기저기서 조임을 당해서 말이야."

상대는 선생님이 당연히 이해해야 한다는 식으로 말했다.

선생님은 그거야 당신 사정이라고 말을 하고 싶었지만 입 밖으로 내지는 않았다. 그냥 처음처럼 잔잔하게 웃고만 있었다.

"그럼 그렇게 보고를 하면 되겠나? 알아서 처리가 될 거라고."

"약간 도움을 주시면 일이 더 쉽긴 하겠습니다만……."

선생님은 약간 뜸을 들였다. 워낙 처리가 어려운 사안이니 약간은 손을 써달라고 했다.

"어떤 문제가 있는지 얘기를 하면 최대한 손을 써놓지. 원하는 게 뭔가?"

"그건 문제가 생기면 말씀드리겠습니다. 최대한 제 선에서 해결해 보고 정 도움이 필요하면 그때 연락을 드리죠."

이런 식으로 엄살을 좀 떨어봐야 한다. 그래야 나중에 무언가 요구를 할 때 매끄럽게 진행이 된다. 그리고 이렇게 하는 데에는 나중에 덤터기를 쓰지 않기 위한 것도 있었다.

상황이 좋지 않으면 들어주기 힘든 도움을 청한다. 그러면 만약 일이 잘 풀리지 않더라도 지금 자신의 눈앞에 있는 전달자가 모든 걸 뒤집어쓸 확률이 높다.

'나같이 일을 해주는 사람은 없으니까. 앞으로도 이런 식으로 일할 필요가 있다는 생각이 들면 나 대신 지금 잘난 척하는 이 새끼를 희생양으로 삼겠지.'

그쪽에서도 그렇게 하기 위해서는 적당한 핑곗거리가 필요하다. 그런 명분으로 들어줄 수 없는 도움을 청하는 것이다. 그러면 도움을 들어주지 못하게 되고, 그 책임은 눈앞에 있는 재수 없는 새끼가 지고 자리에서 물러나거나 하게 되는 것이다. 그런 식으로 보낸 인간도 몇 명 있었다.

'내가 너처럼 온실에서 곱게 큰 줄 알면 오산이야. 내가 살아온 세상은 온통 자갈밭에 빗방울이 가끔 떨어지는 황무지였어. 거기서 살아남으려면 어떻게 해야 했는지 니가 알아?'

무조건 짓밟고 빼앗고 훔치고. 교활하고 악랄하지 않으면 살아남을 수 없었다. 그렇지 않았다면 지금쯤 자신은 노숙자로 지내고 있을지도 몰랐다. 그런 곳에서 살아남은 자신이다. 생존에 대한 공력은 엘리트 코스를 밟으면서 높은 자리에 오른 자들과는 비교도 할 수 없이 높았다.

"한 가지만 확실하게 합시다. 어르신께서는 검찰에서 무혐의로 풀려나는 걸 원하십니다."

"아까도 말씀드렸지만, 검사가 워낙 강성이라서 말입니다."

"그러니까 이렇게 이야기를 드리는 것 아닙니까. 예전에는 말이 잘 통하는 사람이라고 생각했는데, 최근에 의사소통에 약간 문제가 있는 것 같아."

상대는 거의 윽박지르듯 나왔다. 그만큼 상황이 좋지 않다는 의미도 되었다. 이렇게 무리한 요구를 하는 걸 보면 말이다.

"그렇게 하려면 손이 정말 많이 갈 수 있습니다. 방법도 그렇고 말입니다."

"그런 거야 당신이 알아서 하면 되는 거지. 그러라고 우리가 이런저런 걸 그동안 봐주고 있는 거 아니겠나. 그러니 이번에도 잘 좀 해보라고."

"흐음… 알겠습니다. 거기에 맞춰서 움직여 보죠. 하지만 미리 말씀드린 대로 문제가 생길 수도 있습니다. 그러면 도움을 좀 주셔야 합니다."

"여부가 있겠나. 불똥이 이쪽으로만 튀지 않게 해. 그러면 어떻게든 알아서 챙겨줄 테니까."

선생님은 고개를 끄덕였다. 하지만 문제가 될 것 같으면 모른 척할 것이라는 걸 다 알고 있었다. 그래서 자신이 보험으로 수많은 자료를 만들어둔 것 아닌가.

그는 그렇게 상대를 보내고 잠시 눈을 감고 생각에 잠겼다. 비밀 요정이라고 할 수 있는 이 장소도 이제는 그만 사용해야겠다는 생각이 들었다. 아무리 보안이 잘되고 좋은 장소라고 하더라도 너무 오래 사용하는 건 좋지 않았다.

"다른 곳을 좀 알아봐야 하나……."

그리고 그것보다 먼저 처리해야 할 문제가 있었다. 백 선생의 소재가 잘 파악되지 않아서 골치가 아팠다. 도대체 어디로 숨었는지 찾을 수가 없었다.

"정혁민하고 차동출… 이 둘도 어떻게 처리를 좀 해야 하는데……."

선생님은 어떻게 전략을 짜야 할지를 고민했다. 이번 사건을 법원까지 갖고 가지 않고 검찰 선에서 마무리하는 건 상당히 어려웠다.

"차동출에게도 자료가 넘어갔다고 봐야지. 그렇다면 그대로 덮기는 좀 힘들 텐데……."

그는 일단은 검찰총장을 움직여 보기로 마음먹었다. 누구에게 선을 대야 검찰총장을 움직일 수 있을지 머리에 떠올려 보았다.

그의 존재를 아는 사람은 그리 많지 않았다. 하지만 아는 사람들은 이 나라를 쥐락펴락할 수 있는 사람들이라고 봐도 무방했다. 금력이나 권력, 아니면 둘 다 가지고 있는 사람들이었으니까.

"그래도 까탈스러운 놈보다는 나한테 빚이 있는 놈한테 말하는 게 편하겠지."

우스웠다. 검찰총장이라고 하면 그래도 이 나라에서 상당한 고위직이라고 할 수 있는데, 그런 사람을 전화만으로 움직이게 할 수 있는 사람이 너무나도 많았다. 지금 언뜻 떠오르는 사람 만 해도 벌써 한 손가락이 넘어갔다.

그러니 우스운 일 아닌가. 한편으로는 그동안 무던히도 참았다는 생각도 들었다. 그런 자들의 구린 뒤를 처리하느라 고

생한 세월이 얼마던가. 그렇지만 그런 세월도 이제 거의 끝나 가고 있었다.

"니들 목줄은 이제는 내가 쥐고 흔들 수 있게 되었어……."

조금만 기다리면 된다. 조금만 더. 그러면 모든 것이 자신의 손에 들어올 것이다. 그는 주먹을 꽉 쥐었다. 처음에 그런 결심을 할 때는 팽팽하고 젊음의 느낌이 두드러진 손이었지만, 지금은 주름지고 노년의 향기가 흐르는 그런 손이 되었다.

어쩐지 손아귀에 힘이 없는 것 같은 느낌. 그는 자신의 젊음과 지금의 위치를 바꾼 것 같다는 느낌이 들었다.

"그래, 이번에는 니들 뒤를 닦아주지. 하지만 이번이 끝이야. 내가 준비하고 있는 것만 끝나면 정말 내 세상이 된다."

선생님은 그렇게 중얼거리면서 핸드폰을 들었다. 검찰총장에게 선을 대줄 사람과 연락을 하기 위해서였다. 이야기를 한다고 통할지는 의문이었지만. 그는 어쩐지 소용없는 짓을 하고 있는 것 같다는 생각을 했다.

그리고 그런 그의 예상은 적중했다.

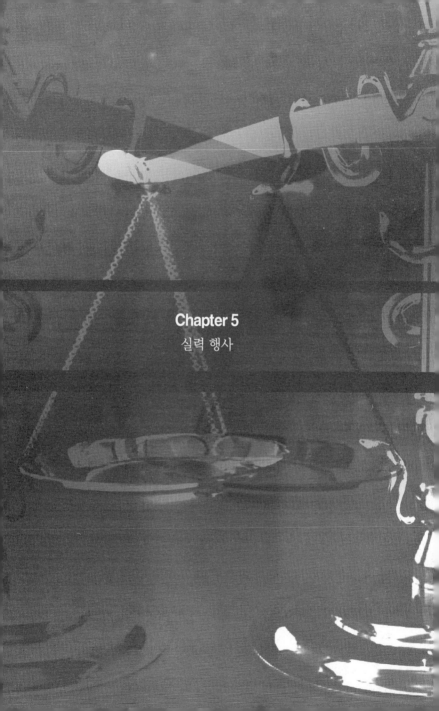

Chapter 5

실력 행사

"아이고, 오늘은 표정이 아주 좋으시네요?"

차동출은 조사를 받으러 온 국회의원의 얼굴을 보고는 그렇게 이야기했다. 아주 능글맞은 웃음을 보이면서. 국회의원은 조금 이상하다는 느낌을 받았다. 검찰총장이 이야기를 했다는 언질을 받았기 때문이었다.

"자, 우리 쉽게 가죠. 어차피 증거까지 다 나온 마당에 버텨 봐야 무슨 소용 있겠습니까. 길게 가봐야 시간 낭비예요, 시간 낭비. 이미 폭탄에 불붙었어요. 터지는 일만 남았다니까?"

차동출이 히죽히죽 웃으면서 펑 터지는 걸 손으로 만들어 보였다. 아주 과장되게. 그걸 보고 국회의원은 깨달을 수 있었다. 검찰총장이 실제로는 이야기를 하지 않았거나, 아니면 말을 했어도 통하지 않았다는 사실을. 차동출을 보니 후자일 것 같았다.

국회의원은 벌레 씹은 표정이 되었다. 일이 다행스럽게도 잘 풀릴 줄 알았는데 완전히 망했다는 생각이 들어서였다.

"어이구, 오늘따라 표정이 스펙터클하게 변하시네? 어디 속 안 좋으신가? 화장실 보내 드려요?"

차동출의 말에 국회의원의 표정은 더욱 일그러졌다. 하지만 차동출은 계속해서 밀어붙였다. 어차피 검찰총장의 말까지 까면서 진행하는 일이다. 뭐가 두렵겠는가.

"말씀이 없으시네? 국회에서는 소리 잘 지르시던데……."

"이봐, 말이 좀 과하지 않나? 내가 누군 줄 알고 지금 이러는 거야?"

국회의원은 발끈해서는 얼굴을 붉히면서 소리를 질렀다. 평소에 우습게 보던 일개 검사에게 이런 꼴을 당하니 울화가 치밀었던 것이다. 일반인에게야 검사가 저승사자같이 보이겠지만, 평소에 검사장 정도는 되어야 같이 식사하는 국회의원이었으니 그럴 법했다.

"과하다? 정말 과한 게 뭔지 알려 드릴까요?"

차동출은 으르렁거리면서 얼굴을 들이밀었다. 차동출이 험악한 표정으로 가까이 다가오자 국회의원은 흠칫 놀라면서 뒤로 약간 물러섰다. 그 모습을 본 차동출은 속으로 피식 웃었다.

'이 양반아, 이런저런 사람만 다룬 게 벌써 몇 년인 줄 알아?

그런데 내가 기 싸움에서 밀릴 것 같으냐고.'

기 싸움에서 밀리면 일단 태도부터 달라진다. 국회의원이라고 거들먹거리는 것도 통하는 상대 앞에서나 그러는 거다. 그런 보호막이 없어지면 한없이 초라한, 나이 먹은 50대 아저씨에 불과할 뿐.

일단 그는 차동출과 눈을 제대로 마주치지 못하고 있었다. 물론 당당하다면야 지금과 같은 모습을 보이지는 않았을 것이다. 검찰이 증거만 제대로 확보하고 있지 않은 것 같았어도 큰소리를 탕탕 쳤을 것이다.

하지만 상황이 너무 불리했다. 증거도 가지고 있고, 그나마 기대했던 검찰총장 카드도 먹히지 않았다. 그러니 주눅이 들수밖에. 국회의원은 잔뜩 움츠러든 채로 차동출과 대화를 나누었다.

"과한 건 말입니다, 남들은 세금 꼬박꼬박 다 내고 성실하게 살아가는 데 이런 식으로 탈세하고 자금 세탁해서 빼돌리고, 이런 게 과한 거예요. 이러니까 사람들이 정직하고 성실하게 살려고 하질 않잖습니까. 안 그래요?"

차동출의 말에 국회의원은 아무런 대꾸도 하지 못했다.

"도대체 이런 건 어떻게 알고들 하는 겁니까? 하기야 나는 알아도 돈이 없어서 못 하겠지만. 그런데 이런 거 불법이란 거 잘 아시잖아요?"

역시나 대답이 없었다. 모를 리가 있겠는가. 누구보다도 잘 알고 있을 것이다. 하지만 가볍게 무시하고 일을 진행했을 것이다. 그게 더 이익이니까. 그리고 걸리지 않을 거라고 생각했으니까.

"이야기하지 않아도 상관은 없어요. 어차피 증거는 이미 가지고 있으니까. 여기까지 불러서 이렇게 얘기를 나누는 건 말입니다, 기회를 드리려고 그러는 거예요, 기회요. 기회."

차동출은 알고 있는 걸 전부 이야기하면 선처를 하겠다고 말했다.

"협조를 해주시면 당연히 그만한 보상을 드려야죠. 저는 말입니다, 한 만큼 돌려받는다는 게 정상이라고 생각하는 사람이에요. 죄를 지으면 그만큼 돌려받고 일을 했으면 그만큼 돌려받고. 그러면 이 세상이 지금보다 훨씬 해피해질 것 같지 않습니까?"

그는 그렇게 말하면서 협조를 하면 충분히 감안하겠다고 말했다. 국회의원은 조금 흔들렸는지 질문을 던졌다.

"어떤 걸 말인가? 구체적으로 어떤 걸 원하는지 알아야 내가 말을 하든 말든 할 게 아닌가."

"제가 조사를 하면서 말입니다, 누가 세탁을 해줬는지 그게 가장 궁금하더라고요."

차동출은 기회다 싶어서 이야기했다. 잘만 구슬리면 정보를 많이 빼낼 수 있겠다 싶다는 촉이 팍팍 왔다. 미끼를 던졌을 때의 상대방의 반응으로 보아 틀림없었다.

'그럴 만도 하지. 검찰총장 카드가 먹히지 않았다는 걸 알고 일단 멘탈이 살짝 나간 상태에서 기 싸움에서 확 밀렸지. 그러니 자신이 큰일을 겪을 수도 있다는 공포감이 가장 고조에 이르렀을 거야. 그런 상황에서 희망이 보이니까 덥석 붙잡은 거지.'

이런 인간일수록 자신이 다치는 건 끔찍하게 싫어한다. 남을 뭉개고 짓밟고 올라서는 건 당연한 것이지만, 자신이 당하는 건 어떻게든 피하려 한다. 신문의 기본이다. 그 사람의 속성이 어떤지를 잘 파악해서 그걸 이용한다.

무턱대고 질문을 던져 봐야 원하는 답을 얻기 쉽지 않다. 누구나 자신의 죄를 실토하지 않으려고 하니까. 그러니까 짓누르고 윽박지를 때는 확실하게 밀어붙이고, 어르고 달랠 때는 또 아주 달콤한 걸 제시하면서 유도해야 한다.

"나도 그건 잘… 나도 다른 사람에게 소개를 받은 거라서……."

"소개요? 누구한테 소개를 받았습니까?"

그런데 초장부터 일이 쉽지 않게 흘러갔다. 갑자기 국회의원이 입을 닫은 것이다.

"말을 하면 충분히 참작할 거라니까요. 별다른 내용도 아니잖습니까. 소개받은 사람만 이야기하면 되는데 뭘 그렇게 주저하세요."

"그게… 누구한테 소개를 받았는지 기억이 잘 나지 않아서……."

그것만 기억이 나지 않을 리가 있겠는가. 생각해 보니 그 사람의 이름을 입 밖에 꺼냈다가는 큰일이 날 것 같다는 생각이 들어서 그러는 것 같았다.

'도대체 어떤 사람이기에 이러는 거지? 정말 고위층에 있는 누군가인 것 같은데……'

차동출은 살살 꼬드겼지만, 그는 입을 열지 않았다. 국회의원이, 그것도 중진급이어서 나름 거물이라고 할 수 있는 사람이 이 정도로 신중할 때는 정말 고위층이라는 말이었다. 차동출은 정말 이놈의 사건은 캐도 캐도 끝이 없다는 생각을 했다.

처음에 성 접대를 받은 사람들을 보았을 때도 정말 놀라웠다. 유명한 사람들이 제법 있었으니까. 하지만 지금 관련된 비리 자료에 비할 바가 아니었다. 거기에는 정말 엄청난 사람들이 들어 있었다.

"어차피 대부분은 알고 있어요. 확인차 하는 질문도 있는데, 이런 식으로 비협조적으로 나오면 저도 어쩔 수가 없습니다."

"생각이 나지 않는 걸 어쩌겠나. 생각이 전혀 나질 않아."

차동출은 국회의원의 표정을 보고는 오늘은 물 건너갔다는 걸 알 수 있었다. 이미 멘탈이 돌아오고 있었다. 더는 추궁을 해도 소용이 없다는 걸 깨닫자 차동출은 신문을 마무리 지었다. 그래도 오늘은 충분한 성과를 얻었다고 생각하면서.

*　　　*　　　*

―이거 이러다가 정말 큰일 나겠어. 어떻게 방법이 없겠나?

"저라고 이런 상황에서 뾰족한 방법이 있겠습니까."

선생님은 시큰둥하게 대답했다. 전에는 부하 다루듯 말을 했는데, 다급해지니까 말투가 조금은 공손해졌다는 걸 느끼면서 그는 한껏 여유를 부렸다. 어차피 다급한 건 상대방이었다. 자신이 조급하게 굴 필요가 없었다.

―이봐, 내가 오죽 급하면 이렇게 이야기를 하겠나. 방법을 좀 찾아보라고.

"지금이야 방법이 있겠습니까. 일단 자리를 좀 피하시죠. 피할 거면 지금밖에는 기회가 없을 겁니다."

―하지만… 내가 자리를 비우면 문제가 생길 수도 있어서 그래.

백발의 선생님은 고개를 저었다. 지금 어떤 문제가 있어서 저러는지는 잘 알고 있었지만, 그래도 이해가 되지는 않았다. 자신 같으면 일단 피하고 다른 문제는 나중에 생각할 것 같았는데, 상대는 그렇지 않은 모양이었다.

상대는 지금 경영권을 놓고 치열한 싸움을 벌이고 있었다. 형제간의 다툼이었는데, 지금 자리를 비우면 경영권을 빼앗길 것으로 생각해서 저러는 거였다.

"한 가지만 선택하세요. 모두를 가질 수는 없는 겁니다."

―내가 이 회사를 어떻게 키웠는지 잘 알지 않나. 내가 어떻게 여기를 포기할 수가 있겠냐고…….

선생님은 피식 웃었다. 키우긴 뭘 키웠단 말인가. 선대로부터 물려받은 거 그냥 유지만 한 건데. 그런데 자신은 혼자서 기업을 일군 것처럼 생각하는 듯했다.

"그래도 나중을 봐야 하는 거 아니겠습니까. 지금은 몸을 일단 피하는 게……."

─나중이란 게 어디 있나. 지금 동생 녀석이 경영권을 가지고 가버리면 그걸 되찾는 게 얼마나 힘들 건데… 게다가 내가 자리를 피하면 죄를 인정하는 거나 마찬가지야.

상대도 나름대로 입장이 있었다. 그룹이 안정되어 있는 상황이라면 충분히 그럴 수 있지만, 지금은 그랬다가는 상대편에서 자신을 비겁자라고 하면서 재기 불능 상태로 만들 것이라고 말했다.

─그러면 나는 끝장이야. 재기할 가능성은 조금도 없다고. 손발 다 잘려 나가고 그놈 사람들로 꽉 채울 텐데 어떻게 내가 재기를 할 수 있겠느냐 말이야.

"그래도 어쩔 수 없습니다. 저라면 일단 몸을 피하는 걸 선택하겠습니다."

그는 어차피 이곳에 있어도 공격을 받는 건 마찬가지일 것이라고 말했다.

"상대가 가만히 있겠습니까? 그리고 이거 결론까지 나려면 상당한 시간이 걸릴 텐데 그동안 상대는 계속해서 이거 가지고 물고 늘어질 겁니다."

─그렇긴 하지… 이렇게 좋은 건수를 놓칠 리가 없겠지…….

상대는 풀죽은 목소리로 대답했다. 언제나처럼 카랑카랑하고 에너지가 넘치던 목소리가 아니었다. 하기야 재벌그룹 회장에서 내쫓기게 생겼는데 기운이 나겠는가. 게다가 이 사람은 재산이 그렇게 많은 것도 아니었다.

일반인에 비하자면 어마어마한 재산이겠지만, 재벌들 사이에서는 재산이 형편없는 축에 속했다. 그런 그가 기업을 지배하는 방법은 지주회사를 통해 그룹 전체를 지배하는 방식이었다.

워낙 흔하게 사용되는 방법이기는 했는데, 지금 전화를 거는 사람의 경우에는 지주회사를 뺀 다른 회사의 지분이 아주 적었다.

—혹시 말이야, 기소를 면할 수 있는 방법이나, 아니면 법정에 가더라도 무죄로 풀려날 수 있는 길은 없겠나? 그게 가장 좋을 것 같은데…….

"지금 작업은 하고 있는데 그건 확실하지는 않아서요."

선생님은 위험을 감수할 수 있으면 그렇게 하라고 했다. 하지만 장담은 할 수 없으니 만약을 대비해서라도 외국으로 나가는 편이 더 좋을 것 같다고 강조했다.

—그런가? 그게 정말 최선인가?

"나갔다가 좀 잠잠해지면 그때 들어오면 되는 거 아닙니까. 여기에 있다가 잡혀 들어가면 그걸로 모든 게 끝장이에요. 일단은 외국에서 상황을 예의 주시하다가 대처를 하면 될 거 아닙니까. 정 분위기가 좋지 않으면 그때 귀국해도 되는 거고요."

선생님의 말에 상대방은 마음이 많이 기울어지는 듯했다.

—그렇게 하는 게 아무래도 좋을 것 같군……. 허허, 내가 이런 신세라니……. 아무튼 알았네.

"가능하면 빨리 움직이시는 게 좋을 겁니다. 곧 출국 금지 떨어진다는 얘기가 있어서요."

—그런가? 혹시 언제쯤 떨어진다고 하던가?

"제가 듣기로는 오늘내일한다는 것 같습니다. 확실한 날짜를 알아봐 드릴까요?"

상대방은 그럴 것까지는 없다고 이야기했다. 아마도 직접 알아보고 움직일 생각인 듯했다. 그렇게 통화를 마치고 나서 선생님은 곧바로 다른 곳에다가 전화를 했다.

"아이고, 안녕하십니까. 이거 축하드려야겠습니다."

—아니, 그게 무슨 말인가. 갑자기 전화를 해서는 축하라니…….

상대방은 껄껄 웃으면서 이야기했다. 목소리로 들었을 때 아마도 어떻게 된 일인지 대충 짐작을 하고 있는 모양이었다.

"형님께서 조만간 출국을 하실 것 같으니 원하시는 대로 일이 흘러가지 않겠습니까. 그러니 미리 축하를 드려야지요."

—허허, 아니, 일이 그렇게 진행이 되었나? 이거 자네에게 신세를 졌구만그래.

"신세랄 게 뭐 있습니까. 다 상부상조하는 거죠. 다음에 제가 부탁할 일이 생길 수도 있는 거 아닙니까. 사람 일이란 게 어떻게 될지 모르는 거니까요."

─어허허허, 그렇지, 그렇지. 그래, 다음에 부탁을 하면 내가 최선을 다해서 들어주도록 하지.

상대방은 호쾌하게 이야기했다. 선생님은 얼굴에 한가득 미소를 지었다. 그는 어떻게든 자신에게 이득이 될 만한 게 뭐가 있을까 하다가 경영권 다툼을 하고 있는 동생에게 연락을 했다. 그리고 거래를 했다.

자신이 잘 설득해서 외국으로 나가도록 할 테니까 그사이에 경영권을 확보하라고. 그 대신 기업의 비자금과 관련된 건 자신에게 맡기는 것으로 말이다.

"어차피 떨어져 나갈 놈이야. 게다가 그동안 너무 시건방져졌어. 물도 너무 오래되면 썩게 마련이지. 가끔은 어항의 물을 새로 갈아주어야 하는 법이야."

그는 아주 만족스러운 표정을 지어 보였다. 이런 혼란스럽고 불안정한 와중에도 이득을 충분히 챙긴 것이 즐거웠던 것이다. 그는 자신이 가지고 있는 걸 지키기 위해서라도 무슨 수를 써서라도 이번 사건을 잘 마무리 지어야겠다고 다짐했다.

＊　　　＊　　　＊

문제를 해결하는 방식에는 여러 가지가 있다. 오로지 한 가지밖에 방법이 없다고 생각되는 경우에도 발상을 전환하면 다른 방법이 보이기도 한다.

"조용하게 일을 처리하는 게 가장 좋은 방법이기는 하지……."

선생님이라고 불리는 백발의 남자는 조용히 중얼거렸다. 원래는 과격한 방법을 염두에 두고 있던 그였다. 상황이 워낙 좋지 않아서 여유가 없다고 생각했기 때문이었다. 하지만 조금 생각을 바꾸었다.

이런 상황에서도 나름대로 이득을 챙기고 나니 조금은 여유로워져서일지도 모른다. 아니면 조급하게 생각해서 시야가 좁아졌었는데 다시 사고가 유연해져서 그런 것일 수도 있고.

"그래, 어떤 상황에서든 더 좋은 방법은 있게 마련이지……."

아무리 생각해도 지금의 선택은 기가 막혔다고 그는 자신에게 감탄하고 있었다. 어떻게든 살리려고 해서 골머리가 아팠었는데, 버린다고 생각을 하니 여러 가지 새로운 길이 열렸다. 자신은 그중에서 가장 좋은 길을 선택한 것뿐이었다.

발상을 조금만 바꾸어도 이렇게 다른 세상이 보이기도 하는 법이다. 이익은 이익대로 챙기고, 새로운 연줄도 만들고. 얼마나 해피한 상황인가. 속임수? 그건 속는 놈이 병신인 거다. 어차피 이 판에서 영원한 동맹이란 없다.

자신과 연이 닿아 있던 대기업의 회장. 그와 경영권 분쟁 중이던 동생과 손을 잡았다고 해서 비난을 할 사람은 없을 것이다. 그런 일이 비일비재한 곳이니까. 그리고 비난은 권력이 약해졌을 때나 듣는 것이다.

"결과적으로 내 힘이 약해지지 않았으니 그런 말을 들을 일도 없지."

속으로야 어떤 생각을 할지 모르겠지만, 오히려 자신에게 일을 더 맡길 것이다. 수완이 좋다고 말이다. 언젠가는 뒤통수를 칠 수도 있는 놈이니 조심해야 한다? 그런 건 문제가 되지 않는다.

왜냐하면, 그런 생각은 하지 않고 있는 사람이 없기 때문이다. 자신과 관계를 맺고 있는 사람 모두가 그렇다. 조금만 약한 모습을 보이면 달려들어서 물어뜯고 자신이 원하는 것을 챙길 것이다. 원래 그런 곳이다.

그러니 이번에 한 자신의 행동을 안다고 해도 별다를 것 없이 받아들일 것이다. 오히려 판단력이나 일을 꾸미는 재간이 좋다고 생각할지도 모르고.

"어차피 동생 쪽이 경영권을 차지하기 쉬운 상황이었으니 잘된 거지. 그러니까 때가 되면 물러날 줄도 알아야 하는데 왜 그렇게 욕심을 버리지 못하는지… 쯧쯧……."

말은 그렇게 했지만, 지금까지 살아오면서 자신의 권력을 스스로 내려놓는 사람은 한 명도 보지 못했다. 끝까지 어떻게든 권력을 유지하려고 발버둥 치다가 마지못해 물러나는 경우가 대부분이었다.

그는 회장이 오늘내일 내로 외국으로 나갈 것이라고 생각했다. 그러면 자연스럽게 문제는 해결되는 것이고, 이제는 다른 문제를 고민해야 할 때였다.

"일단은 시도를 해보는 게 좋겠어. 설사 받아들이지 않는다고 해도 그러는 동안 자연스럽게 시간을 벌 수 있을 테니까……."

그는 누구를 보내는 것이 가장 좋은 방법일지를 생각해 보았다. 가장 먼저 떠오른 것은 태경의 대표인 하치훈이었다. 그라면 넌지시 이야기를 던지면서 상대방의 반응을 볼 것이고, 거기에 맞춰서 일을 잘 처리할 것이다.

그만큼 경험도 풍부했고 노련했으니까. 하지만 예전이라면 모를까, 지금은 그가 직접 나서는 건 조금 곤란했다.

"하치훈은 너무 드러난 얼굴이니 곤란하겠지. 이제는 다른 녀석을 써야겠어. 그건 그렇다 치고 정혁민은 어떻게 한다?"

차동출과 정혁민은 케이스가 다르다. 차동출은 포섭만 할 수 있다면 활용 가치가 무궁무진할 수도 있는 인물이었다. 하지만 정혁민은 조금 다르다. 실력이 좋은 거야 잘 알지만, 로펌에 속해 있는 것도 아니고 세력이 있는 것도 아니다.

"아니야. 이제는 하치훈도 조금은 견제를 하는 편이 좋지. 자신이 권력을 가지고 있다고 생각하면 자꾸만 다른 생각을 하게 되니까 말이야……."

그는 정혁민을 자신의 휘하로 끌어들일 수만 있다면 나름대로 써먹을 곳이 있겠다고 판단했다. 태경에 넣어서 키우면서 하치훈을 견제하는 카드로 사용할 수도 있고, 다른 로펌에 넣어서 활용할 수도 있다.

"아니면 다른 곳에다가 넣을 수도 있고… 워낙 캐릭터가 세니까 활용할 여지는 많겠어."

자신에게는 인재가 그다지 많지 않다. 지금까지야 지저분한 일을 처리하는 사람들이 필요했지만, 앞으로는 자신이 권력을 쥐고 흔들 때 그걸 보필할 수 있는 인재들이 필요했다. 하지만 그런 인재를 얻기란 쉬운 일이 아니다.

물론 차동출과 정혁민이 그리 쉽게 넘어올 사람들이 아니라는 건 잘 안다. 신념과 소신이 강한 자들이었으니까. 하지만 그건 하치훈도 마찬가지였다. 그리고 자신을 위해서 일하고 있는 다른 자들도 마찬가지였고.

신념이나 소신. 말은 좋다. 하지만 그것이 절대 불변의 진리는 아니다. 언제든 변할 수 있는 그런 개념이다. 그런 것들이 꺾이고 변하는 걸 수도 없이 보아왔다. 자신도 예전에 그랬었고.

"일단 사람을 보내야지. 그리고 그사이에 정리해야 할 건 정리를 하고……."

그는 그렇게 중얼거리면서 핸드폰을 들었다. 이번 일을 맡길 사람을 떠올리면서.

*　　　*　　　*

차동출은 정보기관에서 일한다는 사람의 연락을 받고는 고개를 갸우뚱거렸다. 정보기관에서 자신을 찾을 일이 없다고 생각했기 때문이었다.

"무슨 일이지? 딱히 나를 찾을 만한 일이 없을 것 같은데⋯⋯."

그는 자리를 대충 정리하고는 시계를 보았다. 어차피 점심도 먹어야 하니 같이 식사하면서 잠깐은 이야기를 나눌 시간은 될 것 같았다. 차동출은 약속을 한 장소로 발걸음을 옮겼다.

음식점에 도착하니 이미 예약이 되어 있는지 이름을 이야기하니 종업원이 방으로 안내했다. 그리고 방 안에는 깔끔한 정장을 입은 중년 남자가 이미 도착해 있었다.

"처음 뵙겠습니다. 한 실장이라고 합니다."

남자는 명함을 꺼내 차동출에게 내밀었다. 차동출도 명함을 건네고는 명함을 살폈는데, 흰 종이에 한현철이라는 이름이 새겨져 있었고, 뒤에는 0130으로 시작하는 번호가 적혀 있었다.

"0130?"

차동출의 미간에 주름이 생겼다. 명함은 비슷했다. 전에 정보기관 사람을 만난 적이 있는데, 그때도 이런 명함을 받았다. 앞에는 이름만 있고, 뒤에는 017로 시작하는 전화번호만 있는 명함. 그런데 0130으로 시작하는 번호는 처음 들어보는 거였다.

"0130은 처음 보시나 보군요."

"예, 그렇습니다. 이런 번호로 시작하기도 하는군요."

차동출은 신기하다는 듯 명함의 번호를 응시했다. 하지만 곧 명함을 지갑에 넣고는 자리에 앉았다. 전화번호 같은 게 뭐 중요하겠는가.

"그런데 정확하게 어디 소속이신지……."

차동출의 말에 한 실장은 빙긋 웃으면서 대답했다.

"자세하게 말씀드릴 수는 없군요. 사정은 이해해 주시리라 믿습니다. 이쪽 일이란 게 워낙 그래서 말입니다."

"그런가요? 어느 정도야 이해할 수는 있지만, 아무리 그래도 용건이 있으신 분이 본인 정체를 이야기를 해주셔야 하는 거 아닌가 싶은데……."

차동출은 이해가 가지 않는다는 듯 이야기했다. 사실 그렇지 않은가. 아주 디테일한 것까지야 아니더라도 어느 정도는 이야기를 해주어야 하는데 자신에 관한 것은 아무것도 이야기하지 않고 달랑 명함 한 장만 주었으니까.

솔직한 말로 어디 가서 이런 명함 만들고 사기라도 치는 것이면 어쩌겠는가. 하지만 상대는 아주 여유로운 표정이었다. 차동출은 적어도 사기꾼은 아닌 것 같다는 느낌을 받았다. 그렇다고 완전히 믿는 것은 아니었지만.

사기꾼이라면 상대로 검사를 고르지는 않았을 것이다. 하고 많은 사람 중에서 왜 하필 검사를 고르겠는가. 잘못되면 바로 잡혀 들어가는 위험이 뒤따르는데 말이다. 게다가 검사는 범죄자를 워낙 많이 상대해 봐서 속이기도 쉽지 않다.

"믿음, 이게 어디 말에서 나오는 거겠습니까. 경험이 뒤따르지 않은 상태에서 말만 가지고 믿음 운운하는 건 우스운 일이죠.

"좋습니다. 그건 그렇다 치고 용건이 뭡니까?"

차동출은 상대가 어차피 자세한 이야기를 하지 않을 거라는 걸 알고서 단도직입적으로 물었다. 하지만 상대는 여전히 여유로웠다.

"좋은 제안을 하려고 왔습니다. 들어보시면 아마도 만족하실 겁니다."

"제안이요? 정보기관에서 검사에게 제안할 게 뭐가 있다는 건지 모르겠군요."

한 실장은 살짝 눈을 빛내면서 이야기했다.

"저희는 이번 사건에 관심이 있습니다. 정확하게 이야기를 하자면 탈세나 자금 세탁 관련된 자료의 출처에 관해서 관심이 있습니다."

"자료의 출처요?"

차동출은 인상을 찌푸렸다. 정보기관에서 왜 그런 자료에 관심이 있는지 쉽게 납득이 가지 않아서였다. 한 실장은 그런 차동출의 표정을 읽었는지 재빨리 말을 이었다.

"저희는 그 자료의 출처가 국가에 위협적인 인물로부터 나왔다고 보고 있습니다. 그래서 이번 사건과 관련해서는 저희 쪽과 긴밀하게 협조를 했으면 합니다.

"흠… 자료라……."

차동출은 비리와 관련된 자료의 출처가 정확하게 어디인지는 모른다. 혁민에게 들은 것은 비리와 관련된 사람이 빼돌린 자료라는 것만 들었다. 그리고 그에게 자료의 신빙성이 중요했지 출처는 중요하지 않았다.

그래서 자료가 사실인지만 검토를 해봤고, 일부를 조사한 결과 사실이라고 판단되자 일을 진행한 거였다. 그런데 정보 기관에서 나온 사람이라고 주장하는 사람으로부터 이런 이야기를 들으니 조금은 당황스러웠다.

"출처가 어디인지 알려주실 수 있으십니까."

"그건 조금 곤란합니다. 아무래도 지금 진행 중인 사안이라서……."

알고 있다고 해도 알려줄 생각은 없었다. 신분이 확실한 자라고 해도 지금은 이야기해 줄 수 없는 일인데, 종이 쪼가리 한 장 받고서 말을 하겠는가.

"만약 협조해 주신다면 저희가 앞으로 안정적인 지원을 약속드릴 수 있습니다."

한 실장은 차동출이 어떤 성향인지 다 알아보고 이런 말을 하는 것이라고 이야기했다. 국가를 위해서 필요한 분인 만큼 지원을 해도 좋다고 판단했다면서 말이다.

"검사님 같은 분이 국가를 위해서 큰일을 하셔야 할 것 아닙니까. 제가 알아보니 검찰 내부에서는 완전히 왕따 비슷한 처지이신 것 같던데……."

그는 잠깐 말을 흐리다가 은근한 투로 말을 이었다.

"검찰 쪽에도 엘리트 코스가 있지 않습니까. 지금 당장은 조금 그렇지만, 특수부장 자리로 가실 수 있게 저희가 도와드릴 수 있습니다."

한 실장은 수사기획관이나 대검 중수부로 가는 것까지도 힘을 써줄 수 있다고 이야기했다.

"고검장까지야 좀 어렵겠지만, 그 정도까지는 가능합니다. 잘 아시겠지만, 그런 자리에 가는 게 그냥 평점이나 그런 것만으로는 불가능한 거 아닙니까. 누군가의 지원이 있어야죠. 그걸 저희가 해드리겠습니다. 그만큼 저희는 이번 사안을 중요하다고 생각하고 있습니다."

사실 다 그런 거 아니겠는가. 요직을 거치려면 개인의 힘만으로는 어렵다. 끌어주는 사람이 있어야 한다. 그래서 사법개혁 모임 멤버들이 하나같이 힘을 쓰지 못하고 있는 거 아니겠는가. 그런 빽이 없으니까.

윗선에 찍혀서 그런 것도 있지만, 모임 자체의 힘이 없기 때문이었다. 차동출이라고 요직에 가는 게 싫을 리가 있겠는가. 당연히 가고 싶다. 가서 자신의 실력을 발휘해서 멋지게 일을 하고 싶은 욕망이 있다.

하지만 포기하고 있었다. 그런 요직에 가려면 정치적으로 놀아야 한다. 정치적으로 논다는 게 어떤 의미인가. 적어도 이 나라에서는 그건 어쩔 수 없이 진흙탕에 발을 담가야 한다는 것과 똑같은 소리다. 그래서 포기했다.

"흐음……."

차동출은 솔직히 조금 흔들렸다. 조건이 너무 좋았기 때문이었다. 부정한 일을 하라는 것도 아니고 단지 자료의 출처를 밝히고 그 사람을 잡는 것에 도움을 달라는 거였으니까. 적어도 차동출은 그렇게 생각했다. 그런데 그렇게 생각하다 보니 뭔가 좀 이상했다.

'이건 조건이 지나친 거 아닌가? 나를 그런 요직에 보내려면 상당히 힘을 써야 할 텐데, 그 자료를 가지고 있던 사람이 그만한 가치가 있는 건가?'

처음에는 좋은 기회라고 생각했지만, 의심하기 시작하니 이상한 점이 한둘이 아니었다. 그래서 그는 자세한 걸 파악하기 위해서 질문을 던졌다.

"정확하게 어떤 걸 요구하시는 겁니까? 조금 더 명확하게 이야기를 해주셨으면 합니다."

"쉽게 말해서 자료의 출처. 누구에게서 나왔는지를 알려주셨으면 합니다. 그리고 그를 잡기 위해서 모든 협조를 해주셨으면 하고요."

차동출은 이야기를 듣고 곰곰이 생각하다가 되물었다.

"조금 이상하군요. 자료의 출처가 누구인지는 파악하고 있었던 게 아닙니까? 지금 제가 듣기로는 그쪽에서는 누구인지도 모르는 것 같은데……."

"저희 쪽에서 부르는 이름은 따로 있지만, 그거야 말씀드리기 좀 그렇고… 국가 기밀과 관련된 정보를 빼낸 인물이라고 생각하시면 쉬울 겁니다."

한 실장은 자연스럽게 답변했다. 정체를 파악하고는 있지만, 혹시 몰라서 그런다는 거였다. 그자가 직접 건넨 것인지,

아니면 누군가의 조력을 받고 있는 것인지.

"만약 조력자가 있다면 쉽게 건드려서는 안 되는 거 아닙니까. 그 뒤에 있는 자가 숨어버리면 곤란하니까요. 그래서 확인을 하려는 겁니다."

차동출은 대답을 듣고서는 더욱 고민하게 되었다.

"그리고 그 자료와 정혁민 변호사가 밀접한 관련이 있다고 하던데 사실입니까?"

한 실장은 이야기를 나누던 중에 넌지시 물어왔다. 한창 이야기를 나누던 중이라 차동출은 자신도 모르게 그렇다고 대답을 할 뻔했다. 차동출은 대답을 하지 않은 채 한 실장이라는 남자를 쳐다보았다.

그는 마치 다 알고 있으니 어서 대답하라는 듯한 표정이었다. 차동출은 혹시나 자신을 미행하거나 도청하고 있는 게 아닌가 하는 생각을 했다.

"그건 확인해 드릴 수 없군요."

차동출은 덤덤하게 대답했고, 받아들이는 한 실장도 마찬가지로 덤덤했다. 어차피 차동출의 대답 같은 건 별로 중요하지 않다는 듯이.

"그렇습니까? 상관은 없습니다. 어차피 그분과도 만나기로 했으니까요."

한 실장은 관련이 있다는 정보가 들어와서 확인할 예정이라고 말했다. 그러면서 자신이 이야기한 조건을 긍정적으로 검토했으면 좋겠다는 이야기를 했다.

"좋은 관계가 되었으면 합니다. 이번 일은 저희 쪽에서도 중요한 일이라서 말입니다."

그는 여전히 부드러운 표정으로 이야기했지만, 바로 전의 이야기를 할 때는 조금은 딱딱한 말투가 되었다. 게다가 눈빛에도 매서운 기가 살짝 엿보였다. 말 자체는 상당히 정중하고 부드러웠지만, 받아들이는 느낌은 그렇지 않았다.

네까짓 게 어쩌겠느냐는 그런 것이 느껴진다고나 해야 할까. 상대를 깔보는 것 같은 그런 기분이 들었다. 차동출은 살짝 코웃음을 치면서 나지막하게 이야기했다.

"어쩐지 만약 협조하지 않으면 가만히 두지 않겠다는 말로 들리는군요."

"설마하니 그런 좋지 않은 상황까지 가겠습니까? 저희로서는 충분히 검사님을 배려해서 좋은 조건을 제시했다고 생각하고 있습니다. 만약 저희가 강제로 일을 벌이고자 했으면 이런 식으로 만나서 협조를 구했겠습니까."

한 실장은 능청스럽게 받아넘겼다. 하지만 차동출은 그가 한 말의 진의는 따로 있다고 느꼈다. 실제로 자신들은 강한 힘을 가지고 있으니 받아들여라. 그렇지 않으면 크게 후회를 할 것이다. 이런 식으로 말하는 듯한 느낌을 받았다.

하지만 어디까지나 겉으로 한 말은 정중하고 꼬투리를 잡을 만한 게 없었다. 차동출은 잠시 한 실장을 쳐다보다가 대답했다.

"생각할 시간을 좀 주셨으면 합니다."

"좋습니다. 지금 이야기를 들으셨으니 조금 당황스러우실 수도 있겠죠. 하지만 시간을 많이 드릴 수는 없습니다. 워낙 중요한 사안이라⋯⋯."

한 실장은 그렇게 이야기를 하고는 자리에서 일어섰다. 적어도 삼 일 후까지는 답변을 달라고 하면서.

"저는 또 약속이 있어서 먼저 일어나겠습니다. 아까 이야기한 그 변호사님하고 약속이 잡혀 있거든요."

그렇게 말하고는 한 실장은 방에서 나갔다. 차동출은 밖으로 나가는 그를 보면서 조금 혼란스러운 것을 느꼈다. 그리고 도대체 자료를 건넨 사람이 누구이길래 저렇게 신경을 쓰는 것인지 궁금해졌다.

"이 사람이 진짜 근무하는 곳이 어디인지도 좀 알아봐야겠어."

차동출은 누구에게 연락하면 한 실장이라는 사람의 정보를 확인할 수 있을지 머리에 떠올리면서 검찰청으로 돌아갔다.

그리고 그가 생각하는 한 실장은 혁민을 만나기 위해서 이동하고 있었고, 잠시 후 혁민의 사무실 근처에 도착했다.

"처음 뵙겠습니다. 한 실장이라고 합니다."

"저도 처음 뵙는군요. 정혁민이라고 합니다."

한 실장과 혁민은 명함을 교환했다. 한 실장은 혁민을 보고는 조금 의아하게 생각했다. 보통은 자신을 처음 만났을 때 사람들의 반응은 비슷하다. 정도는 사람에 따라 다르지만, 긴장을 하면서 약간 경계하는 그런 반응이 대부분이었다.

그건 나이나 지위 고하와는 상관없이 비슷했다. 그런데 정혁민이라는 변호사는 별로 자신을 경계하는 것 같지도 않았고, 긴장하는 표정도 아니었다. 게다가 자신의 명함을 받고도 쓱 보더니 그냥 지갑에 넣었다. 별로 신기할 것 없다는 듯이.

'이 인간은 뭐지? 약간이라도 긴장을 해야 정상 아닌가?'

한 실장은 조금 이상한 사람이라는 생각을 하면서 혁민에 관한 정보를 떠올렸다. 천재이자 괴짜. 돈을 밝히는 속물이라는 내용도 있었다. 그래서 차동출보다 혁민이 상대하기 쉽겠다는 생각을 했었다.

상대와 거래를 할 때는 상대가 혹할 만한 것을 제시해야 한다. 그래서 차동출에게는 자신의 뜻을 펼칠 수 있는 기회를 제시한 것이다. 요직에 오르게 해주고 자신의 뜻대로 움직일 수 있는 배경이 되어주겠다.

그것만큼 차동출에게 매력적인 조건은 없을 것이다. 물론 그대로 들어주지는 않고 약간의 거래 조건을 더 붙이기는 하겠지만. 그래서 돈을 좋아하는 혁민은 다루기 쉬울 거라 생각했다. 돈을 좋아하는 사람만큼 다루기 편한 사람도 없으니까.

'생각했던 것만큼 일이 잘 풀리지 않을 수도 있겠는데?'

한 실장은 직감적으로 그런 생각을 했다. 하지만 상대도 해보지 않고 그런 생각만 하고 있을 수는 없는 일. 그는 바로 이야기를 시작했다. 차동출에게 한 것과 비슷한 이야기를.

"그래서 협조를 좀 해주셨으면 합니다."

"제가 왜요? 설사 그런 정보를 알고 있다고 하더라도 제가 협조를 해야 할 이유는 없는 것 같군요. 안 그렇습니까?"

한 실장은 순간적으로 말문이 막혔다. 차근차근 설명하고 협조를 부탁한다고 했다. 충분한 사례도 한다고 했고. 원하는 것이 있으면 긍정적으로 검토해 보겠다고 하면서 재차 협조해 달라고 말했다.

그런데 곧바로 튀어나온 말이 그러기 싫다는 말이었다. 마치 자신의 친구나 아랫사람과 대화를 하는 것 같은 그런 말투였다. 한 실장은 혁민이 상당히 시건방지고 짜증이 나게 하는 인물이라는 생각이 들었다.

"반드시 그래야만 하는 의무는 없습니다. 그래서 저희가 그에 따른 충분한 대가를 지불하겠다고 하는 거지요. 아마도 만족하실 만한 내용일 겁니다."

"전혀 만족할 만한 내용이 아닌 것 같은데요? 다른 것보다 자신의 정체도 제대로 이야기하지 않고 있지 않습니까. 뭔가 켕기는 게 있지 않으면 그럴 이유가 있나?"

혁민은 시큰둥하게 반응했다. 한 실장은 오늘 이상한 사람에게 걸렸다는 생각을 지울 수가 없었다. 지금까지 일해오면서 이런 스타일은 처음이었다. 아무리 고위직이라고 하더라도 이렇게 자신을 막 대하는 사람은 없었다.

"그건 사정이 있어서 그러는 거라고 말씀을 드렸을 텐데요."

"그러니까 어떤 사정이 있느냐고요. 저도 사정이 있어서 협

조할 수 없다고 하면 '아. 그러시군요' 이렇게 받아들이시겠어요?'

혁민의 말에 한 실장은 말을 할 수 없었다. 가만히 따져 보면 혁민의 말이 틀린 것도 아니었기 때문이었다. 그가 이야기를 하지 않고 있자 혁민이 말을 먼저 꺼냈다.

"협조를 구하러 왔으면 당연히 자신의 신분이나 정체를 밝히고 상대방에게 양해를 구하는 게 정상 아닙니까. 그리고 말만 협조를 구한다는 것이지 말이나 태도는 전혀 그런 게 아니네요. 하기야 이렇게 고압적으로 나오는 걸 보면 그쪽 사람인 것 같기도 하고……."

한 실장은 자신이 알고 있는 정보가 잘못되었는지 의심스러웠다. 대단한 뒷배가 있지 않고서 태연하게 이런 말을 할 수 있는 사람은 드물다. 그래서 알려지지 않은 무언가가 있는 게 아닌가 하는 생각이 들었다.

"흠… 죄송합니다만 협조를 해주시기 전에는 자세한 이야기는 드릴 수 없습니다. 물론, 협조를 해주신다면 그때는 지금보다 훨씬 자세한 정보를 드릴 수 있습니다."

"그건 더 이상하네요. 그때 이야기할 수 있는 거라면 지금 이야기를 하지 못할 이유가 없어 보이거든요. 정상적인 경우에는 말이죠."

한 실장은 혁민이 왜 이렇게 뻣뻣하게 나오는지 이해를 할 수 없었다. 적어도 이 나라에서 정보기관이라고 하면 어느 정도는 인정을 해주었다. 그곳에 잘못 보여서 좋을 게 하나도 없으니까. 하지만 혁민은 조금 다른 생각을 하고 있었다.

'이 새끼. 이거 거기 사람이 아닐 확률이 높아. 아니면 요원이 맞는다고 하더라도 그 조직의 일원이든가.'

백 선생을 국가에 위협적인 존재라고 하면서 반드시 잡아야 한다고 말하는 것 자체가 벌써 이상했다. 진짜 정보기관이라면 백 선생을 그렇게 파악하고 있을 리가 없다. 혁민은 속으로는 코웃음을 치고 있었다.

'국가에 위협적인 존재가 아니라 니들한테 위협적인 존재겠지.'

혁민이야 백 선생과 장중범이 어떤 인물인지 잘 안다. 그리고 자료에 관해서도 상세하게 파악하고 있고. 그런 내용을 잘 모르는 차동출이야 약간 혼란스러울 수 있겠지만, 혁민은 애초부터 이상하다고 생각하고 있었다.

그리고 지금 일부러 상대를 도발하고 있었다. 순순히 상대의 뜻에 따르면서 정보를 캐내거나 역정보를 흘릴까도 생각해 보았다. 하지만 주도권을 상대가 가지고 있으면 자신이 움직이는 데 많은 제약이 따른다.

그래서 아예 초장에 기선을 제압하고 자신의 의도대로 판을 짜기 위해서 일부러 더 까칠하게 대하고 있는 거였다.

"이렇게 나오시면 대화가 이루어질 수 없습니다. 그러면 상황이 곤란해질 수도 있다는 거 모르시지는 않을 텐데요."

한 실장의 태도가 조금 바뀌었다. 위압적인 태도를 보였지만, 혁민은 느긋하게 받아쳤다.

"글쎄요. 저는 생각이 좀 달라서… 그리고 지금까지 이야기
한 조건도 구체적인 게 없군요. 추상적으로 말하는 거야 누군
들 못 하겠습니까."

혁민은 충분한 대가를 주겠다, 원하는 게 있으면 긍정적으
로 고려해 보겠다, 전부 뜬구름 잡는 이야기 아니냐면서 투덜
거렸다.

"오늘은 이 정도로 하시죠. 어차피 첫 만남에서야 얼굴 봤으
면 되는 거 아닙니까. 그리고 다음에는 말보다는 숫자를 가지
고 대화를 나누는 게 어떨까 합니다만……."

"아니, 그러지 마시고 이야기를 조금 더 나누시는 편
이……."

이상한 지점에서 대화가 끝나려고 하자 한 실장은 황급히
혁민을 잡았지만 소용없는 일이었다. 혁민은 자리에서 일어나
면서 이야기했다.

"쇠털같이 수많은 날이 있는데 뭐 그리 급하십니까. 굳이 오
늘이어야 할 이유도 없고. 다음에 또 연락해서 약속을 잡는 걸
로 하죠."

혁민은 그렇게 이야기하고는 밖으로 나가 버렸다. 한 실장
은 어안이 벙벙한 표정이었다. 지금까지 살아오면서 이런 식
의 대화를 한 적이 한 번도 없었기 때문이었다.

"어처구니가 없군."

허탈한 느낌까지 들었다. 하지만 곰곰이 생각해 보니 혁민
이 여지를 남겼다는 걸 알 수 있었다. 대화를 하지 않겠다는

게 아니라 무언가 불만족스러운 게 있다는 생각이 퍼뜩 들었던 것이다.

"금액을 이야기하지 않아서 그런 건가? 정말 돈독이 오른 인간일지도……."

한 실장은 하도 휘둘려서 정신이 하나도 없다는 느낌마저 들었다. 그는 잠시 자리에 앉아서 오늘 있었던 일을 떠올려 보았다. 차동출과의 일은 생각대로 진행되었다. 예상했던 반응과 예상했던 이야기들.

하지만 혁민과의 만남은 뭐가 어떻게 진행되었는지 기억도 잘 나지 않았다. 자신의 의도와는 전혀 상관없이 뒤죽박죽 진행이 된 것 같았다.

"다른 건 모르겠지만, 일단 보통내기는 아니야. 위험도만 따지자면 차동출보다 몇십 배는 더 위험한 인물이겠어."

차동출이 골치 아픈 인물일 것이라고 생각했지만, 만나보니 정반대였다. 그는 생각이 정리되자 곧바로 전화를 걸었다. 소식을 기다리고 있는 사람이 있었기 때문이었다.

"접니다, 선생님."

―그래, 생각한 대로 진행이 되던가?

"차 검사는 예상 범위 안에 있었는데, 정 변호사는 의외더군요. 생각했던 것보다 훨씬 갈피를 잡을 수 없는 인물이었습니다. 게다가 속내도 확실하게 알 수 없었습니다."

―그런가? 흐음… 자세한 이야기는 만나서 하는 걸로 하지.

"알겠습니다, 선생님. 그러면 거기서 뵙는 걸로 할까요?"

―그러지. 저녁 여덟 시 정도가 좋겠어.

한 실장은 알았다고 하고는 통화를 마쳤다. 그리고 그날 저녁 여덟 시.

"차 검사는 요직을 거치면서도 자신의 신념대로 일할 수 있다는 점에 아주 끌리는 것 같았습니다. 약간 의심을 하는 것 같았지만 말입니다."

"그거야 당연한 일이지. 처음 만난 사람의 말을 어떻게 전부 믿을 수 있겠나. 아마도 이리저리 알아보기도 하고 앞으로 어떻게 진행이 되느냐에 따라서 마음을 정할 테지."

한 실장은 차 검사의 욕망이 강한 만큼 넘어올 가능성이 높다고 이야기했다. 그래서 그걸 잘 이용해 보겠다고 말했는데, 혁민에 관해 묻자 쉽게 대답하지 못하고 미간을 찌푸렸다.

"정 변호사는 상당히 난해한 인물인 것 같습니다. 천재에다가 괴짜라고 하더니 일반적인 상식으로는 쉽게 재단하기 어려울 것 같더군요."

일반적이지 않다는 건 그만큼 파악하기도 어렵다는 뜻이다. 하지만 한 실장은 돈에 상당한 관심을 보이는 건 사실인 것 같다고 했다.

"가정 형편이나 다른 걸 봐도 본인이 부족하다고 느낀 건 돈이었을 테니까."

"하기야 그만한 능력을 가지고 있으니 돈 말고는 아쉬운 게 별로 없었겠네요."

한 실장의 이야기에 선생님은 너무 방심하지 말라는 이야기를 했다.

"그렇다고 너무 단정하는 것도 위험하지. 일단은 좀 알아보게. 백 선생하고 어떤 관계인지 모르니 쉽게 생각하지는 말고."

"만남이 있었다고 해도 기간으로 보면 채 삼 년이 되지 않습니다. 게다가 낮에는 근무를 했으니 밤이나 휴일에 만났다고 보면 강력한 유대 관계가 있었으리라고는 보기 어렵습니다."

"나도 그렇게 생각하기는 하는데……."

한 실장은 설사 어느 정도 유대 관계가 있다고 하더라도 그게 뭐 그렇게 중요하냐고 이야기했다.

"어차피 그런 관계를 보상할 만큼의 돈을 주면 되는 거 아닙니까. 몇백만 원이면 사람도 죽이는 세상인데 걱정할 게 뭐 있겠습니까."

그는 자신에게 맡겨달라고 이야기하면서 씨익 웃었다. 어차피 돈과 권력에 넘어가지 않는 사람은 없다면서.

*　　　　*　　　　*

차동출은 갑작스러운 부장검사의 호출을 받고는 이상하다는 생각을 하면서 걸음을 옮겼다. 지금 자신을 부를 만한 이유가 딱히 없었으니까. 그래서 살짝 불안한 생각도 있었다. 지금 맡고 있는 사건 때문에 어떤 이야기를 하려고 하는지도 모른다고 걱정하면서.

"아~ 이거 또 접으라는 둥 이야기하면 골치 아픈데……."

어쨌든 좋은 이야기로 부르는 것은 아닐 것이라고 생각하면서 그는 투덜거렸다. 하지만 막상 부장검사실에 들어가니 자신이 생각한 그런 분위기는 아니었다.

차동출은 부장검사의 시선이 마치 어린아이의 시선과 비슷하다고 느꼈다. 동물원에 구경하러 가서 처음 보는 동물을 신기하게 쳐다보는 듯한 어린아이의 시선. 부장검사는 그렇게 슬쩍 차동출을 쳐다보다가 입을 열었다.

"너, 요즘 무슨 일 있냐?"

"갑자기 그게 무슨 소리세요. 그냥 딱 부러지게 물어보시죠. 저 돌려서 말하고 그러는 거 잘 못 알아듣는 거 잘 아시잖습니까."

차동출은 혹시나 지금 연애하는 걸 물어보는 건가 싶어서 뜨끔했다. 오혜나와 좋은 만남을 이어가고 있는데 아직은 조심스러운 단계라서 다른 사람들에게는 전혀 이야기하지 않았다. 혁민까지도 모를 정도였으니 말 다 한 거 아니겠는가.

물론 사람들이 잘 모르는 건 자주 만나지 못하는 탓도 있었다. 서로 바빠서 일주일에 한두 번 만나는 것도 사실 쉬운 일이 아니었으니까. 그래도 퇴근하면서 집에 가는 길에라도 꼭 한두 번은 만났다.

하지만 부장검사는 그런 걸 이야기하는 게 아니었다. 그는 차동출에는 아랑곳하지 않고 연신 고개를 갸웃거리면서 그를 쳐다보다가 입을 열었다. 바로 어제 조금 이상한 이야기를 들었다면서.

"누가 너를 밀어주려는 모양이던데? 나도 건너 들은 이야기니까 자세한 건 모르겠지만, 그냥 지나가는 말로 하는 건 아닌 것 같더라고."

"예? 저를 밀어줘요? 누가요?"

차동출은 그게 무슨 소리냐는 듯 되물었다. 지금까지 그런 경험을 한 번도 한 적이 없어서 차동출은 무척 낯선 느낌을 받았다. 하지만 차동출은 무언가 느낌이 왔다. 한 실장이라는 사람이 움직여서 그런 것이라는 생각이 퍼뜩 들었던 것이다.

"아무리 생각해도 이상하더라고. 너는 예뻐하는 윗분도 있기야 하지만, 이렇게 밀어줄 정도는 아니거든. 그리고 니가 이런 거에 연연하는 놈도 아니고. 너 뭐 아는 거 없어?"

"글쎄요? 저도 어떻게 된 건지 잘……."

차동출은 말을 흐리며 얼버무렸다. 사실대로 말하기가 조금 꺼려졌기 때문이었다. 아직 확실한 이야기도 아니지 않은가. 확실하게 승낙을 한 것도 아니었으니까. 하지만 부장검사는 당연하다고 받아들이는 듯했다.

"하기야. 니가 그런데 신경 쓰는 놈은 아니니까. 그러면 도대체 어떻게 된 일이지?"

부장검사는 이해할 수가 없다면서 고개를 저었다. 세상에 우연히 벌어지는 일은 없다. 알고 보면 다 그럴 만한 이유가 있는 법이다. 그런데 누가 왜 차동출을 밀어주려고 하는지 상식적으로 이해가 잘 되지 않았다.

저런 꼴통을 밀어줄 이유는 딱 한 가지라고 부장검사는 생각하고 있었다. 바로 이권이었다. 그게 아니고서는 굳이 저런 꼴통을 밀어줄 이유가 없었다. 게다가 상당히 힘을 실어줄 것 같은 움직임이었다고 하니 보통 이권으로는 이해가 되지 않는 선이다.

하지만 차동출은 그런 짓을 할 놈이 아니라는 걸 부장검사가 잘 안다. 그는 차동출에게 슬쩍 질문을 던졌다.

"이번 사건 계속 밀어붙일 거냐?"

"당연한 거 아닙니까. 정리만 끝나면 바로 기소 들어갈 겁니다. 아마도 내일이나 모레 정도면 마무리가 되지 않을까 하는데요."

부장검사는 그렇다면 더 이상하다는 생각이 들었다. 이 정도 움직임이 있으려면 사건을 덮는다든지, 최고위층에 있는 누구를 빼내든지 그런 정도의 거래는 있어야 가능한 거라고 보았다.

알게 모르게 그런 일은 많이 일어난다. 신기할 것도 없는 일이다. 하지만 차동출은 그럴 놈도 아니었고, 지금 봐도 그런 것과는 무관한 듯했다.

'내가 모르는 정치적인 문제가 있는 건가? 반드시 얘를 밀어줘야 하는?'

부장검사는 혹시나 정치권에서 누군가가 움직이는 건 아닐까 생각했다. 그럴 수도 있었다. 이번 사건은 여권에 좋지 않은 사안이니 야당에서 움직였을 수도 있다.

'아니면 같은 여권에서 정적을 쳐내려고 움직이는 걸 수도 있지.'

같은 당이라고 해서 모두 동료이고 당이 다르다고 해서 반드시 적인 것은 아니다. 오히려 같은 당 사람끼리 더 치열하게 싸워야 할 때도 있다. 그래서 기회를 잡았다 싶으면 슬쩍 손을 쓰기도 한다. 자신과 연줄이 없을 것 같은 사람을 시켜서 말이다.

물론 이런 일은 알려지면 곤란하다. 그저 의혹 수준에서 머물러야 한다. 같은 당 동료에게 칼을 들이밀었다는 게 공개적으로 알려지면 자신에게도 치명적이니까. 그래서 주로 비선을 활용해서 움직인다.

'그런 식으로 움직였다고 한다면 어느 정도는 이해가 되지. 차동출이가 모르는 것도 그럴 수 있는 거고.'

검사를 교체하려고 하면 얼마든지 그렇게 할 수 있다. 그런 걸 미연에 방지하기 위해서 손을 써둔 것일 수도 있다. 어떤 식이든 차동출에게는 나쁠 것 없는 일이라고 그는 생각했다.

"좋겠다. 보아하니 특수부장 자리까지도 이야기가 나오는 것 같던데⋯⋯."

"그런 자리야 아직 저한테까지 올 게 아니죠. 엄연히 순서라는 게 있는데⋯⋯."

검찰은 선후배 사이의 위계질서가 무척 강한 동네다. 자리에 오르는 것도 어느 정도 그런 질서를 따른다. 만약 후배가 자신보다 높은 직위에 오른다고 하면 그건 자신이 검찰에서 나갈 때라는 말이다. 대부분의 검사는 그렇게 받아들인다.

부장검사는 어떻게 될지는 모르겠지만, 기왕 기회가 왔으니 잘해보라고 이야기했다. 하지만 차동출은 확실하지도 않은 일이라면서 웃어넘겼다.

"그냥 말만 오가다가 흐지부지되는 경우도 많잖습니까."

"그래, 하긴 그렇다. 공연히 그런 말 들었다고 흔들리지 말고 그냥 평소 하던 대로 해."

차동출은 그렇게 이야기하고는 부장검사실에서 나왔다. 나오면서 조금은 씁쓸하다는 생각을 했다. 자신이라고 능력을 펼치고 싶지 않았겠는가. 그런 청운의 꿈을 품고 검사가 되었다. 하지만 현실은 냉정하고 잔혹했다.

중요한 사건을 처리할 만한 자리에 올라가려면 요령이 있어야 했다. 차동출은 그게 싫었다. 그저 일만 제대로 해도 당연히 그런 자리에 오를 수 있어야 한다고 생각했다.

'아주 어렸을 때 생각이지. 이내 세상이 어떻다는 걸 알게 되었으니까.'

그래서 선택을 해야 했다. 요령을 어느 정도 부리면서 올라가는 걸 선택하느냐, 아니면 자신이 하고 싶은 대로 하는 걸 선택하느냐. 차동출은 후자를 선택했다. 간지럽게 아부하고 손비비는 건 체질상 맞지 않았다.

잘못된 일이라는 걸 알면서도 윗선의 요구를 받아들이는 것도 할 수가 없었다. 차라리 그냥 들이받고 혼나는 게 더 속 편했다. 그래서 포기하고 있었다. 그런 자리 올라가는 건 내 팔자에는 없는 일이구나 하면서 살아왔다.

'정말 웃기네. 그런 일이 이렇게 간단한 일이었다니……'

쓸쓸했다. 가능성을 알아보지 않은 건 아니었다. 누군가 올바른 생각을 가지고 있는 사람이 윗선에도 있어서 뜻을 같이할 수 있지 않을까 했었다. 하지만 그런 사람은 찾을 수가 없었다. 그러다가 사법개혁 모임을 알게 되었고, 거기에 들어간 거였다.

마음은 편했다. 같은 뜻을 가지고 있는 사람들을 만나게 되니 말도 잘 통했고 무엇보다도 혼자가 아니라는 느낌이 좋았다. 하지만 딱히 도움을 받을 수는 없었다. 다들 너무 힘들었기 때문이었다.

다들 권력을 가진 사람들에게 찍혀서 승진도 남들보다 늦고 좋은 자리에 오르지도 못하고 있었다. 정말 갖은 노력을 다해도 나아지는 게 없었다. 그렇게 기존에 만들어져 있는 체제는 단단했다.

'그런데 누구는 말 한마디로 그런 걸 가능하게 하는구나. 정말 다른 세상이야, 다른 세상.'

아마도 한 실장은 자신에게 보여주기 위해서 움직였을 것이다. 자신에게는 이 정도 능력이 있다. 그러니 나의 제안을 받아들여라. 이렇게 옆에서 말하고 있는 듯했다.

차동출은 점점 더 고민이 되는 걸 느꼈다. 지금까지는 아무에게도 상의하지 못했다. 이런 일로 흔들리는 자신을 내보이기가 두려웠기 때문이었다. 마치 권력에 물들어 초심을 잃어버린 것같이 비칠까 걱정이 앞섰다.

하지만 혼자서는 아무리 생각해도 결론이 날 것 같지 않았다. 그는 고민을 털어놓고 상의를 해봐야겠다고 마음먹었다. 그의 머리에는 두 사람이 떠올랐다. 오혜나와 혁민이었다.

*　　　*　　　*

"차동출은 긍정적인 반응이 보인다고?"

"별수 있겠습니까? 자신이 원하는 걸 모두 이룰 수 있는 기회인데… 사람은 어차피 다 거기서 거깁니다. 자기가 원하는 걸 차지하기 위해서 살아가는 거죠."

한 실장은 일단은 전화 통화만 했지만, 꽤 긍정적이라는 걸 느낄 수 있었다고 했다. 오히려 혁민이 종잡을 수 없어서 골치가 아프다는 말을 하면서.

"그런데 정 변호사는 만약 포섭하게 되면 어떻게 쓰실 생각이십니까?"

"자네가 보기에는 정 변호사가 어떤 인물인 것 같은가?"

한 실장은 질문을 받고는 잠시 생각을 했다. 솔직히 그런 스타일의 인간은 처음이어서 어떻게 평가를 해야 할지 감이 잘 오지 않았다.

"무척이나 괴팍하지만 천재는 천재인 것 같습니다. 왜 외국에 보면 그런 친구들 있지 않습니까. 나이는 어리지만 자기 분야에서 툭 튀어나온 그런 천재들 말입니다."

한 실장은 잘만 하면 큰 역할을 할 수도 있을 인물인 것 같다고 이야기했다. 그 말을 들은 선생님은 살살 고개를 저으면서 말했다.

"나하고는 생각이 조금 다르군. 나는 정 변호사의 그릇이 작다고 생각해."

"그릇이 작다? 그게 어떤 의미로 그런 이야기를 하시는 건지……."

선생님은 허허 웃으면서 말을 이었다.

"정 변호사 보면 능력은 아주 뛰어나지. 하지만 기질이나 이런 걸 보면 윗자리에 있을 만한 그런 그릇은 아니야. 지금 혼자서 일을 하는 것만 봐도 그렇지 않은가."

"확실히 그럴 것 같기는 합니다. 누구하고 같이 일하고 그런 스타일은 아닌 것 같기도 하네요. 뭐, 같이 일한다고 해도 아주 피곤한 그런 스타일이라고나 할까요."

선생님은 고개를 끄덕였다.

"나는 말이야, 그 비아냥거리는 말투가 좀 거슬리더군. 사람이 품격이 없어 보인단 말이지."

"사실 좀 그것 때문에 피곤하긴 하더군요. 그런데 하 대표에게 들으니 엄청나다면서요?"

"하치훈 그 친구가 하주 학을 뗐다고 그러더군."

그러면서 그렇게 비아냥거리면서 남의 신경을 건드리는 건 아주 저급하고 수준 낮은 짓이라고 폄하했다. 그런 사람이 어떻게 큰일을 할 수 있겠느냐고 말이다.

"사람은 말이야, 자기 그릇이란 게 있는 거야. 대야로 쓸 사람이 있는 거고 접시로 쓸 사람이 있는 거지. 정 변호사 그 친구는 크게 될 사람은 아니야."

그는 누군가의 밑에서 일처리를 하는 그런 인물이거나 누군가를 견제하는 역할 정도가 한계일 것이라고 이야기했다. 한 실장은 약간 생각이 다르긴 했지만, 대놓고 이야기하지는 않았다. 오히려 고개를 끄덕이면서 동조했다.

"그렇군요. 그래서 태경에다가 집어넣으시려는 거군요."

한 실장은 전에 정혁민을 태경에 넣으면 되겠다는 말이 나온 이유를 알 수 있었다. 하치훈 대표를 은근히 견제하려는 용도로 쓰려는 것이라는 사실을 단박에 눈치챘다.

'하 대표와 견줄 만한 사람을 하나 집어넣고 정 변호사를 그 밑으로 넣을 생각인가 보군. 하긴 자신의 통제하에 움직이도록 하려면 그렇게 긴장감을 심어주는 게 좋긴 하겠지.'

한 실장은 역시나 노련한 인물이라고 생각했다.

"그건 그렇고 이번에 진행하는 일 때문에 사람들이 좀 반발을 하는 것 같던데… 어떻게 하실 생각이십니까?"

"반발이라… 한 실장! 인간은 생각한 것보다 나약한 존재야."

한 실장은 요즘 맡아서 진행하고 있는 일이 꽤 많았다. 그중 한 가지가 장중범과 백 선생의 뒤를 쫓는 일이었고, 다른 한 가지가 여론에 물타기를 하는 거였다. 이번 사건과 관련해서 가장 핵심적인 일을 한 실장이 진행한다고 보아도 무방했다.

그런데 여론이 심상치가 않았다. 워낙 여론이 드세서 물타기를 하는 사람들조차 이건 좀 아니지 않으냐는 이야기가 나오고 있을 정도였다.

"상황이 좋지 않으니 자신들은 발 빼고 싶다 이거겠지. 하지만 그대로 밀어붙이라고 해. 모든 책임은 우리가 진다고 하면서."

"하지만 워낙 빠지겠다는 의지가 강합니다. 도저히 못 하겠다고 말입니다."

한 실장의 말에 선생님은 고개를 저었다.

"아니, 이럴 때일수록 강하게 지시를 하도록 해. 어설프게 이야기를 들어주면 앞으로 일하기가 더 어렵게 된다는 걸 알아야지."

"그래도 너무 몰아붙이면 이탈을 할 수도 있고……."

"자네는 아직 잘 모르는군. 지금 칭얼거리는 거, 자신이 책임지기 싫어서 그러는 거야."

선생님은 그들은 책임지는 게 두려워서 그러는 거라고 했다. 그러니 책임은 위에서 질 것이니 무조건 시키는 대로 하라고 강하게 지시하면 따를 것이라고 말했다.

"인간은 그렇게 나약한 존재라서 리더가 필요한 거지. 바로 우리 같은 사람들 말이야."

선생님은 강한 면모를 보여주면 쉽게 굴복하는 게 인간이라고 말하면서 이제 자신들이 어떤 존재인지 보여줄 때가 되었다고 이야기했다.

"보여줘야지. 보여줘야 믿고 굴복을 할 테니까."

같은 시각 혁민은 위지원 변호사에게 설명을 해주고 있었다.

"그놈 딱 보니까 뭔가 노리고 접근한 사람인 것 같더라고. 이런 놈들일수록 자기가 잘나고 가장 똑똑한 줄 알아요. 그런 놈들은 말이야, 적당히 장단을 맞춰주면 요리하기 딱 좋아. 자기 잘난 줄 아는 놈들이 그래서 사기 많이 당하는 거라니까?"

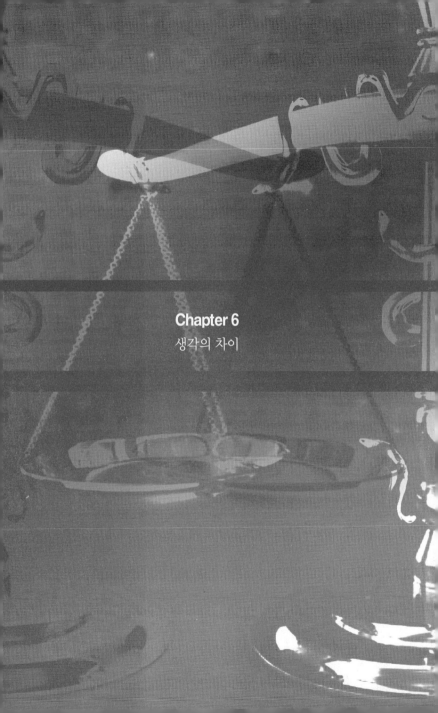

Chapter 6

생각의 차이

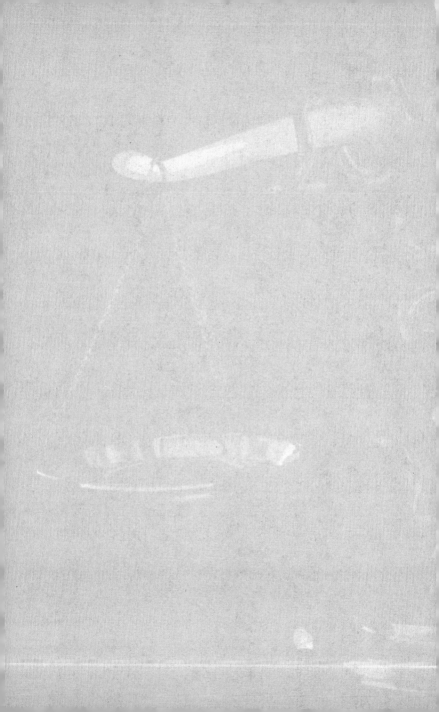

하치훈 대표는 느긋한 표정으로 자신을 찾아온 대기업 오너를 맞이했다. 하 대표가 그런 표정을 할 수 있는 건 너무나도 당연한 일이었다. 모든 일이 자신이 원하는 대로 흘러가고 있었으니 말이다.

　대표 자리를 차지한 이후로 모든 일이 잘 풀렸다. 굵직굵직한 사건을 맡아서 깔끔하게 처리했고, 그럴수록 로펌 태경의 위세는 높아져만 갔다. 그래서 세간에서는 다른 곳에서는 절대로 이길 수 없는 소송도 태경에 맡기면 이길 수 있다는 이야기까지 돌고 있었다.

　"아니, 이럴 수가 있느냔 말이야. 지까짓 것들이 지금까지 누구 덕에 벌어먹고 살았는데."

대기업 오너는 화난 기색을 감추지 않고 있는 그대로 표현했다. 다른 곳에서는 절대로 하지 않을 행동이었지만, 이곳에서만큼은 아주 자연스럽게 자신의 속내를 드러냈다. 변호사의 비밀 유지 의무를 믿는 것이기도 했지만, 그것보다는 하치훈 대표의 처세 때문이었다.

하치훈 대표는 정말 입속의 혀처럼 상대방의 비위를 잘 맞추었다. 그래도 이 나라에서 손꼽히는 로펌의 대표인데 자신을 낮추고 기분을 맞추어주니 고객들이 무척 편안하게 생각했다. 게다가 맡긴 사건들은 전부 잘 처리했고.

그래서 지금 와 있는 대기업의 오너도 다른 곳에서는 하지 않을 행동을 스스럼없이 하는 거였다. 하 대표가 입이 무겁다는 건 정평이 나 있었고, 경제계 인물도 아니니 딱히 자신의 이런 모습을 안다고 해도 문제 될 건 없었으니까.

"이게 다 회장님이 너무 마음이 너그러우셔서 그러는 거 아닙니까."

하 대표는 슬쩍 회장의 말에 맞장구를 쳐 주었다. 노동자들이 해고가 무효라고 주장하면서 농성을 하는 것이 평소에 인자하고 온화한 성품 때문에 그런 것이라고 오히려 회장을 비행기에 태웠다.

"허허, 그러니까 말이야. 그래서 평소에 그렇게 잘해주는 게 아닌데… 쯧쯧……."

회장은 살짝 기분이 풀어진 듯 웃으면서 중얼거렸다. 하 대표의 말이 평소에 그가 좋아하는 말이었기 때문이었다. 사실 회장은 표독하고 악랄하기로 유명했다. 그러지 않은 척하려고 무던 애를 썼지만, 어디 그런 성격이 감출 수가 있는 것인가.

그래서인지 관대하고 포용력이 넓은 큰 인물이라는 말에 듣고 싶어 했다. 자신이 갖지 못한 걸 원하는 거야 누구나 마찬가지 아니겠는가. 그걸 잘 아는 하치훈은 빈말이라는 걸 전혀 티 나지 않게 해주었다.

뭐가 어렵겠는가. 말하는 데 돈이 드는 것도 아닌데. 하치훈은 그런 식으로 아부성 발언을 하는 데 아주 능수능란했고, 상대방은 립 서비스라는 걸 알면서도 기분 좋게 받아들였다.

"그러니까 제가 처음부터 조금 강하게 나가야 한다고 말씀드리지 않았습니까."

"나도 그게 좀 아쉬워. 하지만 요즘은 워낙 말들이 많지 않은가. 인터넷에 퍼지고 그러면 아주 골치가 아파요. 뭐 제대로 알지도 못하면서 악덕 기업가라느니, 불매 운동을 해야 한다느니, 이딴 얘기들을 한단 말이야."

하치훈은 그런 건 크게 신경 쓰지 말라면서 회장을 진정시켰다. 그리고 강하게 대처하자고 이야기를 꺼냈는데, 회장은 조금 부담스러워하는 눈치였다. 인터넷에서 워낙 여론이 좋지 않았기 때문이었다.

"이러다가 그룹 이미지가 완전히 망가지게 생겼는데 그럴 수야 있나. 하 대표도 생각을 해보라고. 이미지 광고에 한 해에 얼마를 쏟아붓는지 자네도 대충 알잖아. 그런데 이런 문제로 이미지가 나빠지면 도대체 얼마가 손해냐고, 얼마가."

하 대표는 물론 잘 알고 있다고 이야기했다. 그러면서 회장의 눈치를 살폈는데, 이런 식으로 계속 이야기를 해서는 마음을 돌릴 수 없겠다는 생각이 들었다. 그런 생각을 하자 하 대표는 슬쩍 화제를 돌렸다.

"회장님, 혹시 집에서 개 키우십니까?"

"개? 그럼, 키우지. 나는 말이야, 개라고 하면 그래도 덩치가 좀 있는 놈이 좋더라고."

회장은 개를 상당히 좋아하는지 웃는 표정으로 말을 받았다. 하치훈은 그런 회장을 보면서 자연스럽게 말을 이어갔다.

"큰 녀석이면 그래도 좀 조심하셔야겠습니다. 그러면 개 훈련도 시키고 그러시겠군요."

"혈통이 좋은 놈들이라서 그런지 훈련을 시키지 않아도 말을 잘 듣더라고. 개중에는 말썽을 피우는 놈이 있어서 훈련을 시킨 적도 있기는 하지만……."

하치훈은 고개를 끄덕이면서 자신도 개를 키우는 데 꼭 그런 개가 있다면서 동조했다.

"보통 그렇게 말썽을 피우는 녀석들은 말입니다, 자기가 서열이 더 높다고 생각해서 그러는 경우더군요."

"음… 확실히 그런 이야기를 들은 것 같아. 그래서 서열 정리를 확실하게 해주어야 한다고 그러더라고. 내가 할 때는 잘 안 되던데, 확실히 전문가들이 손을 대니까 금방 되더라고."

"그렇죠. 서열 정리가 확실하게 되고 나면 그 후로는 문제가 없습니다. 그걸 잘하는 사람들이 전문가이고 말입니다."

하 대표는 그렇게 잘 아시는 분이 이번 사건은 왜 그렇게 생각하지 않으시냐고 물었다.

"똑같은 거 아닙니까? 그 인간들이 자꾸 기어오르는 건 서열 정리가 아직 되지 않아서 그런 겁니다. 제대로 된 복종 훈련을 받지 못해서 그런 겁니다."

하치훈은 눈빛을 빛내면서 이야기했다. 그가 무슨 이야기를 하고 있는지 눈치챈 회장은 고개를 슬쩍 끄덕이면서 생각을 하는 듯했다.

"서열을 인식시킬 때는 말입니다, 확실하게 해줘야 합니다. 공연히 불쌍하다고 어설프게 봐주고 그러면 오히려 성질만 사나워지게 되거든요."

"그렇긴 해. 안쓰러워서 조금만 풀어주면 바로 이빨을 드러내고 덤비더라니까."

"그러니까 말입니다. 그래서 한번 할 때 확실하게 해야 하는 겁니다. 그렇게 서열이 머리에 콱 박히면 다시는 덤벼들지 않게 되죠."

하치훈은 그렇게 이야기하고는 씨익 웃었다. 회장도 하치훈의 말이 마음에 들었는지 연신 고개를 끄덕이면서 웃고 있었고.

"맞는 말이야. 맞는 말이기는 한데 그룹 이미지에 타격이 있어서는 안 될 일이야."

"그걸 제가 모르고 이런 말씀을 드리는 거겠습니까. 그런 걸 문제없게 처리하는 게 전문가 아니겠습니까."

하치훈은 의미심장한 표정을 지어 보였다. 그러자 회장은 호기심이 생겼는지 어떤 식으로 처리할 생각이냐고 물었다.

"눈에는 눈, 이에는 이로 대응을 하는 게 가장 좋은 방법 아니겠습니까. 상대가 인터넷을 통해서 여론 몰이를 하면 이쪽에서도 가만히 있을 수는 없는 일이죠."

"하지만 잘못하면 오히려 역풍이 불 수도 있는 거 아닌가?"

"당연히 그럴 가능성도 염두에 두어야 합니다. 그래서 그룹이나 로펌 차원에서 움직이는 건 위험하죠. 이런 일은 다른 루트를 통해서 해야 합니다."

하치훈은 이런 일을 잘하는 곳이 몇 군데 있다고 이야기했다.

"보수적인 사이트나 단체 중에서 적당한 데를 알아봐서 일을 진행하면 됩니다."

"그렇군… 그러니까 싸움을 붙인다 이거지?"

"그렇습니다. 그러다 보면 사람들은 거기서 치고받고 싸우느라고 해고 노동자가 뭘 하는지는 곧 잊어버릴 테고 말이죠."

회장은 그거 괜찮은 방법이라고 이야기했다.

"그렇게 되면 그놈들은 아주 죽을 맛이겠군. 보아하니 그나마 인터넷에서 들끓으니까 기운이 나는 것 같던데 말이야."

"당연한 일 아니겠습니까. 그렇게 되었을 때 적당한 조건을 제시하면 분명히 이탈하는 사람들도 생길 겁니다. 그렇게 되면 힘이 약해지는 건 당연한 수순이고 말입니다."

회장은 대단히 만족스러운 표정을 하고는 그렇게 진행하라고 이야기했다.

"그렇게만 되면 아주 만족스러운 결과지. 다른 사람들이 하 대표 이야기를 많이 하던데 역시나 그러는 이유가 있었구만."

"과찬이십니다. 그저 고객의 문제를 해결하기 위해서 최선을 다할 뿐입니다."

"허허, 그렇게 겸양하지 않아도 되네. 나는 말이야, 너무 고지식해서 융통성이 없는 사람도 별로 매력이 없더라고."

회장은 로펌이라고 해서 법정에서만 일을 해결하겠다는 마인드가 아니라서 마음에 들었다고 이야기했다.

"문제를 해결하는 게 가장 우선입니다. 법정에서 싸우는 건 문제를 해결하는 여러 가지 방법 중에서 한 가지일 뿐이죠. 가능하면 그렇지 않고 해결하는 게 더 좋지 않겠습니까."

하치훈은 물론 필요하다면 법정에서 실력을 발휘할 수도 있으나, 다른 방법도 배제하지는 않는다고 이야기했다.

"그렇게 일하는 게 제 스타일입니다. 그래서 아시는 분들은 계속 저를 찾으시는 거고 말입니다."

"허허, 그래… 그러니까 하 대표가 승승장구하는 거 아니겠나. 하 대표가 이쪽에서는 원탑이라는 이야기가 있어."

회장은 하 대표를 극찬했다. 인맥도 넓고 수완도 좋고. 비교할 대상이 없는 것 같다면서 하 대표를 치켜세웠다.

하 대표 스스로도 그런 걸 느끼고 있었다. 사건을 잘 마무리하게 되면 그로 인해서 인맥이 넓어지고, 넓어진 인맥을 잘 활용해서 다른 사건도 잘 마무리하고. 일종의 선순환 구조 같은 거라고 하치훈은 생각하고 있었다.

'정관계 최고위층 인사들과도 자주 연락을 하고 지내는 사이가 되었으니 정말 이 바닥에서는 가장 인정받는다고 봐도 무방하겠지.'

하치훈은 이제는 자신도 거물이 되었다고 확신하고 있었다. 그래서인지 요즘에는 선생님에게 연락을 거의 하지 않고 있었다. 그를 통하지 않고서도 얼마든지 일을 처리할 수 있었으니까.

"그러면 믿겠네. 알아서 잘 처리해 주게."

"확실하게 밟아놓겠습니다. 다시는 덤벼들 마음이 들지 않게 말입니다."

하치훈은 그렇게 회장에게 이야기하고는 만남을 끝냈다. 회장이 무척이나 흡족한 표정을 하고 돌아갔음은 보지 않아도 뻔한 일이었다. 회장을 보내고 하 대표가 자리에 앉아서 누구를 시켜 일을 처리할까 생각하던 중에 그의 전화기가 울렸다.

액정을 보니 선생님의 전화였다. 하치훈의 표정이 살짝 일그러졌다. 그다지 달갑지 않은 연락이었기 때문이었다. 하지만 하치훈은 자연스럽게 전화를 받았다. 아주 반가워하는 목소리로.

"예, 선생님. 정말 오랜만인 것 같습니다."

—많이 바빴던 모양이야. 그동안 통 연락도 없었던 걸 보면 말이야.

"워낙 중요한 사건이 많아서 통 시간을 낼 수가 없었습니다."

하치훈은 그렇게 말하면서 이번에는 왜 자신에게 연락했는지를 물었다. 다행스럽게도 특별한 일이 있어서는 아니었다.

—특별한 일이 있어서 그런 건 아니고, 혹시나 지금 처리하고 있는 일이 제대로 되지 않으면 변호를 맡길 수도 있어서 연락해 본 걸세.

"아, 그러셨군요. 저에게 사건이 오게 되면 제가 잘 처리하도록 하겠습니다."

그렇게 대답하면서 하 대표는 일이 지금 어떻게 진행되어 가고 있는지 물었다. 상당히 큰 사건이어서 그도 관심을 가지고 있었기 때문이었다. 왜 그렇지 않겠는가. 이 사건의 여파에 따라서 권력의 지도가 크게 바뀔 수도 있으니 말이다.

하지만 제대로 된 대답을 들을 수는 없었다. 그저 잘 처리하기 위해서 움직이고는 있지만, 어떻게 될지는 두고 봐야 알 것 같다는 대답을 들었을 뿐이었다.

'항상 똑같은 소리. 정보를 독점하고 알려주려고 하지를 않아.'

그가 아는 선생님은 욕심이 많은 자였다. 자신의 손에 쥐고 있는 것은 오로지 자신만의 것이었다. 남과 나누거나 그러는 걸 거의 본 적이 없었다.

'마치 자신이 가지고 있는 걸 놓치면 큰일이라도 나는 것처럼 말이지.'

왜 그런지는 알 수 없었다. 사실 그런 식으로 꽉 움켜쥐고 있는 것이 권력을 유지하는 데 도움이 되기는 했다. 하지만 하대표가 아는 선생님은 그 정도가 지나쳤다. 그래서 하치훈은 분명히 무슨 이유가 있다고 생각하고 있었다.

하지만 그런 이유를 알아내기보다는 지금부터는 조금 거리를 두어야겠다고 생각하고 있었다. 이제는 자신도 상당한 거물이다. 그러니 몸조심을 해야 할 때가 되었다.

선생님과 연결된 일들은 대부분 지저분한 일을 처리하는 거였다. 한 가지만 밝혀진다고 하더라도 자신에게는 치명적일 수 있는 일. 그러니 지금부터라도 거리를 조금 두는 편이 좋다고 생각했다.

물론 그와 척을 질 수는 없다. 암중에서 상당한 권력을 틀어쥐고 있는 그와 맞서는 건 바보 같은 짓이다. 게다가 그는 자신에게 대항하는 사람을 절대로 가만히 두지 않는 사람이다. 아주 철저하게 짓밟아서 다시는 재기하지 못하도록 만든다.

그러니 조심해야 했다.

'적당히 거리를 두고 협조하는 척만 해야겠어. 아무래도 계속 얽혀 있다가는…….'

느낌이 좋지 않았다. 상당히 오랜 시간 동안 지저분한 짓을 하고도 정체를 숨기면서 살아왔지만, 이제는 시대가 바뀌었다. 언제 어떻게 탄로가 날지 모르는 시대다.

"다음에는 제가 먼저 연락드리겠습니다."

하치훈은 그렇게 이야기하고 통화를 마쳤다. 물론 먼저 연락을 할 생각은 없었다. 혹시나 자신에게 필요한 일이 생기면 모를까.

그렇게 하치훈이 오랜만에 통화를 하고 있을 시각, 오랜만에 서로를 만나고 있는 두 사람이 있었다. 바로 이채민과 혁민이었다.

"너는 뭐가 그렇게 바빠서 연락도 하지 못하고 그랬어?"

이채민은 섭섭하다면서 혁민을 살짝 흘겨보았다.

"미안. 그런데 서로 마찬가지 아니야? 나만 그런 소리 듣는 건 좀 그런데?"

혁민은 너도 연락하지 않았으면서 그런 말을 할 수 있느냐고 장난스럽게 이야기했다. 이채민은 말로는 한 마디도 지지 않으려고 한다면서 투덜거렸다.

*   *   *

"아니, 그래도 어떻게 그럴 수가……."

"뭐가요? 뭐가 어때서 그럽니까? 그럼 다 같이 죽을 겁니까?"

진윤상은 해고 노동자 중 한 사람을 만나서 설득하는 중이었다. 하치훈의 명령을 받고 은밀하게 움직이고 있는 거였다.

적당한 보상을 받고 빠지라는 말에 상대는 다른 사람들의 눈치가 보여서 그럴 수 없다고 말했는데, 그 말을 듣고는 진윤상은 확신했다. 이 남자의 마음은 이미 빠지기로 정해져 있다는 걸.

"잘 생각해 보라고. 이거 계속하면 언제 해결될 것 같아요? 일 년? 이 년? 회사에서 마음먹고 끌면 그 이상도 갈 수 있지 싶은데……."

실제로 가능한 이야기였다. 장기전으로 가는 건 대기업의 일반적인 수법이다. 장기전으로 가면 불리한 건 노동자들이었으니까.

"그러니까 적당한 타이밍에 빠져야 하는 거라니까, 이 아저씨야. 아니, 부인하고 자식도 생각하셔야지. 이러다가 찍혀서 다른 데 취업도 안 되고 하면 식구는 누가 먹여 살리려고?"

진윤상은 참 답답하다는 듯 이야기했다. 그러자 남자는 고민이 되는 눈치였다. 처음에야 분을 참지 못하고 뛰어들었지만, 시간이 흐르면 흐를수록 힘들었다. 그래서 지금은 절실하게 느끼고 있었다. 왜 회사하고 싸우지 말라고 사람들이 그렇게 말렸는지 말이다.

일단 먹고살기가 어려워지고 가족들이 고생하는 게 보이니 마음이 흔들렸다. 어제는 집에서 애가 배고프다고 말하는데 정말 가슴이 찢어지는 것 같았다. 피자 시켜달라고 해서 지갑을 봤는데 천 원짜리 몇 개만 보여서 더욱 가슴이 미어지는 것 같았고.

"그래도 같이 고생한 사람들도 다 같이 버티는데 나만 그러기가……."

"하이고, 아저씨. 지금 다른 사람 눈치 보고 그럴 때가 아니라니까 그러시네. 참, 이거 말하면 안 되는 일인데……."

진윤상은 잠깐 뜸을 들이다가 슬쩍 남자에게 귓속말을 했다.

"지금 빠지기로 한 사람들이 꽤 있다니까. 얘기는 안 하고 있지만 조금 지나면 우르르 나올 거라고. 그리고 그때가 되면 나오려고 해도 어려울 수도 있다니까 그러네."

진윤상의 말에 남자는 귀가 솔깃한 듯했다. 그는 표정이 바뀌면서 물었다.

"그게 정말인가? 나 말고도 사람들이 빠지기로 했어?"

"아, 당연하지. 이렇게 힘든데 버틸 사람이 어디 그렇게 많을 것 같나?"

진윤상은 지금이 딱 좋은 타이밍이니까 후딱 도장 찍고 마무리하자고 이야기했다.

"사실 이런 이야기 하기 좀 그렇긴 하지만. 회사 상대로 해서 이긴다는 거 불가능해요. 좋아, 계속 버텨서 보상받고 그런다고 칩시다. 그러면 이긴 건가?"

그래도 결국에는 후회할 거라고 진윤상은 말했다. 그 시간 동안 얼마나 힘겨울 것이며 그 이후에 취직은 잘 되겠느냐고 이야기했다.

"회사에서 가만히 있겠나? 생각을 해봐요, 생각을. 아, 우리가 잘못했구나 하고 돈 주고 앞으로는 잘 지내봅시다. 이럴 것 같아요? 천만에. 이를 부득부득 갈겠지. 어디 두고 보자고 하고는 절대로 취직 못 하게 여기저기 힘도 쓰고. 아저씨가 생각해도 그럴 것 같지?"

남자는 고개를 끄덕였다. 그리고 그런 이야기도 들어본 적이 있었다. 끝까지 회사와 싸워서 소송에는 이겼지만, 집안은 풍비박산이 나고 나중에 제대로 된 데 취업도 못 했다는 소리를.

"그리고 회사에서 힘을 쓰지 않아도 어지간한 회사에서는 받아들이지 않을 거 아닙니까. 그렇게 말썽 피우고 지랄 맞은 사람을 어느 회사가 좋아하겠어?"

진윤상은 그러니까 적당히 타협도 하고 그러는 게 좋다고 말했다. 남자는 거의 넘어왔는지 도장을 꺼내려 했다.

그런데 아직도 켕기는 구석이 있는지 약간 망설이는 기색이 있었다. 진윤상은 거의 다 왔다고 생각하고는 이야기를 했다.

"아저씨, 그런 사람들이 어떤 이야기를 하는지 알지? 천벌을 받을 거, 하늘이 용서하지 않을 거다. 이런 이야기 많이 하지 않아?"

남자는 고개를 끄덕였다. 흔히 하는 말이었으니까. 그리고 특별히 이상한 말이라고 생각하지도 않았다. 그런데 진윤상은 조금 다른 견해를 내놓았다.

"왜 그런 식으로 이야기하는지 아저씨는 생각해 본 적 있나? 이상한 거 못 느꼈어?"

"나는 잘 모르겠는데… 이상한 것 같지도 않고……."

진윤상은 혀를 끌끌 차면서 이야기했다.

"그게 왜 그런 거냐 하면 그렇게 말하는 사람도 현실에서는 어떻게 할 수 없다는 걸 아는 거야. 그래서 하늘이니 천벌이니 하는 거라고."

그의 말에 남자는 조금 충격을 받은 듯했다. 그런 식으로는 생각해 본 적이 없었는데, 말을 듣고 가만히 떠올려 보니 마음속에 그런 생각을 처음부터 하고 있었던 것 같기도 했다.

"천벌을 찾는 것부터가 벌써 현실에서는 불가능하다는 걸 인정하는 거라니까. 사실 안될 거라는 거 다 아는 거야."

진윤상은 어차피 안될 거니까 유리하게 협상을 할 수 있을 때 타협하는 게 최선이라고 강조했다. 남자는 무언가에 홀린 것처럼 도장을 찍었다. 어차피 버텨봐야 별수 없고, 가족들을 위해서라도 이제는 그만해야겠다고 중얼거리면서.

        *   *   *

　"이럴 때는 여자한테 져 주고 그러는 거야. 그러니까 니가……."

　이채민은 그런 배려심이 없으니까 연애도 하지 못하는 거 아니냐고 이야기를 하려다가 말을 멈추었다. 이미 그의 곁에는 연인이 있었으니까.

　그녀는 후회되었다. 자신이 조금만 더 적극적이었다면 자신이 그 자리에 있을 수도 있었을 거라는 생각이 떠올라서였다. 사실 그녀가 훨씬 더 적극적이었더라도 그럴 일은 없었겠지만, 이채민은 그런 사실을 알지 못하니 그렇게 생각하는 거였다.

　솔직한 이야기로 처음에 둘이 사귄다고 했을 때, 이채민은 그 말을 믿지 않았다. 혁민과는 전혀 어울리지 않는 여자라는 생각이 들어서였다.

　'이해가 안 되는 건 아직도 마찬가지지만…….'

　자신이 훨씬 나은 여자라는 생각이 들어서 공연히 화가 나기도 했다. 미모로 보나 능력으로 보나 도저히 상대가 되지 않았다. 서울대 출신 미모의 현직 판사와 고졸 출신에 외모도 평범한 사무직 여직원.

　게다가 외부적인 조건도 마찬가지였다. 집안도 그렇고 인맥이나 모든 면에서 자신과는 비교 대상 자체가 아니었다. 하지만 혁민의 선택은 자신이 아닌 그녀.

'뭐… 사랑이란 게 그런 거겠지. 기분이 좋지는 않지만…….'

머리로 계산이 가능하고 예측할 수 있는 거라면 그걸 어떻게 사랑이라고 부를 수 있을까. 그래서 자신이 아직 제대로 된 짝을 만나지 못한 건지도 모르겠다고 이채민은 생각했다.

"그나저나 어쩐 일이야? 이렇게 보자고 하고?"

"뭐, 그냥 이거저거 이야기나 하려고. 오랜만에 얼굴도 좀 보고."

이채민은 빙긋 웃으면서 이야기했는데, 혁민은 대충 감이 왔다. 갑자기 보자고 했는데 그냥 오랜만이라 얼굴이나 보면서 이런저런 이야기를 하려고 그런 거다? 그럴 가능성이 전혀 없지는 않다. 어쩌다가 갑자기 떠올라서 연락을 했을 수도 있으니까.

'하지만 그럴 가능성은 거의 제로에 가깝지. 게다가 무언가 고민이 있는 표정…….'

그렇지만 그런 걸 눈치챘다고 해서 다 아니까 말해보라고 센스 없이 이야기할 수는 없는 일. 혁민은 그러냐고 하면서 자신도 마침 보고 싶었는데 잘되었다고 맞장구를 쳐 주었고, 자연스럽게 대화를 이어나갔다.

그동안 지낸 이야기로 서서히 예열하다가 분위기가 적당히 무르익자 이채민은 속내를 이야기하기 시작했다.

"요즘 재판하면서 좀 고민되는 게 많더라고. 특히나 단독 하면서 더 그래."

"중요한 사건은 전부 합의로 빠지잖아. 단독은 크게 어려울 것 없지 않아?"

"그렇지도 않아. 이게 좀 묘한 사건들이 있거든."

이채민은 사건을 검토하다 보면 혼란스러운 경우가 가끔 있다고 이야기했다.

"상식적으로는 말이 되지 않는데 법리적으로만 따지면 어쩔 수 없는 경우가 있잖아?"

"아이구, 그런 경우야 많지. 황당한 경우가 얼마나 많은데… 그래서 보완할 수 있는 것들이 있잖아. 법리적으로도 그렇고 작량감경 같은 것도 있고."

새로운 법리들이 계속해서 생겨난다. 시대가 변하고 법리 자체가 완전한 것도 아니니까. 현실을 반영해서 불완전한 부분을 보완하기 위해서 그런 것이다. 그리고 법을 악용하는 경우를 막기 위해서 생겨나기도 한다.

전에 혁민이 현백정밀 사건 때 들고 나온 법인격 부인의 법리가 그런 경우다. 법인격 부인의 법리는 회사가 독립된 법인격이라는 기본 원칙과 주주의 유한책임 원칙을 정면으로 부정하는 법리다.

그래서 무척이나 예외적인 경우에만 인정된다. 법을 악용해서 위법한 목적을 이루려고 하는 경우에 한정해서 적용하는 것이다.

"나도 잘 알지. 그런데 이게 직접 판사가 되어서 직접 판결을 내리다 보면 생각이 좀 달라지더라고. 처음에는 그냥 아는 대로 판결하느라 정신이 없었는데, 이제는 이력이 붙으니까 이런저런 생각이 들곤 해."

그녀는 사정이 딱한 경우도 정말 많다고 했다. 하지만 법리적으로는 어떻게 할 수가 없는 상황일 때가 있다면서 한숨을 내쉬었다.

"정말 웃기잖아. 술에 취한 아저씨가 밤에 집에 가다가 배가 고파서 뭐 먹을 거 있나 하고 남의 집 부엌에 들어간 경우가 있었거든."

달동네에서 벌어진 일이었는데, 거기서 고구마하고 물건 하나를 들고 나오다가 주인과 마주친 것이다. 그래서 티격태격하게 되었는데 주인을 다치게 했다.

"웃긴 게 주인은 군인이라서 몸이 아주 좋거든. 게다가 실제로 맞은 것도 대부분 취객이 맞았어. 그런데 맞다가 방어하려고 뭘 들어서 막았는데 그걸 잘못 쳐서 주인이 손을 다쳤거든. 그래서 문제가 커진 거지."

혁민은 정말 재수가 없어도 어떻게 그런 경우가 있느냐면서 고개를 내저었다.

"특수강도에 상해까지 추가네. 가만, 특수강도면 5년 이상이던가?"

법조계 인물이라고 해서 법조문을 전부 달달 외우고 다니는 건 아니다. 워낙 방대한 양이라 외우는 게 불가능하기도 하고. 그래서 자주 접하는 케이스가 아니면 형량 같은 건 모르는 게 당연하다.

"맞아, 5년 이상. 그래서 더 문제인 거지."

밤에 남의 집에 침입해서 물건을 훔친 셈이니 특수강도죄가 적용된다. 사실 가지고 나온 것이 재산적인 가치는 거의 없는 것이었지만, 그래도 특수강도는 특수강도다. 법리적으로는 어떻게 할 방법이 없다. 게다가 문제는 법으로 특수강도는 5년 이상의 징역에 처하도록 되어 있다는 점이다.

"진짜 골치 아프네. 그렇게 중벌을 받을 사안은 아닌 것 같은데……."

"거기다가 이 아저씨가 몸도 작고 비리비리하거든."

이유가 어찌 되었든 남의 집에 들어가서 물건을 훔친 건 잘못이다. 하지만 술에 취해서 남의 집 부엌에 가서 고구마 하나와 사소한 물건 하나를 들고 나왔다고 5년 이상 징역을 살아야 한다는 건 좀 심한 거였다.

"중간에 기억도 잘 나지 않는다고 하더라고. 그리고 알아보니까 정말 술도 많이 마셨고. 그날 일하던 직장에서 해고가 되었대. 게다가 월급도 석 달 정도 밀렸고."

그래서 더 허기가 졌을지도 모른다. 달동네에 사는 사람 형편이야 보지 않아도 뻔한 거 아니겠는가. 그런데 석 달이나 월급이 밀렸으니 밥이나 제대로 먹고 다녔겠는가.

하지만 그런 사정을 일일이 봐줄 수는 없다. 특수강도가 5년 이상의 징역에 처한다고 법전에 되어 있는 한 판사는 그렇게 판결해야 한다. 안타깝다고 봐주기 시작하면 이걸 악용하는 사례가 생길 것이다. 그러니 그럴 수는 없다.

"어쩔 수 없네. 사정이 딱하긴 하지만 어떻게 할 수는 없으니까. 만취했다고 하니까 심신미약으로 반 때리고, 작량감경으로 반 때리고 해야겠네."

심신미약이 인정되는 경우 형을 절반까지 감경할 수 있다. 그리고 판사의 재량으로 형을 절반까지 감경할 수 있는 제도가 작량감경이다.

혁민의 생각으로는 이 사건 같은 경우는 최하 형량인 5년에 심신미약으로 절반을 줄여 2년 6개월. 다시 작량감경으로 절반을 줄여 15개월로 줄이는 게 그나마 그 사람을 가장 배려하는 것이다.

"나도 그렇게는 했는데 그래도 마음이 불편하더라고. 과연 그 사람이 한 일이 15개월이나 징역을 살 만한 일이었나 싶어서 말이야."

그 의견에 혁민도 잠깐 생각을 해보았다. 아무리 생각해도 그 정도의 처벌을 받을 일은 아니었다. 지금 이채민이 한 이야기가 전부 진실이라는 가정하에 말이다.

"그런 경우가 생각보다 자주 있더라고. 그래서 좀 혼란스럽기도 해. 내가 과연 잘하고 있는 건가? 이게 최선인가? 이런 생각을 자꾸 하게 되더라고."

"니가 지금 할 수 있는 범위 안에서는 최선을 다하고 있는 거야. 그렇다고 니가 법을 바꿀 수는 없잖아."

혁민은 이채민에게 나중에 대법원이나 헌법재판소까지 올라가라고 이야기했다. 이런 고민을 하고 사람들을 이해하고

소통하려는 사람이 그런 자리에 올라가는 게 옳은 일이라면서.

"어디 그게 쉽겠냐. 더구나 여자한테는 그 문이 더 좁아."

"그래도 가라. 너 같은 사람이 가야지. 그리고 애초부터 안된다고 하면 거기서 끝이야. 갈 수 있다고 생각해야 작은 가능성이라도 열리지."

이채민은 빙긋 웃었다.

"그래도 너하고 이야기하면 마음이 편해지더라. 고마워."

"야, 이 정도도 못 해주겠냐. 친군데."

혁민은 이런 이야기는 언제든 해줄 수 있으니까 연락만 하라고 하면서 가슴을 탕탕 쳤다.

*　　　*　　　*

"거절이요?"

한 실장은 인상을 구기면서 물었다. 목소리도 평소보다 훨씬 컸는데, 전혀 예상치 못한 답변이어서 그런 듯했다. 차동출은 차분하게 그렇다고 이야기했다.

아는 사람을 통해서 알아보니 한 실장이 정보기관에서 근무하는 건 맞는 듯했다. 어차피 자세한 정보를 알아내는 건 어려운 곳이라 자세한 이야기는 듣지 못했지만, 사기꾼이 아닌 것만은 분명했다.

차동출은 거절하는 말을 꺼낸 지금까지도 고민이 되었다.

조건이 정말 좋았기 때문이었다. 마음 같아서는 당장에라도 받아들이고 싶었다. 하지만 세상에 공짜는 없는 법이다. 상대가 이렇게 나올 때는 분명히 다른 이유가 있다고 생각했다.

"아니, 왜 거절을 하시는 겁니까? 제가 제시한 조건이 마음에 안 드시는 건 아닐 텐데요."

"조건은 좋습니다. 지나칠 정도로."

한 실장은 도저히 이해가 되지 않는다는 듯한 표정으로 차동출을 바라보았다. 조건이 지나칠 정도로 좋은데 왜 거절을 한단 말인가.

"혹시 저를 믿지 못해서 그러시는 건……."

"아닙니다. 그렇진 않아요. 그냥 제 고집이라고 해두죠."

차동출은 마음을 굳혔다. 조금 남아 있는 미련을 주저하지 않고 바닥에 버렸다. 처음부터 자신에게는 어울리지 않는 것이라고 생각하면서. 그는 그렇게 되고 싶기는 하지만, 누구의 힘을 빌려서 그러기는 싫다고 말했다. 한 실장은 어처구니가 없다는 표정이었다. 자신이 들은 말을 믿지 못하겠다는 모습.

'뭐라는 거야? 지가 청소년이야? 요즘은 애들도 그런 소리 안 한다고!'

한 실장은 차동출이 한 이야기를 곧이곧대로 믿을 수는 없다고 생각했다. 세상에 누가 그런 이유로 이렇게 좋은 제안을 거절한단 말인가. 그는 무언가 다른 이유가 있다고 판단하고는 슬쩍 질문을 던졌다.

"원하시는 게 있으시면 이야기를 하시죠. 최대한 맞춰 드리겠습니다."

"아뇨. 말씀은 감사하지만, 저는 그냥 제 일만 열심히 하겠습니다. 제가 워낙 융통성도 없고 성격이 모나서요. 그냥 그러려니 하고 이해를 좀 해주셨으면 좋겠네요."

한 실장은 미쳐서 팔짝 뛸 지경이었다. 거의 넘어왔다고 생각했는데, 갑자기 이렇게 돌변하니 더욱 짜증스러웠다. 문제는 정말로 그런 생각을 가지고 있는 것처럼 보인다는 거였다.

'바보야, 아니면 멍청한 거야? 자신의 힘으로 원하는 것을 얻겠다?'

그동안 뒷배가 없어서 고생을 했다고 들었는데, 그렇지도 않은가 보다 싶었다. 이런 식으로 배짱을 부릴 수 있는 걸 보면 아직도 정신을 차리지 못한 게 분명했다. 한 실장은 마지막으로 경고를 해야겠다고 마음먹었다.

"검사님! 검사님의 그런 정신은 높이 평가합니다. 누구도 가지 않는 힘든 길이라는 걸 알면서도 가시밭길을 가겠다는 그 정신! 아주 훌륭해요. 하지만 말입니다."

한 실장은 잠시 말을 멈추고 차동출을 노려보았다. 차동출은 이미 마음을 굳혔는지 편안한 표정이었다.

"저희 입장이란 것도 있어서 말입니다. 이렇게 나오시면 저희도 가만히 있을 수는 없습니다. 어떻게든 일을 처리해야 해서요."

"그 말은 저를 어떻게라도 할 거라는 것처럼 들리는군요?"

차동출의 눈썹 끝이 위로 쭉 올라갔다. 검사인 자신에게 협박을 하느냐고 말하면서 살짝 노기를 띤 목소리로 상대방에게 말했다.

"그럴 리가요. 대한민국 검사님을 협박한다니. 있을 수도 없는 일입니다. 다만, 저희는 이번 일이 무척이나 중요하다고 생각하고 있어서 어쩔 수 없이 다른 방법을 찾아야 한다는 걸 알려 드리는 겁니다."

한 실장은 어차피 일은 자신들이 마음먹은 대로 흘러갈 것이며 차 검사가 협조하지 않더라도 결과는 마찬가지일 것이라는 말을 이리저리 돌려서 이야기했다.

"그러니 다시 한 번 생각해 보시죠. 제가 특별히 검사님을 생각해서 기회를 드리는 겁니다. 평소 같았으면 이런 말도 하지 않고 자리에서 일어섰을 겁니다."

그는 자신들이 그럴 만한 힘이 있다는 거야 잘 알지 않느냐고 이야기했다.

"이야기를 들으셨을 텐데요. 저희가 충분히 지원해 드릴 수 있습니다. 저희 입장에서 보면 그런 것쯤이야 별로 어려운 일이 아니니까요."

차동출은 상대방의 이야기에 약간 한기를 느꼈다. 자신은 실체를 알 수 없는 거대한 생명체를 대하는 그런 느낌이었다.

보이지는 않지만 강력하고 거대한 괴물. 보이지 않아서 더욱 공포스러운 그런 느낌이 들었다.

'그럴 만한 힘이 있는 자들이지. 누구는 그걸 이루기 위해서 발버둥 쳐도 손에 넣을 수 없지만, 손가락 까딱하는 정도로 손쉽게 가질 수 있는 자들……'

도저히 자신으로서는 어떻게 할 수 없는 그런 거대한 괴물이라는 생각이 들었다. 하지만 한편으로는 그런 괴물이 가로막고 있어서 모든 것이 엉망이라는 생각도 들었다.

그 괴물이 모든 힘과 권력을 독점하고 있었다. 그리고 자신들의 마음에 들지 않는 구석이 있으면 가차 없이 물어뜯고 먹어치웠다. 그래서 괴물의 영역 내로는 그 괴물의 허락을 받아야 들어갈 수 있었다.

"죄송하지만 이미 마음을 정한 후라서요. 죄송합니다."

"그런가요? 이것 참……"

한 실장은 피식 웃더니 태도가 조금 변했다. 지금까지는 그래도 대접을 해주고 있었는데 이제는 전혀 그런 기색을 찾을 수가 없었다.

"꼭 당하고 나야 후회하는 사람들이 있지. 무협지에서는 관을 봐야 눈물을 흘린다는 말을 쓰던가?"

한 실장은 눈을 가늘게 뜨고 차동출을 째려보면서 그렇게 중얼거렸다.

"알겠습니다. 본인이 싫다는데 어쩔 수 없지. 어차피 나중에 알게 되겠지만, 아마도 후회할 겁니다. 그런데 후회는 항상 이미 늦은 타이밍에 하더라고."

그는 그렇게 이야기하고는 자리에서 일어났다. 그렇게 밖으로 나간 한 실장은 곧바로 전화를 걸었다.

"아무래도 갈아치워야겠습니다. 생각한 것보다 훨씬 꼴통이네요."

─이야기가 잘 진행되고 있다고 하지 않았나?

"저도 그런 줄 알았습니다만, 자기 힘으로 해보겠다는군요."

한 실장은 계속 피식피식 웃으면서 이야기했다. 다시 생각해도 어이가 없다는 듯이.

─재미있는 친구군. 역시나 끌어들이기에는 무리였나 보군.

"그런 것 같습니다. 융통성이 너무 없는 것 같더군요."

─알겠네. 그럼 그쪽은 그렇게 처리하지. 그러면 정 변호사 쪽으로 신경을 더 써야겠구만.

"그쪽은 그래도 말은 좀 통하니까 차 검사보다는 좀 나을 것 같습니다."

─알겠네. 그러면 수고하게.

한 실장은 통화를 마치고 혁민을 만나러 움직였다.

*　　　*　　　*

민주엽은 길을 가다가 어깨가 부딪치자 곧바로 고개를 돌려 상대방에게 이야기했다.

"아, 미안합니다."

"잠깐 저쪽에서 보자고. 내가 먼저 갈 테니까 조금 이따 따라와."

민주엽은 자신의 귀가 잘못된 줄 알았다. 그런데 상대가 모자를 슬쩍 올리자 상황이 급변했다. 거기에 오랜 친구의 얼굴이 보였고, 가슴이 쿵쾅거리기 시작했다. 하지만 그런 내색을 하지 않았다.

길을 가다가 어깨를 부딪친 두 사람이 가볍게 미안하다는 말을 나누고 가던 길을 가는 광경이었다. 민주엽은 걸어가다가 힐끗 뒤를 돌아 장중범이 어디로 가는지 확인했다. 그리고 길거리에서 담배를 하나 사는 척하다가 다시 왔던 길을 되돌아갔다.

가면서 미행이 붙은 건 아닌지 세심하게 살폈다. 길을 걸어가는 사람을 미행한다는 건 쉽지 않은 일이다. 대놓고 의심하고 경계하면 뒤를 몰래 따른다는 건 불가능에 가깝다.

'저 친구가 살아 있었어! 역시나 팀장님 이야기가 맞았어!'

장중범이 배신자라는 말을 처음부터 믿지 않았다. 그럴 이유도 없거니와 그럴 사람도 아니었으니까. 장중범과는 같이 일하면서 누구보다도 서로를 잘 아는 사이였다. 그래서 윤 팀장과 민주엽은 처음부터 무언가 이상하다고 생각했다.

실제로 작전도 무언가 이상했고, 몰래 조사를 하면 할수록 석연치 않은 구석이 나타났다. 하지만 거기까지였다. 윤 팀장과 민주엽은 다른 보직으로 옮겨야 했고, 갖은 수모를 다 당하다가 조직에서 나와야 했다. 민주엽은 전에 윤 팀장과 나누었던 말이 떠올랐다.

"주엽아, 아무래도 이상해. 뭔가 있는 게 분명한데 바늘이 들어가질 않는다."

"그러면 아주 윗선이 개입되어 있다는 거 아닙니까."

"그러니까. 그리고 이건 내가 개인적으로 아는 사람 통해서 들은 건데 중범이 아직 살아 있는 것 같아."

"예? 정말이요? 그런데 이미 사망한 게 확인이 되었다고……."

윤 팀장은 씁쓸하게 웃었다. 그런 거 조작하는 거야 일도 아니라는 거 잘 알지 않느냐면서.

"중국에서 벌어진 일이야. 그냥 그렇다고 하면 그런 줄 아는 거지."

"그런데 그건 어떻게 아신 거예요? 팀장님도 손발 다 묶이셨잖아요."

"중국에 아는 친구가 있어서. 그 친구 통해서 알아봤더니 그런 얘기가 있더라고."

윤 팀장은 아무리 자신들이 국가를 위해서 일하는 사람들이고 명령에 죽고 사는 사람들이지만, 억울한 누명을 쓰는 건 아니라고 말했다.

"죽을 수도 있다. 언제 어디서 죽을지 모른다는 거 알면서 이일 하는 거잖아. 하지만 이런 식의 누명을 쓰는 건 아니야. 배신자라니. 뭣 때문에 우리가 목숨 걸고 일하는데?"

윤 팀장은 그 일을 더 알아보려고 백방으로 노력했다. 민주엽도 나름대로 손을 써보았고. 하지만 돌아오는 건 배신자 취급이었다. 결국, 둘은 조직에서 나와야 했다. 말이 스스로 나온 것이지 쫓겨난 것이나 마찬가지였다.

윤 팀장은 못내 마음에 걸렸던지 그 후로도 계속해서 장중범의 일을 알아보았다. 민주엽도 그러고 싶었지만, 장중범의 가족까지 챙기느라 그럴 만한 여유가 없었다. 그런데 한참이 지난 후 윤 팀장이 민주엽에게 이상한 말을 했다.

"주엽아, 너 혹시 꼬리 안 붙디?"

"저요? 저는 특별한 거 느끼지 못했는데요. 팀장님한테는 미행이 붙었어요?"

윤 팀장은 조직에서 감시하는 것 같으니 조심하라고 이야기했다. 그러면서 이렇게까지 나오는 게 너무 이상하지 않으냐고 물었다.

"혹시 너 중범이한테 따로 받은 거나 그런 거 없어?"

"중국 가기 전에 준 거 있죠. 어떻게 될지 모르니까 맡긴다면서 저하고 팀장님한테 주고 갔잖아요. 그때 그렇게 재수 없는 소리 하지 말라고 했는데……."

하지만 그 물건은 이미 다 조사가 끝났다. 장중범이 배신자로 낙인찍히고 나서 그가 가지고 있던 물건이나 자료에 관해서는 싹 조사를 했다. 당연히 윤 팀장과 장중범이 받은 물건에 관해서도 조사를 했다.

하지만 정말 개인적인 물건이었다. 일부 서류가 있기는 했지만, 대단할 것 없는 그런 서류였다. 그런데 아무래도 거기에 뭔가가 있었던 모양이라고 윤 팀장은 이야기했다.

"그렇지 않고서는 그럴 리가 없지. 너 혹시 집에 도둑 든 적 없어? 아니면 집에 몰래 침입한 흔적이나."

"글쎄요? 도둑은 든 적이 없었고, 침입은 모르겠네요."

민주엽은 자신에게는 별다른 일은 없었다고 이야기했다. 아니면 정말 감쪽같이 뒤지고 나갔을 수도 있고. 민주엽은 혹시 모르니 당분간은 율희 끝나는 시간에 제가 가서 데리고 와야겠다고 이야기했다.

윤 팀장도 혹시 모르니 그러는 게 좋겠다고 이야기했다. 그리고 잠시 망설이다가 장중범이 한국에 들어와 있을 수도 있다는 이야기도 했다.

"확실하진 않은데 지금 안에서는 중범이가 한국에 있을 수도 있다고 생각하는 것 같아."

"그게 정말입니까? 이상하네? 그러면 중범이가 어떤 식으로든 연락을 했을 텐데……."

윤 팀장은 고개를 저었다. 이 바닥 생리를 누구보다도 잘 아는 녀석이니 그러지 않았을 거라면서.

"지금 엮이면 전부 어떻게 되는지 알 텐데 성급하게 연락을 할 수가 있나. 아마도 기회를 보고 있겠지."

"하기야 우리 걱정해서도 일부러 연락 안 할 놈이죠. 혹시라도 우리에게 피해가 갈까 싶어서 말이에요."

윤 팀장은 고개를 끄덕였다.

"몸조심해. 그리고 중범이네 식구 잘 좀 챙겨주고. 나도 좀 보델 테니까."

"아이고, 그런 걱정 하지 마시고 팀장님이나 몸조심하세요."

윤 팀장은 아직 팔팔하다고 웃으면서 말했다. 하지만 그것이 윤
팀장의 마지막 모습이었다. 그 이후로 윤 팀장을 본 적이 없으니
까.

민주엽은 그런 생각을 하면서 길을 걷다가 장중범이 길가에
세워둔 차에 오르는 걸 보았다. 민주엽은 최대한 자연스럽게
걸어가다가 차로 다가갔다. 민주엽이 근처로 오자 봉고차의
문이 스르륵 하고 열렸다.

"이 친구가 니가 그렇게 말하던 민주엽인가?"

백 선생의 말에 민주엽은 살짝 당황했지만, 장중범이 설명
을 해주리라 생각하고는 자리에 앉았다. 장중범은 차를 출발
하라고 이야기하고는 민주엽에게 백 선생을 소개했다.

시간이 많지 않아서 그냥 간단하게 자신과 함께 있으면서
고생한 사람이라는 정도로 이야기했다. 그 이야기는 믿을 수
있는 사람이라는 말이었다. 그거면 된 거였다. 믿을 수 있는
사람. 그것 말고 뭐가 더 필요하겠는가.

"어떻게 된 거야?"

"이야기를 하려면 길지. 아마 드라마로 만들어도 1부에서
끝내기는 힘들걸?"

장중범은 껄껄 웃으면서 이야기했다. 그러면서 윤 팀장에
관해서 물었다.

"팀장님은? 소식을 도통 알 수가 없던데······."

"그게··· 아무래도 무슨 일이 있는 것 같아. 가족들도 실종이라고만 알고 있는데 아무래도······."

순간적으로 차 안에 침묵이 돌았다. 어떻게 된 일이라는 걸 짐작할 수 있었으니까.

*　　　*　　　*

침묵의 시간이 이어졌다. 너무나도 무거운 공기가 차 안에 가득 차 있었다. 운전을 하는 사람이야 입을 열 처지가 아니었으니 조용히 운전만 하고 있었고, 민주엽은 객인 자신이 먼저 이야기를 하는 건 조금 부담스러워 상황을 보고만 있었다.

백 선생은 백 선생대로 아직은 잘 모르는 사람 앞이라 나서기가 뭐했고. 결국, 착 가라앉은 무거운 분위기를 깬 것은 장중범이었다.

"아직은 확실하지 않으니 좀 더 알아보자고."

그제야 민주엽도 입을 열었다. 하고 싶은 이야기도 많았고, 듣고 싶은 이야기도 많았다. 하지만 그들에게 주어진 시간은 그리 많지 않았다.

"일단 다른 사람들에게는 아직 비밀로 해야 해. 누구를 믿을 수 있을지 모르니까."

장중범은 지금까지 죽을 뻔한 위기를 몇 차례나 넘겼다고 이야기하면서 민주엽에게도 조심하라고 말했다.

"가능하면 내 선에서 마무리를 지으려고 했지. 그래서 연락을 하지 않은 거야. 그건 미안해."

"이해할 수 있다. 너라면 그럴 것 같더라고."

자신의 손으로 해결하려는 생각도 있었겠지만, 다른 사람을 위험에 빠뜨리는 게 싫었을 것이다. 처음에는 기회를 봐서 연락하겠다고 생각했지만, 장중범은 곧 생각을 바꾸었다. 자신이 상대하는 사람들이 어떤 사람들이라는 걸 확실하게 알았기 때문이었다.

사람을 죽이는 것도 서슴지 않는 놈들이었다. 자신의 가족이나 친구에게 연락했다가 그 사실이 밝혀지기라도 한다면 그날로 가족이나 친구는 고역을 치르게 될 것이다. 더 심각한 일이 발생할 수도 있고.

그래서 연락하지 않았다. 그게 그들을 지키는 길이었으니까. 하지만 이제는 더는 도망칠 곳도 없었다. 어차피 승부를 보아야 할 상황. 장중범은 할 수 있는 모든 걸 해서 반드시 지금과 같은 도망자 신분에서 벗어나리라 결심했다.

"그래서 자네에게만 특별히 이야기하는 거야. 혹시라도 무슨 일이 생기면 가족들 부탁을 하려고."

"그게 무슨 얘기야. 그런 거 없더라도 니 가족은 내 가족이나 마찬가지인데."

장중범은 고맙다는 말 대신 민주엽의 손을 꽉 잡았다. 그걸로 충분했다. 오랜만에 만나서 많은 이야기를 나눈 건 아니었지만, 두 사람은 서로의 마음이 여전히 통한다는 사실을 느꼈다. 그리고 마치 어제 헤어진 사람처럼 어색함은 티끌만큼도 없었다.

"아~ 맞다. 혁민이하고는 얘기해도 돼. 나랑 잘 아는 사이니까."

"자네하고만 잘 아는 사이인가. 나랑도 잘 알지."

백 선생이 지루했는지 끼어들었는데, 민주엽은 상당히 놀라고 있었다. 혁민이 장중범과 연관이 있을 것이라고는 꿈에도 생각을 못 했기 때문이었다.

"혁민이? 아니 혁민이가 자네를 어떻게 알아?"

"흐음… 그것도 이야기가 좀 긴데… 일단은 잘 알고 서로 협조하는 사이라고만 알고 있어."

민주엽은 조금 꺼림칙한 느낌이 들었다. 지금 장중범의 상황은 정말 한 치 앞을 알 수 없는 그런 상황이었다. 언제 죽을지 모르는 위험천만한 상황. 그런데 혁민이 장중범과 가깝고 일에 연관이 되어 있다고 하니 겁이 더럭 났다.

'이거 이러다가 율회까지 일에 엮이는 게 아닌가?'

민주엽은 그런 생각을 하다가 혹시 자신이 습격을 받은 게 장중범의 일과 관련이 있는 게 아닌가 하는 생각이 들었다.

"어떻게 할 생각인가? 지금 상대하는 놈들이 보통 놈들이 아닐 건데."

"이제는 그들을 직접 쳐야지. 계속 피하기만 해서는 해결할 수 있는 방법이 없어."

민주엽은 고개를 갸웃거렸다. 당연한 말이기는 했는데, 사실 그게 쉬운 일이 아니었기 때문이었다. 그걸 몰라서 장중범이 지금까지 숨어 있었겠는가. 그리고 싶어도 그럴 수 없으니 숨어 있었다. 그런데 그들은 치겠다고 하고 있으니 의아하다는 생각이 든 거였다.

"무슨 방법이라도 생각해 둔 게 있는 건가?"

"법적인 문제로 저들을 공격하면서 지금 상황을 사람들에게 알릴 생각이야."

"법적으로? 그게 가능하겠어? 자네가 말한 게 사실이라면 이 나라를 쥐고 흔들 정도의 권력을 가진 자들인데 그런 게 먹힐까?"

민주엽은 공연히 정체만 드러나서 위험에 처하는 게 아니냐고 물었다. 그 말에 장중범과 백 선생은 웃으면서 동시에 고개를 저었다.

"뭘 걱정하는지는 잘 알겠어. 확실하지는 않지. 세상에 확실한 일이 얼마나 되겠어. 그런데 이번에는 뭔가 할 수 있을 것 같다. 그리고 이 방법 말고는 방법이 없는 상황인 것 같고."

"그래도… 혹시나 정치권을 이용하는 방법은 없을까? 그래도 권력과 상대하려면 어느 정도는 힘이 있는 쪽을 이용하는 편이 좋을 것 같은데……."

민주엽의 말에 장중범은 인상을 찌푸렸다.

"정치인? 정치인을 믿을 바에는 차라리 길거리에 있는 개를 믿지. 적어도 개는 뒤통수를 치지는 않을 테니까."

민주엽은 강한 적개심을 드러내며 이야기했다. 자신이 이렇게 된 데는 정치인도 개입되어 있다면서.

"나는 정치인들이 국민을 위한다는 순진한 생각을 가지고 있는 사람들을 보면 웃음밖에 나오지 않아. 그런 말을 믿다니."

"맞는 말이야. 나는 곁에서 지켜봐서 자네들보다는 조금 더 잘 안다고 할 수 있지. 그자들은 자신을 일반 사람들하고 같다고 생각하지를 않아."

백 선생은 자신이 본 정치인은 모두 그랬다고 이야기했다. 자신들은 특별한 사람이며 국민들은 자신들이 부리는 사람들로 인식하고 있다고 말했다.

"전부 그러지야 않겠지. 그런데 안 그런 생각을 가지고 있는 사람은 정치 생활을 오래 하지 못해. 도태되거든. 정치판이란 데가 엄청나게 더러운 싸움판이야. 겉으로는 고상한 척하지만, 온갖 암수가 다 동원되는 동네야."

백 선생은 얼마나 더러운 곳인지 알면 놀랄 것이라고 말했다.

"그런 건 알고 싶지도 않군요."

"그렇지? 모르는 게 나아. 그리고 나는 외국은 그렇지 않다면서 이야기하는 사람들도 웃긴다고 생각해. 다를 것 같은가? 사람 사는 곳은 다 같아."

백 선생은 단지 외국은 그런 걸 잘 감추고 포장할 뿐이라고 이야기했다.

"훨씬 세련된 거지. 그러니 애초에 그런 인간들은 믿지 않는 게 상책이라고."

"그렇군요. 그러면 법적인 것도 비슷하지 않나요?"

민주엽은 동의하면서 그러면 지금 사용하려는 방법도 마찬가지 아니냐고 이야기했다. 하지만 이야기를 듣고 보니 조금 다르다는 걸 알 수 있었다. 장중범은 지금 진행하고 있는 이야기를 쉽게 알아들을 수 있게 말해주었다.

"그러면 확실히 가능성이 있겠어. 다른 사건을 다루는 척하지만 정작 칼끝은 그자들을 노리는 거라 이거군."

"그렇지. 처음부터 그러면 사건을 시작이나 할 수 있겠어? 아예 막아버릴 테니까 불가능하겠지. 하지만 지금처럼 다른 사건으로 시작하면 가능성이 높다고."

민주엽은 고개를 끄덕이면서 자신이 도울 방법이 없겠느냐고 물었다. 장중범은 모든 연락은 혁민을 통해서 할 테니 그와 잘 상의하라고 이야기했다.

"아무래도 연락처는 일원화하는 편이 좋을 것 같아서. 어차피 혁민이하고는 사건이나 자료와 관련해서 이야기를 나눌 일들이 좀 있으니까. 게다가 자네 딸하고 사귄다면서?"

장중범은 그러니 둘이 만나는 건 문제가 없는 거 아니냐면서 말했다. 둘은 조금 더 많은 이야기를 나누고 싶었지만, 시간이 모자랐다. 민주엽은 차에서 내리면서 못내 아쉬워했다.

그는 떠나가는 차를 보면서 복잡한 감정에 휩싸였다. 친구가 억울한 누명을 쓰고 위험에 빠져 있다는 사실이 가슴 아팠고, 아무것도 할 수 없는 자신의 무기력함이 싫었다. 하지만 혁민이 관련되어 딸인 율희까지 위험해질 수 있다는 사실은 걱정스러웠다.

민주엽은 어서 이 일이 해결되어 모두가 이런 걱정 없이 살게 되었으면 좋겠다는 마음뿐이었다.

*　　　　*　　　　*

"무슨 소리야? 출국 금지 요청을 해서 승인이 떨어졌는데."

"그게 말입니다. 출금 떨어지기 직전에 이미 나가서……."

차동출은 기소 대상자 세 명 중에서 둘이나 외국으로 나갔다는 소식에 망연자실했다.

"아니, 그게 말이 되는 거야? 어떻게 갑자기 외국으로……."

그는 말을 하다가 멈칫했다. 이건 정보가 샌 거였다. 출국 금지가 생각한 것보다 늦게 처리되는 게 조금 이상하다고 생각했다. 분명히 그사이에 그자들에게 연락이 갔을 것이고, 바로 외국으로 나갔을 것이다.

"아우, 하여간 이놈의 인간들은……."

차동출은 누구에게 하는 욕인지는 모르겠지만, 쉬지 않고 욕설을 내뱉었다. 부장검사가 그를 찾는다는 소식을 듣기 전까지 계속해서 웅얼거렸다.

"또 왜 부르셨어요?"

차동출은 조금 퉁명스럽게 말했다. 부장검사는 눈을 부라리면서 말했다.

"이 자식이? 오냐오냐해 줬더니 너무 기어오른다?"

"좀 봐주세요, 부장님. 지금 저 어떤 상태인지 잘 아시잖아요."

"아니까 이 정도로 넘어가는 거야. 아니었으면 그냥 콱. 국물도 없는 건데……."

부장검사는 다행으로 알라고 하고는 바로 본론을 꺼냈다.

"너, 이 사건에서 손 떼라."

"또요? 말씀드렸잖아요. 그럴 생각 없다고요."

이런 경우가 여러 번 있었다. 그만두는 게 좋겠다는 말을 여러 사람에게서 들었다. 부장검사로부터 들은 적도 있었다. 하지만 차동출은 이번에는 분위기가 조금 다르다는 걸 느꼈다.

"인마, 검사장님 지시 사항이야. 손 떼."

차동출은 설마하니 검사장이 직접 나섰으리라고는 생각지 않았기 때문에 상당히 충격을 받았다. 검사장이 나섰다고 하면 자신으로서도 어쩔 도리가 없었다.

"니 기분 다 이해해. 그래도 어쩔 수 없는 건 어쩔 수 없는 거다. 오늘은 일찍 가서 쉬어."

부장검사는 그만 나가보라고 손짓했다. 그도 차동출이 어떤 기분인지 잘 안다. 그래서 오늘은 일찍 나가서 술이라도 한잔

하고 쉬라고 한 것이다. 차동출은 어깨가 축 늘어진 채 터벅터벅 밖으로 걸어 나왔다.

자신의 방으로 온 차동출은 헛웃음이 나왔다. 지금까지 일한 게 다 물거품이 되었다는 게 믿어지지 않았다. 자신은 무엇을 위해서 그렇게 열심히 일했던가? 자괴감이 들었다. 어차피 힘 있는 자들이 손가락 한 번 까딱하면 모든 게 틀어지는데 말이다.

차동출은 오늘 같은 날은 술을 마시지 않을 수 없다고 생각하고는 핸드폰을 꺼냈다. 그리고 잠시 후 술집에 세 명이 모였다. 차동출과 혁민, 그리고 오혜나였다.

"그래, 그래서 손 떼게 됐다. 어쩌겠냐. 고명하신 검사장님께서 그만두라는데."

그렇게 말을 하고는 차동출은 술을 입에 확 털어 넣었다. 그는 안주도 먹지 않고 벌써 소주를 한 병 넘게 먹고 있었다. 도착한 지 얼마 되지도 않았으니 거의 들이붓는 수준이었다. 처음에는 혁민이나 오혜나나 말렸지만, 소용없었다.

말리면 말릴수록 더 술을 급하게 먹는 듯했다. 그래서 이제는 말리는 대신 일부러 말을 걸기도 하고 술을 조금만 따르기도 했다. 차동출의 말이 끝나기가 무섭게 오혜나가 이야기를 했다.

"그래요? 뭐 그런 경우가 다 있대? 혁민아, 검사는 독립된 수사기관이라고 하지 않았어?"

"음… 직무승계의 권한이란 게 있거든."

검찰총장과 검사장 또는 지청장은 소속 검사의 직무를 자신이 처리하거나 다른 검사로 하여금 처리하게 할 수 있다.

"검사동일체의 원칙과 상명하복 원칙에 기초한 건데, 다른 한편으로는 검사 독립성 원칙에 제한적 의미를 부여하는 것이기도 하지."

혁민의 말에 오혜나는 눈만 멀뚱거렸다. 외계어를 듣는 것 같은 기분이 들어서였다. 혁민이나 차동출이 자기들 용어를 써가면서 이야기하면 항상 그런 기분이 들었다. 전 같으면 쉽게 말하라고 쏘아붙였겠지만, 지금은 그러지 않았다.

혁민이 왜 이런 식으로 이야기하는지 잘 알고 있었기 때문이었다. 차동출이 뭐라고 말을 하기를 바라면서 법조계 용어를 써서 이야기를 한 거였다. 하지만 차동출은 간단한 말 한마디로 상황을 끝내버렸다.

"니미럴. 웃기고 자빠졌네."

차동출은 그렇게 말하고는 다시 술잔을 들었다. 오혜나와 혁민은 짠은 하고 마셔야 하는 것 아니냐면서 일부러 말도 걸고 속도도 늦추려고 했다. 하지만 그는 속도를 늦출 생각이 없는 듯했다.

혁민은 그 기분을 이해할 수 있었다. 오혜나가 도착하기 전에 들은 이야기가 있어서 더욱 잘 이해를 할 수가 있었다.

'한 실장이라는 사람이 그런 식으로 말을 했다, 이거지?'

한 실장이 오늘 차동출에게 전화를 걸어서 아무리 발버둥

쳐 봐야 소용없을 것이라고 했단다. 그가 검사장에게 선을 대서 차동출을 밀어낸 거였다.

'그리고 진즉 협조를 했으면 서로 해피한 상황이 되지 않았겠냐고 했고.'

그러고는 힘이 없어서 차동출에게 제안을 한 것이 아니라고 했단다. 번거로워서 기회를 준 것뿐이라고 하면서 거절했으니 앞으로는 조금 더 고달파질 것이라고 말했고. 혁민은 차동출에게 이야기할 것이 있었는데 오혜나가 도착하는 바람에 미처 하지 못했다.

"끝났어. 다 끝났어."

차동출은 또 술잔을 들었다. 하지만 혁민이 그의 손을 잡으면서 이야기했다.

"아직 끝나지 않았어요. 나도 그 사람하고 오늘, 이야기를 좀 했거든요."

혁민의 말에 차동출이 반응을 보였다. 그는 오혜나가 듣고 있어서 자세하게 이야기할 수는 없었지만, 계속해서 한 실장과 접촉하기로 했다고 이야기했다.

"그러니까 이제부터 시작이라고 할 수 있을걸요? 그리고 결정적으로 아직 꺼내지 않은 카드도 있잖아요. 그러니까 그까짓 사건 가져가 버리라고 해요."

혁민은 씨익 웃으면서 말했다. 차동출은 눈을 게슴츠레하게 떴지만 번득이고 있었고, 오혜나는 자신도 알아듣게 이야기를 하라며 혁민을 졸라댔다.

"그냥 그런 게 있어. 두고 보면 알게 될 거야."

혁민은 그렇게 대답하고는 술잔을 기울였다. 목을 타고 넘어가는 술은 뜨거웠고 입 뒤쪽과 목 부근에서는 쓴맛이 느껴졌다. 하지만 오늘따라 입가에 단맛이 느껴진다고 혁민은 생각했다.

『괴짜 변호사 : 악마의 저울』 11권에 계속…

초대형 24시 만화방

신간 100%, 샤워실, 흡연실, 수면실(침대석), 커플석, 세탁기 완비

■ 강북 노원역점 ■

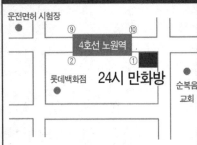

서울 노원구 상계동 340-6 노원역 1번 출구 앞 3층
02) 951-8324 (화용빌딩 3층)

■ 일산 정발산역점 ■

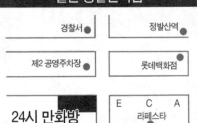

라페스타 E동 건너편 먹자골목 내 객잔건물 5층
031) 914-1957

■ 일산 화정역점 ■

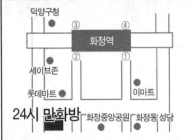

경기도 고양시 덕양구 화정동 984번지 서일빌딩 7층
031) 979-4874 (서일사우나 건물 7층)

■ 부천 역곡역점 ■

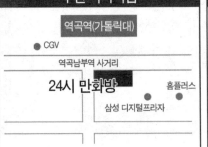

역곡남부역 기업은행 건물 3층
032) 665-5525

■ 부평역점 ■

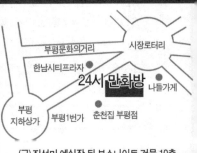

(구) 진선미 예식장 뒤 보스나이트 건물 10층
032) 522-2871

FUSION FANTASTIC STORY

말리브해적 장편소설

MLB
메이저리그

유료독자 누적 1200만!

행복해지고 싶은 이들을 위한 동화 같은 소설.

『MLB-메이저리그』

100마일의 강속구를 던지는
메이저리그의 전설적인 괴짜 투수 강삼열.
그가 펼치는 뜨거운 도전과 아름다운 이야기!
승리를 위해 외치는 소리-

"파워업!"

그라운드에 파워업이 울려 퍼질 때,

전설이 시작된다!

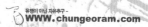

『즐거운 인생』 미더라 작가의
2015년 대작!

현직 변호사, 형사, 프로파일러, 범죄심리학 전문가 자문으로
현장의 생생함을 그대로 담아낸 현대 판타지!

『괴짜 변호사 : 악마의 저울』

"제가 왜 한 번도 패소한 적이 없는 줄 아십니까?"

"······"

"저는 법으로만 싸우지 않거든요."

법의 칼날 위에서 춤추는 자들과의
치열한 공방이 펼쳐진다!

발행일 2015년 11월 24일

04810

값 8,000원
ISBN 979-11-04-90518-6
ISBN 979-11-04-90196-6(세트)

9 791104 905186